PÁNICO

LAUREN OLIVER

PÁNICO

Traducción de Luis Noriega

B DE BLOK

Barcelona • Madrid • Bogotá • Buenos Aires • Caracas • México D.F.
Miami • Montevideo • Santiago de Chile

Título original: *Panic*
Traducción: Luis Noriega
1.ª edición: marzo 2015

© 2014 by Laura Schechter
© Ediciones B, S. A., 2015
   para el sello B de Blok
   Consell de Cent 425-427 - 08009 Barcelona (España)
   www.edicionesb.com

Printed in Spain
ISBN: 978-84-16075-31-7   *6/15   5653 5486*
DL B 1456-2015

Impreso por QP PRINT

Para mi brillante editora, Rosemary Brosnan.
Gracias por tu sabiduría, tu apoyo y,
por encima de todo, tu amistad.
De no haber sido por tu respaldo habría perdido
la fe en este libro.
Gracias por ayudarme a ser una mejor escritora.

SÁBADO, 18 DE JUNIO

Heather

El agua estaba tan fría que cuando por fin logró abrirse paso entre los chicos que abarrotaban la playa y jaleaban a quienes todavía no habían saltado gritando y agitando toallas y pancartas, Heather sintió que le faltaba el aliento.

Respiró hondo y se sumergió. El ruido de voces, gritos y risas se apagó de inmediato.

Solo una voz permaneció con ella.

«No quería que pasara.»

Esos ojos; las largas pestañas, el lunar debajo de la ceja derecha.

«Es solo que ella tiene algo.»

Ella tiene algo. Lo que significaba: tú no.

Había planeado decirle que lo amaba, que lo amaba de verdad, esa misma noche.

El frío era tremendo y le recorrió el cuerpo como una descarga frenética. Sentía pesados los shorts vaqueros, como si los tuviera llenos de piedras. Por suerte, los años dedicados a desafiar el arroyo y competir en la cantera con Bishop habían hecho de Heather Nill una nadadora fuerte.

Un sinnúmero de cuerpos se agitaba y pataleaba en el agua; además de los saltadores estaban allí las personas que se habían sumado a su zambullida triunfal, y ahora chapoteaban en la cantera con la ropa puesta, manteniendo en alto las latas de cerveza y los porros. Oía a lo lejos un ritmo, un débil tamborileo, y dejó que este la impulsara a través del agua, sin pensar, sin miedo.

En eso consistía Pánico: en no tener miedo.

Salió a la superficie para tomar aire y vio que prácticamente había alcanzado la orilla opuesta: un montón de rocas deformes de aspecto amenazador, cubiertas de musgo negro y verde y, por tanto, resbalosas, apiladas una sobre otra como una antigua colección de bloques Lego. Salpicada de grietas y fisuras, la formación brotaba del agua y ascendía imponente hacia el cielo.

Ya habían saltado treinta y una personas, todas ellas amigos y antiguos compañeros de clase de Heather. Apenas un pequeño grupo de gente permanecía en la cima del peñasco que había en el lado norte de la cantera, una cresta escarpada y rocosa que se alzaba doce metros hacia arriba, como un diente gigante que hubiera perforado la tierra.

Era demasiado oscuro para verlos. Las linternas y la hoguera solo iluminaban la orilla, unos cuantos metros del agua, negra como tinta, y los rostros de quienes ya habían saltado. Demasiado contentos para sentir el frío, seguían chapoteando triunfantes en el agua mientras retaban con burlas a los demás competidores. La cima del peñasco era una masa negra de forma irregular en la que los árboles invadían la roca, o bien la roca era arrastrada lentamente hacia el bosque.

Pero Heather sabía quiénes estaban ahí. Todos los competidores tenían que anunciarse al llegar a la cima para que Diggin Rodgers, que ese año hacía las veces de presentador, pudiera repetir los nombres a través del megáfono prestado por su hermano mayor, que era policía.

Faltaban por saltar aún tres personas: Merl Tracey, Derek Klieg y Natalie Vélez. Nat.

La mejor amiga de Heather.

Heather metió los dedos en una fisura de las piedras para ayudarse a salir del agua. Había visto hacía un rato a los demás jugadores trepar por el peñasco como insectos gigantes y empapados, igual que en años pasados. Todos los años, los participantes competían por ser el primero en saltar a pesar de que eso no otorgaba ningún punto extra. Era una cuestión de orgullo.

Al subir a la roca, se golpeó la rodilla con fuerza contra una saliente afilada. Bajó la mirada y vio que tenía una pequeña mancha de sangre oscura sobre la rótula. Por extraño que parezca, no sintió dolor alguno. Y aunque los vítores y los gritos continuaban, todas las voces le parecían ahora lejanas.

Las palabras de Matt ahogaban todas las voces.

«Mira, no está funcionando. Eso es todo.»

«Ella tiene algo.»

«Podemos seguir siendo amigos.»

Hacía frío. El viento había empezado a soplar y gemir a través de los viejos árboles haciendo que un lamento ronco se elevara desde el bosque. Ella, sin embargo, ya no sentía frío. En el pulso del cuello sentía latir el corazón con fuerza. Encontró otro asidero en la roca, abrazó con las piernas el musgo resbaloso y haciendo fuerza con los brazos continuó el ascenso, tal como había visto hacer a los jugadores cada verano desde que estaba en octavo grado.

Oía a lo lejos la voz de Diggin, distorsionada por el megáfono:

—Y siguiendo con el juego... un nuevo competidor...

Pero el viento se llevó la mitad de sus palabras.

Arriba, arriba, arriba: haciendo caso omiso del dolor

en dedos y piernas, se esforzó por aferrarse al costado izquierdo del peñasco, donde las rocas se amontonaban formando ángulos y creaban una pared de piedra que resultaba fácil de escalar.

De repente, una sombra, una persona, salió disparada por encima de ella. La sorpresa estuvo a punto de hacerla resbalar, pero en el último instante consiguió afianzar mejor los pies en la estrecha saliente y se sujetó metiendo los dedos de las manos en las grietas tanto como pudo. Se oyó una fuerte ovación y lo primero que pensó fue: «Natalie».

Pero entonces Diggin tronó:

—¡Y ahí está, damas y caballeros! ¡Dentro! ¡Merl Tracey, nuestro trigésimo segundo jugador, está dentro!

Casi había llegado a la cima y se arriesgó a echar un vistazo a su espalada. Vio la escarpada pendiente de roca y un millón de kilómetros abajo, según le pareció, el agua negra rompiendo en la base del peñasco.

Sintió un vacío en el estómago y durante un segundo se disipó la niebla que se había instalado en su cabeza. La rabia y la pena se desvanecieron y deseó bajar de la roca y regresar a la seguridad de la playa donde Bishop la estaba esperando. Podía ir con él a Dot's y comer gofres con extra de mantequilla y nata montada. Darían vueltas en el coche con las ventanas abiertas y oirían cantar a los grillos, o se sentarían sobre el capó de su coche y hablarían tonterías.

Pero era demasiado tarde. La voz de Matt volvió a susurrarle y continuó escalando.

Nadie sabe quién inventó Pánico, o cuándo empezó originalmente.

Existen diferentes teorías. Algunos le echan la culpa

al cierre de la fábrica de papel, que de un día para otro mandó al paro al cuarenta por ciento de la población adulta de Carp, Nueva York. A Mike Dickinson, tristemente célebre por haber sido arrestado por vender droga la misma noche que fue nombrado rey en el baile de graduación y ahora dedicado a cambiar pastillas para frenos en el Jiffy Lube de la Ruta 22. Le gusta atribuirse el mérito. De ahí que siete años después de haberse graduado siguiera asistiendo al Salto Inaugural.

No obstante, ninguna de esas teorías e historias es correcta. Pánico empezó como tantas otras cosas en Carp, una ciudad pobre de doce mil habitantes en medio de la nada: porque era verano y no había nada más que hacer.

Las reglas son sencillas. El día después de la graduación tiene lugar el Salto Inaugural, y el juego se prolonga a lo largo del verano. Después del desafío final, el ganador se lleva el bote.

Todos los estudiantes del Instituto Carp aportan al bote sin excepción. La tarifa es de un dólar diario, durante todos los días que la escuela permanece abierta, de septiembre a junio. Quienes se niegan a soltar la pasta reciben recordatorios que van de lo discreto a lo persuasivo: pintadas en el casillero, ventanas destrozadas, cara destrozada.

Es más que justo. Cualquiera que quiera jugar tiene la oportunidad de ganar. Esa es otra regla: pueden participar todos los estudiantes de último año, pero solo los estudiantes de último año; y quienes decidan hacerlo deben anunciar su intención de competir participando en el Salto, el primer día de los desafíos. En ocasiones han llegado a apuntarse hasta cuarenta chicos.

Solo hay un ganador.

Dos jueces planean el juego, deciden los desafíos, reparten las instrucciones y se encargan de otorgar o restar puntos. Son elegidos, en estricto secreto, por los jueces del año anterior. Nadie, en toda la historia de Pánico, ha revelado ser uno de ellos.

Ha habido sospechas, por supuesto, rumores y especulaciones. Carp es una ciudad pequeña, y los jueces reciben una paga. ¿Cómo pudo Myra Campbell, que solía robar un almuerzo extra en la cafetería escolar porque en su casa no había comida, comprarse de repente un Honda usado? Dijo que un tío había muerto. Pero hasta entonces nadie sabía que Myra tuviera un tío; de hecho, a nadie se le habría ocurrido pensar en Myra hasta que llegó con la ventanilla bajada, fumando un pitillo, con el sol brillando tanto sobre el parabrisas que prácticamente le oscurecía la sonrisa.

Dos jueces, elegidos en secreto, trabajando juntos. Tiene que ser así. De lo contrario podría suceder que alguien intentara sobornarlos o, incluso, amenazarlos. Esa es la razón por la que son dos: para asegurarse de que haya un equilibrio, para reducir la posibilidad de que alguien haga trampa, suelte información, dé pistas.

Si un jugador supiera qué le aguarda, podría prepararse. Y eso no sería justo en absoluto.

Lo inesperado, la ignorancia total, es en buena parte lo que va eliminándolos uno a uno. Se apodera de ellos, los domina.

El bote por lo general asciende a poco más de cincuenta mil dólares, una vez que se deducen los gastos y los jueces (quienesquiera que sean) reciben su tajada. Hace cuatro años Tommy O'Hare cogió sus ganancias y compró un par de cosas en la tienda de empeños; con la primera de ellas, un Ford amarillo limón, se marchó a Las Vegas para apostar al negro el resto del dinero.

Al año siguiente, Lauren Davis se puso una dentadura nueva y un nuevo par de tetas y se mudó a Nueva

York. Volvió a Carp dos navidades después, estuvo lo suficiente para presumir de un bolso nuevo y su todavía más nueva nariz y luego regresó corriendo a la gran ciudad. Corrían rumores: se decía que estaba saliendo con el ex productor de un reality en el que los concursantes intentaban perder peso y que se había convertido en modelo de Victoria's Secret. Sin embargo, aunque muchos de los chicos la buscaron, nadie la ha visto nunca en el catálogo.

Conrad Spurlock se metió a fabricar metanfetamina (la línea de negocio de su padre) e invirtió el dinero en un nuevo cobertizo en la calle Mallory, después de que el local anterior quedara reducido a cenizas. Sean Mac-Manus, en cambio, utilizó el dinero para ir a la universidad y está pensando en hacerse médico.

En siete años ha habido tres muertes, cuatro si incluimos la de Tom O'Hare, que se pegó un tiro con la segunda cosa comprada en la tienda de empeños después de que la bola cayera en un número rojo.

¿Lo veis? En Pánico incluso el ganador tiene miedo de *algo*.

Así que... volvamos al día después de la graduación, el día inaugural de Pánico, el día del Salto.

Retrocedamos hasta la playa, pero detengámonos unas horas antes de que Heather llegue a la cumbre y, de repente, se quede de pie, petrificada, temerosa de saltar.

Giremos la cámara un poco. Todavía no estamos ahí. Pero casi.

Dodge

Ninguno de los que estaban en la playa jaleaba a Dodge Mason, nadie iba por él: sin importar cuán lejos consiguiera llegar, nadie iría nunca por él.

Eso era irrelevante. Lo único que importaba era la victoria.

Y Dodge tenía un secreto: sabía algo sobre Pánico. Probablemente sabía más acerca del juego que cualquiera de las personas que estaban en la playa.

De hecho, tenía dos secretos.

A Dodge le gustaban los secretos. Lo llenaban de energía, le permitían sentirse poderoso. Cuando era pequeño, incluso fantaseaba con que tenía su propio mundo secreto, un lugar de sombras privado, en el que podía hacerse un ovillo y esconderse. Y aún hoy —en los días malos de Dayna, cuando el dolor volvía rugiendo y ella empezaba a llorar, o cuando su madre rociaba todo el piso con ambientador e invitaba a su ligue de mierda más reciente y en medio de la noche Dodge oía el cabecero de la cama golpeando la pared, como un puñetazo en el estómago, una y otra vez— le asaltaba el deseo de sumergirse en ese lugar oscuro, frío y privado.

En la escuela todos pensaban que Dodge era un miedica. Él era consciente de ello. Sabía que parecía un miedica. Siempre había sido alto y flacucho (anguloso, solía decir su madre, igual que su padre). Hasta donde sabía, eso (y la piel oscura) era lo único que tenía en común con su padre, un techador dominicano con el que su madre se había liado durante un ardiente encuentro cuando vivía en Miami. Dodge ni siquiera se acordaba de cómo le había dicho que se llamaba. Roberto. O Rodrigo. Alguna mierda así.

Cuando llegaron a Carp, o mejor dicho, cuando se quedaron varados en Carp, pues así era como él pensaba al respecto (se habían quedado varados: él y Dayna y su madre eran como bolsas de plástico vacías que iban saltando de un lado a otro del país a merced del viento; ocasionalmente se enredaban en un poste telefónico o se metían bajo las ruedas de un camión articulado, y entonces permanecían en el mismo lugar algún tiempo), Dodge había recibido tres palizas: la primera a manos de Greg O'Hare, la segunda de Zev Keller y la tercera, una vez más, de Greg O'Hare. El propósito había sido asegurarse de que Dodge entendía las reglas. Y él no había devuelto el golpe ni una sola vez.

Había soportado cosas peores en el pasado.

Y ese era el segundo secreto de Dodge, la fuente de su poder.

No tenía miedo. Sencillamente le daba igual.

Y eso era muy, muy diferente.

El cielo estaba coloreado de rojo y violeta y naranja, una imagen que él asociaba con un cardenal enorme o una fotografía tomada en el interior de un cuerpo. Faltaba aún una hora aproximadamente para que el sol se pusiera y se anunciara el bote y tuviera lugar el Salto.

Dodge destapó una cerveza. Era la primera y única que iba a beber. No quería embriagarse y tampoco lo necesitaba. Pero había sido un día caluroso, y había llegado allí directamente desde el Home Depot y estaba sediento.

La multitud apenas estaba empezando a formarse. Cada cierto tiempo oía el ruido amortiguado de la puerta de un coche al cerrarse, un saludo desde el bosque, el distante estrépito de la música. La carretera Whippoorwill pasaba a unos cuatrocientos metros y los chicos iban llegando por el camino, tras abrirse paso a través de la densa maleza, el musgo colgante y las enredaderas, cargados con neveras y mantas y botellas y altavoces para asegurarse de que conseguían un buen lugar en la arena.

La escuela había terminado: para siempre. Dodge respiró hondo. De todos los lugares en los que había vivido (Chicago, Washington, Dallas, Richmond, Ohio, Rhode Island, Oklahoma, Nueva Orleans) el Estado de Nueva York era el que olía mejor. A crecimiento y cambio, a cosas transformándose y convirtiéndose en otras cosas.

Ray Hanrahan y sus amigos habían sido los primeros en llegar. Eso no era una sorpresa. Aunque los competidores no se anunciaban oficialmente hasta el momento del Salto, Ray llevaba meses alardeando de que él era quien iba a llevarse el bote a casa, igual que su hermano dos años antes.

Luke había ganado, por los pelos, en la última ronda de Pánico, y se marchó a casa con cincuenta de los grandes. El otro tío no se marchó a casa, precisamente. De acuerdo con los médicos, nunca volvería a caminar.

Dodge atrapó una moneda que había lanzado al aire, la hizo desaparecer y luego reaparecer entre los dedos. En cuarto grado, uno de los novios de su madre (no recordaba cuál) le había comprado un libro de trucos de magia. Ese año vivían en algún lugar de Oklahoma. El sitio era una cloaca en una planicie en medio del campo en la que el sol chamuscaba la hierba hasta dejarla gris, y allí Dodge pasó todo un verano aprendiendo a sacar monedas de las orejas de la gente y meterse cartas en el bolsillo con tanta rapidez que el movimiento pasara desapercibido para cualquiera que estuviera mirando.

Había empezado como una forma de matar el tiempo, pero terminó convirtiéndose en una especie de obsesión. Los trucos de magia tenían cierta elegancia: la gente veía sin ver, la mente completaba la escena según sus expectativas, los ojos te traicionaban.

Y Dodge sabía que Pánico era un gran truco de magia. Los jueces eran los magos; el resto de los participantes no eran más que una audiencia boquiabierta y muda.

Mike Dickinson fue el siguiente en llegar, venía en compañía de dos amigos. Los tres estaban visiblemente borrachos. A Dick había empezado a caérsele el pelo y cuando se agachó para dejar la nevera en la playa, la incipiente calvicie quedó al descubierto. Sus acompañantes llevaban una silla de salvavidas medio podrida: el trono en el que Diggin, el presentador, se sentaría durante el acontecimiento.

Dodge oyó un zumbido agudo e instintivamente se dio una palmada en la pantorrilla: el mosquito, que justo había empezado a alimentarse, quedó convertido en una mancha negra. Él odiaba los mosquitos. Y las arañas también, aunque otros bichos le gustaban, le resultaban fascinantes. Como los humanos, en cierto sentido: eran estúpidos y, en ocasiones, mezquinos, cegados por la necesidad.

El cielo era cada vez más oscuro; los colores se habían ido desvaneciendo, arremolinándose detrás de la línea de los árboles, más allá de la cresta de la montaña; como si de repente alguien hubiera apagado las luces.

A continuación llegó Heather Nill seguida por Nat Vélez, y finalmente Bishop Marks, que corría tras ellas como un enorme pastor ovejero. Incluso desde lejos, Dodge advirtió que ambas chicas estaban nerviosas. Heather se había hecho algo en el pelo. No sabía muy bien qué, pero el hecho era que no lo llevaba recogido en una cola de caballo como solía, e incluso parecía que se lo hubiera alisado. Y aunque tampoco estaba seguro, diría que se había maquillado.

Pensó si debía levantarse e ir a saludarlos. Heather era guay. Le gustaba lo alta que era, y también que fuera dura, a su modo. Le gustaban sus hombros anchos y la forma en la que caminaba, la espalda siempre recta, aunque tal vez, pensaba, a ella le hubiera gustado ser unos cuantos centímetros más baja, pues únicamente usaba zapatos sin tacón y zapatillas deportivas con las suelas desgastadas.

Pero si se acercaba, tendría que hablar con Natalie, y solo el hecho de estarla mirando desde el otro lado de la playa ya hacía que el estómago se le agarrotara, como si le hubieran pateado. Nat no era exactamente mala con él —no en el sentido que lo eran otros chicos en la escuela—, pero no era precisamente amable, y eso le fastidiaba más que cualquier otra cosa. Cuando lo sorprendía hablando con Heather, por lo general sonreía de forma imprecisa y era como si sus ojos vieran a través de él, más allá de él. Sabía que Nat nunca, jamás, lo veía en realidad. En una ocasión, durante la fiesta de bienvenida del año anterior, incluso lo había llamado Dave.

Él había asistido a la celebración solo porque abrigaba la esperanza de verla. Y entonces la reconoció en medio de la multitud. Ligeramente mareado debido al ruido y el calor y el chupito de whisky que se había tomado en el parking, avanzó hasta ella con la intención de hablarle, hablarle de verdad, por primera vez. Y justo cuando estiraba el brazo para tocarle el codo, ella había dado un paso hacia atrás y le había pisado.

—¡Ups! Dave, lo siento —dijo con una risita nerviosa. El aliento le olía a vainilla y vodka.

¿Dave? Fue como si le hubieran abierto el estómago y las tripas se le hubieran desparramado sobre los zapatos. Los estudiantes de último año eran solo ciento siete, de los ciento cincuenta que habían empezado con ellos el instituto. Y sin embargo, ella ni siquiera sabía su nombre.

De modo que permaneció donde estaba, escarbando la arena con los pies, esperando que oscureciera y sonara el silbato y el juego empezara.

Iba a ganar Pánico.

Iba a hacerlo por Dayna.

Iba a hacerlo por venganza.

Heather

—Probando, probando. Uno, dos, tres. —Ese era Diggin, probando el megáfono.

En la década de los cincuenta habían inundado la vieja cantera de la carretera Whippoorwill, que había estado vacía desde finales del siglo XIX, para crear un pozo en el que la gente pudiera nadar. En el costado sur estaba la playa: una estrecha franja de arena y piedra en la que en teoría estaba prohibido permanecer después del anochecer, pero que rara vez se utilizaba antes; un vertedero de latas de cerveza, papelinas vacías y, en ocasiones, condones usados que yacían desperdigados por el terreno como medusas asquerosas de forma tubular. Esa noche el lugar estaba repleto de mantas y tumbonas y olía a repelente de insectos y alcohol.

Heather cerró los ojos e inhaló. Ese era el olor de Pánico: el olor del verano. En el borde del agua hubo una repentina explosión de color y ruido y carcajadas. Petardos. En el veloz destello de luz roja y verde, Heather vio a Kaitlin Frost y Shayna Lambert dobladas de la risa, mientras Patrick Culbert intentaba hacerse con más bengalas y encenderlas.

Era extraño. Como quien dice, la graduación había

sido el día antes —Heather se había pirado de la ceremonia pues Krista, su madre, no iba a presentarse, y no tenía sentido fingir que había algo de gloria en haber pasado cuatro años a la deriva haciendo los cursos obligatorios—, pero ella sentía que el instituto estaba a años de distancia, como si todo hubiera sido un sueño largo y poco memorable. Quizá, pensó, es porque la gente no cambia. Los días se confundían unos con otros en un gran amasijo que ahora se hundía en el pasado.

En Carp nunca pasaba nada. No había sorpresas.

La voz de Diggin resonó por encima de la algarabía de la multitud.

—Damas y caballeros, tengo un anuncio que hacer: la escuela ha cerrado por verano.

Todos respondieron con gritos de júbilo. Otra ronda de petardos hizo *pop-pop-pop*. Estaban en medio del bosque, a unos ocho kilómetros de la casa más cercana. Podían hacer todo el ruido que quisieran. Podían gritar.

Podían dar alaridos. Nadie iba a oírlos.

Heather sintió un nudo en la garganta. Iba a empezar. Sabía que Nat debía de estar asustada. Sabía que tenía que decirle algo para animarla. Heather y Bishop estaban allí por ella, para ofrecerle apoyo moral. Bishop incluso había hecho un cartel: «Adelante, Nat», rezaba. Y había acompañado las palabras con un enorme muñeco de palo sobre un montón de dinero (Natalie reconoció que se trataba de ella porque la figura lucía una sudadera rosa).

—¿Cómo es que Nat no lleva pantalones? —había preguntado Heather al ver el cartel.

—Tal vez los perdió en el Salto —dijo Bishop, que se volvió para ofrecer una sonrisa burlona a Nat. Siempre que sonreía de esa forma, sus ojos marrón sirope se tornaban color miel—. El dibujo nunca fue lo mío.

A Heather no le gustaba hablar de Matt delante de

Bishop. No soportaba la forma en que ponía los ojos en blanco cada vez que lo mencionaba, como si por error acabara de sintonizar en la radio la emisora con la peor música. Pero al final no pudo evitarlo.

—Todavía no ha llegado —dijo en voz baja, de modo que únicamente Nat pudiera oírla—. Lo siento, Nat. Sé que no es el momento, quiero decir: vinimos por ti...

—No te preocupes —contestó Nat. Estiró los brazos para apretar la mano de Heather entre las suyas e hizo una mueca extraña, como si alguien le hubiera dado un trago de gaseosa—. Oye: Matt no te merece. ¿De acuerdo? Puedes aspirar a algo mejor que él.

Heather respondió riéndose a medias.

—Nat, eres mi mejor amiga —dijo—. No deberías mentirme.

Nat negó con la cabeza.

—Estoy segura de que llegará pronto. El juego está a punto de empezar.

Heather comprobó de nuevo el teléfono, por millonésima vez. Nada. Lo había apagado y reiniciado varias veces solo para asegurarse de que funcionaba.

La voz de Diggin tronó de nuevo:

—Las reglas de Pánico son sencillas. Cualquiera puede participar. Pero solo habrá un ganador.

Y entonces Diggin anunció el bote.

Sesenta y siete mil dólares.

Heather sintió una punzada en el estómago. ¡Sesenta y siete mil dólares! Tenía que ser el mayor bote de la historia. La multitud empezó a zumbar: la cifra se propagó como una corriente eléctrica, saltando de labio en labio. «Coño, tío, tienes que estar loco para no intentarlo por lo menos.» Nat, por su parte, tenía el aspecto de quien acaba de llenarse la boca de helado.

Haciendo caso omiso del ruido, Diggin continuó

anunciando las reglas —media docena de pruebas distri-
buidas a lo largo del verano, realizadas en condiciones
de la más estricta privacidad—, pero nadie le escuchaba.
El discurso era siempre el mismo. Heather seguía el juego desde que estaba en octavo grado. Habría podido
recitar el discurso sin vacilar en ningún momento.

La cifra, en cambio, le había rodeado el corazón y
ahora lo apretaba. ¡Sesenta y siete mil dólares! Sin proponérselo, empezó a pensar en todo lo que podría hacer
con ese dinero; pensó en cuán lejos podría llegar, en qué
podría comprar, cuánto tiempo podría vivir con semejante suma. A cuántos kilómetros de Carp podría llevarla.

Pero no. Ella no podía dejar a Matt. Matt le había
dicho que la amaba. Él era su plan. El nudo que se le
había hecho en el corazón se aflojó un poco y pudo respirar de nuevo.

Al lado de Heather, Natalie se quitó los zapatos y se
meneó hasta librarse de los shorts vaqueros.

—¿Puedes creerlo? —dijo.

Se quitó la camiseta y tiritó al contacto con el viento.
Heather no daba crédito: había insistido en ponerse ese
ridículo bikini, que, le había advertido, iba a salir volando tan pronto tocara el agua. Natalie se había limitado a
reírse. Quizá, bromeó, eso le permitiera ganar algunos
puntos extra.

Así era Natalie: terca. Y vanidosa. Heather no entendía ni siquiera por qué había decidido competir. Nat le
tenía miedo a todo.

Alguien, probablemente Billy Wallace, silbó:

—Bonito culo, Vélez.

Nat no le prestó atención, pero Heather advirtió que
ella había oído con claridad y trataba de ocultar que se
sentía complacida. Se preguntó qué diría Billy Wallace

si ella intentaba ponerse un pedazo de tela como ese en el trasero: «Guau. ¡Mirad el tamaño de esa cosa! ¿Necesitas un permiso para pasearte con eso, Heather?»

Pero Matt la quería. Matt pensaba que ella era guapa.

En la playa el ruido aumentó, la multitud rugía. Con los silbidos y los gritos, la gente ondeando banderas y pancartas improvisadas para la ocasión y el estruendo de los petardos, tan parecido al de un tiroteo, Heather entendió que había llegado la hora. El silbato iba a sonar.

Pánico estaba a punto de empezar.

Justo entonces lo vio. Por un momento la multitud se separó y ella pudo verlo, sonriendo, hablando con alguien; luego la multitud cambió de nuevo y lo perdió de vista.

—Está aquí, Nat. Está aquí.

—¿Qué? —Nat ya no le estaba prestando atención.

La voz de Heather se ahogó en su garganta. La multitud había vuelto a abrirse en el preciso instante en que ella empezaba a avanzar hacia él, como si estuviera a merced de la fuerza de gravedad (el alivio inundando su pecho, la oportunidad de hacer las cosas bien, la oportunidad de hacerlas bien para variar), y en ese segundo lo vio hablando con Delaney O'Brien.

No solo hablando. Susurrándole al oído.

Y luego: besándola.

El silbato sonó: agudo y débil en el repentino silencio, como el chillido de un pájaro desconocido.

Heather llegó a la cima del peñasco en el momento en que Derek Klieg tomaba carrerilla y se lanzaba al agua, el cuerpo contorsionado, gritando. Unos segundos después, una ovación se elevó desde la playa cuando llegó al agua.

Natalie estaba acurrucada a un metro del borde, la cara pálida; durante un instante, Heather creyó oírla contar. Luego Nat dio media vuelta y parpadeó repetidas veces, como si se esforzara por enfocar el rostro de Heather. Abrió la boca y la cerró de nuevo.

El corazón de Heather latía con fuerza y a toda velocidad.

—Eh, Nat —dijo cuando Natalie se enderezaba.

—¿Qué demonios estás haciendo? —le espetó su amiga.

Y entonces, por fin, Heather fue consciente de todo lo que sentía, de todo y a la vez: el dolor en las manos y en los muslos y en los dedos, las dentelladas afiladas del viento... Natalie parecía furiosa. Estaba temblando, aunque eso quizá se debía al frío.

—Voy a saltar —dijo Heather, dándose cuenta, mientras lo decía, de cuán estúpido sonaba, cuán estúpido era. De repente, pensó que iba a vomitar.

«Iré a animarte», le había dicho a Natalie. La culpa estaba allí, palpitando junto con las náuseas. Pero la voz de Matt era superior a todo ello. La voz de Matt y, por debajo de ella, la visión de las manchas de humedad sobre su cama; el golpeteo apagado de la música procedente del parque; el olor de la maría y el tabaco; las risas y más tarde alguien gritando: «Tú, pedazo de...»

—No puedes saltar —dijo Nat mirándola fijamente—. *Yo* voy a saltar.

—Bueno, saltaremos juntas —respondió Heather.

Natalie dio dos pasos hacia delante. Heather advirtió que su amiga abría y cerraba los puños rítmicamente. Apretar, relajar. Apretar, relajar. Tres veces.

—¿Por qué haces esto? —la pregunta fue casi un susurro.

Heather no supo qué responder. Ni siquiera ella misma sabía con exactitud por qué estaba ahí. Lo único que sabía, lo único que sentía, era que se trataba de su última oportunidad.

De modo que se limitó a decir:

—Voy a saltar ya, antes de que me acobarde.

Cuando se giró hacia el agua, Natalie estiró el brazo hacia ella, como si quisiera retenerla, pero no lo hizo.

A Heather le pareció que la superficie en la que se encontraba empezaba a moverse y corcovear como un caballo. En un instante la invadió el miedo, el terror de perder el equilibrio y caer pendiente abajo dando tumbos, hasta romperse la cabeza contra las rocas.

Pánico.

Siguió avanzando con pasos cortos y vacilantes, pese a lo cual llegó al borde demasiado deprisa.

—¡Anúnciate! —bramó Diggin.

Debajo de Heather, el agua, negra como el petróleo, seguía abarrotada de cuerpos. Quería gritarles —«¡Apartaos, apartaos, no quiero pegaros!»—, pero no podía pronunciar palabra. Apenas si era capaz de respirar. Sentía como si tuviera los pulmones atrapados entre dos losas de piedra.

Y de repente solo podía pensar en Chris Heinz, que cinco años atrás se había bebido una botella de vodka antes del salto y perdió pie en el peor momento. El ruido que hizo su cabeza al romperse contra la piedra fue un sonido delicado, casi como el de un huevo al abrirse. Ella recordaba a todos los presentes corriendo por el bosque; la imagen del cuerpo del chico, roto y flácido, yaciendo medio sumergido en el agua.

—¡Di tu nombre! —volvió a avisarle Diggin, y la multitud comenzó a cantar: «Nombre, nombre, nombre.»

Abrió la boca.

—Heather —graznó—. Heather Nill.

Azotada por el viento, la voz se le quebró.

El canto seguía: «Nombre, nombre, nombre.» Y a continuación: «Salta, salta, salta, salta.»

Se sintió helada en su interior e imaginó sus entrañas blancas, repletas de nieve. La boca le sabía ligeramente a vómito. Respiró hondo. Cerró los ojos.

Y saltó.

SÁBADO, 25 DE JUNIO

Heather

En cierta ocasión Heather había leído un artículo en la red sobre la relatividad del tiempo, sobre cómo este avanzaba más rápido o más despacio dependiendo de quién eras y qué estabas haciendo. Sin embargo, lo que nunca había entendido era por qué avanzaba más despacio durante las situaciones realmente horribles (la clase de matemáticas, la cita con el dentista) y se aceleraba siempre que hubieras querido hacer que fuera más lento. Como cuando estás haciendo un examen o celebrando tu cumpleaños.

O, en este caso, temiendo algo.

¿Por qué tenía el tiempo que ser relativo de forma equivocada?

Nunca antes había lamentado algo tanto como haber tomado la decisión, esa noche, en la playa, de participar en el juego. En los días que siguieron, lo que había hecho le pareció una especie de locura. Tal vez había inhalado demasiado vapor de alcohol en la playa. Tal vez ver a Matt con Delaney la había vuelto psicótica temporalmente. Fue eso lo que ocurrió, ¿no? Defensas enteras se fundaban en ese argumento, ¿no es cierto? El tío que enloquece y hace pedazos a su ex esposa con un hacha...

Sin embargo, ella era demasiado orgullosa para echarse atrás ahora. Y la fecha del primer desafío oficial estaba cada vez más cerca. A pesar de que la ruptura la hizo desear esconderse para siempre, a pesar de que estaba haciendo cuanto podía para evitar a todos los que la conocían aunque solo fuera vagamente, la noticia le había llegado: las torres de agua que había cerca de Copake habían sido pintarrajeadas con una fecha. Sábado. Atardecer.

Un mensaje y una invitación para todos los jugadores.

Matt se había ido. La escuela había terminado. No es que a ella le gustara la escuela, pero al menos la obligaba a salir de casa, era algo que hacer. Ahora todo había terminado, todo estaba hecho. Lo que le hizo pensar que así era su vida, vasta y vacía, como una moneda cayendo perpetuamente en un pozo sin fondo.

Desde esa noche en la playa, se movía tan lenta como podía, se pasaba las noches echa un ovillo sobre el sofá viendo la tele con su hermana, Lily, el teléfono apagado cuando no estaba comprobando de forma obsesiva si había recibido llamadas de Matt. No quería tener que lidiar con Bishop, que la sermonearía y le diría que, en cualquier caso, Matt era un idiota; y Nat pasó tres días tratándola con frialdad antes de admitir, por fin, que ya no estaba tan enojada.

El tiempo se precipitaba, como el agua en una cascada, como si alguien le hubiera dado al botón de adelanto rápido de la vida.

Y finalmente llegó el sábado y ella no pudo seguir eludiéndolo.

Ni siquiera tuvo que molestarse en salir a escondidas. Esa noche, temprano, su madre y su padrastro, Bo, se habían marchado a un bar de Ancram, lo que significaba que no volverían a casa hasta la madrugada o incluso la tarde del domingo, con rostros somnolientos, apestando a humo de tabaco, probablemente hambrientos y con un humor de perros.

Heather preparó macarrones con queso para Lily, que comió en un hosco silencio delante de la tele. Lily llevaba el pelo partido exactamente por la mitad y recogido en un moño compacto en la parte posterior de la cabeza. Había empezado a peinarse así recientemente, lo que la hacía parecer una anciana atrapada en el cuerpo de una niña de once años.

Lily le estaba aplicando un tratamiento de silencio, y aunque Heather no sabía por qué, en ese momento no tenía la energía suficiente para preocuparse por ella. Lily era así: en un momento parecía enfurruñada y un minuto después estaba sonriente. Últimamente había predominado su lado enfurruñado —estaba más seria y más callada, y se cuidaba mucho de qué ropa se ponía y cómo se arreglaba el pelo, era más difícil hacerla reír y ya no le rogaba a Heather que le contara un cuento antes de irse a la cama—, pero Heather supuso que sencillamente estaba creciendo. No había muchas cosas por las cuales sonreír en Carp y, definitivamente, no había muchas cosas por las cuales sonreír en el parque de caravanas Pinar Fresco.

Con todo, la situación le daba penita a Heather. Extrañaba a la vieja Lily: las manos pringosas de refresco, el aliento de chicle, la cabeza permanentemente despeinada, las gafas siempre sucias. Extrañaba los ojos de Lily, abiertos como platos en la oscuridad, cuando se volvía para decirle:

—Cuéntame un cuento, Heather.

Pero así era como funcionaba: era la evolución, supuso, el orden de las cosas.

A las siete y media de la tarde, Bishop le envió un mensaje de texto para decirle que iba en camino. Lily se había retirado al Rincón, el nombre con el que Heather había bautizado el dormitorio que ambas compartían: una habitación estrecha en la que apenas podían moverse, pero en la que habían conseguido meter dos camas apretujadas prácticamente la una al lado de la otra, una cómoda a la que le faltaba una pata y que se sacudía con violencia cada vez que la abrían, una lámpara desportillada, una mesilla de noche cubierta de manchas de barniz y pilas de ropa por doquier.

Lily estaba echada en la cama, con la luz apagada y las mantas hasta el mentón. Heather supuso que estaba durmiendo y se disponía a cerrar la puerta cuando Lily se giró hacia ella y se incorporó apoyada en un codo. A la luz de la luna que se filtraba por el sucio cristal de la ventana, sus ojos parecían canicas brillantes.

—¿Adónde vas? —dijo.

Heather se abrió paso entre una maraña de vaqueros, jerséis, bragas y calcetines hechos un ovillo, y se sentó en la cama de su hermana. Le alegró que Lily estuviera despierta. Y le alegró también que, al final, se hubiera decidido a hablar.

—Bishop y Nat van a recogerme —dijo evitando la pregunta—. Vamos a salir un rato.

Lily se volvió a echar y se acurrucó entre las mantas. Durante un minuto no dijo una palabra. Luego dijo:

—¿Volverás?

Heather sintió que el pecho se le encogía, y se inclinó para poner una mano sobre la cabeza de Lily, pero esta se alejó con brusquedad.

—¿Por qué preguntas esas cosas, Billy?

Lily no respondió. Durante varios minutos Heather permaneció allí sentada, con el corazón latiendo a toda velocidad, sintiéndose impotente y sola en la oscuridad. Luego reparó en la respiración de Lily y entendió que se había dormido. Heather se inclinó y la besó en la frente. Su piel estaba caliente y húmeda y Heather sintió el deseo de meterse en la cama con ella y despertarla y disculparse por todo: por las hormigas de la cocina y las manchas de agua en el techo; por el olor a humo y los gritos que les llegaban del exterior; por su madre, Krista, y su padrastro Bo; por la vida patética a la que habían sido empujadas, estrecha como una lata de sardinas.

Pero entonces oyó que un coche pitaba fuera, así que se levantó y cerró la puerta al salir.

Heather siempre sabía que Bishop se aproximaba por el ruido de sus coches. Su padre había sido propietario de un taller y Bishop era un fanático de los automóviles. Además, era bueno construyendo cosas; varios años antes le había hecho una rosa con pétalos de cobre, un tallo de acero y pequeñas tuercas en lugar de espinas. Siempre estaba jugueteando con trozos oxidados de chatarra que sacaba de Dios sabía dónde. Su coche más reciente era un Le Sabre con un motor que sonaba como un anciano intentando abrirse la hebilla de un cinturón.

Heather se acomodó en el asiento del copiloto. Natalie estaba sentada en la parte de atrás. Era extraño, pero siempre había insistido en sentarse allí, justo en medio, incluso cuando no había nadie más en el coche. Le había dicho a Heather que no le gustaba tener que elegir un lado, izquierda o derecha, porque eso la hacía sentir que estaba jugando con su vida. Heather le había explicado un millón de veces que sentarse en el medio era más peligroso, pero Nat no le prestaba atención.

—Sigo sin creer que me hayáis metido en esto —dijo Bishop cuando Heather entró en el coche.

Estaba lloviendo, la clase de lluvia que más que caer se materializa, como si fuera la exhalación de una boca gigante. No tenía sentido usar paraguas o chubasquero, pues el agua llegaba desde todas las direcciones; se te metía en el cuello, bajo las mangas e incluso por la espalda.

—Por favor —dijo Heather apretándose la sudadera con capucha que llevaba puesta—. Corta el rollo santurrón. Siempre has visto el juego.

—Sí, pero eso era antes de que mis dos mejores amigas hubieran decidido volverse locas y apuntarse.

—De acuerdo, Bishop, eso ya lo sabemos —le dijo Nat—. Pon algo de música, mejor.

—No va a ser posible, mi señora. —Bishop estiró la mano al posavasos y le entregó a Heather un granizado del 7-Eleven. Azul. Su favorito. Ella dio un sorbo y sintió que se le helaba la cabeza—. La radio está rota. Estoy trabajando con el cableado...

—No, otra vez —lo interrumpió Nat con un gruñido exagerado.

—¿Qué puedo decir? Adoro los coches que necesitan mantenimiento... Sobre todo cuando son una ganga —dijo.

Entonces palmeó el volante y aceleró rumbo a la carretera. En respuesta, el Le Sabre protestó emitiendo un chirrido estridente al que siguieron varios golpes enérgicos y un traqueteo horripilante, como si el motor estuviera rompiéndose en pedazos.

—No sé por qué, pero estoy convencida de que la adoración no es mutua —dijo Nat y Heather se rio: se sentía un poco nerviosa.

Cuando Bishop sacó el coche de la carretera y entró con una sacudida en el camino de tierra de una sola vía que corría por la periferia del parque, los faros comenzaron a iluminar intermitentemente los carteles de PROHI-BIDO EL PASO. Para entonces ya había unas cuantas docenas de coches estacionados al borde del camino, la mayoría de ellos tan cerca del bosque como era posible, algunos casi cubiertos por completo por la maleza.

Heather identificó el coche de Matt en el acto: el viejo jeep que había heredado de un tío, con el parachoques trasero cubierto de restos de pegatinas que alguna vez ella lo había visto intentar arrancar con auténtica desesperación, como si hubiera quedado atrapado en una enorme telaraña.

Recordaba la primera vez que habían paseado juntos, cuando él se sacó el carné después de suspender el examen dos veces. Frenaba y arrancaba de forma tan abrupta que pensó que iba a vomitar las rosquillas que él le había comprado, pero se sentían dichosos.

Todo el día, toda la semana en realidad, había abrigado la esperanza de verlo y al mismo tiempo rezado por no volver a verlo en la vida.

Si Delaney estaba allí, esta vez iba a vomitar de verdad. No debería haberse tomado el granizado.

—¿Estás bien? —le preguntó Bishop en voz baja cuando salieron del coche. Siempre le había resultado transparente, algo que ella apreciaba y detestaba por igual.

—Estoy bien —dijo, con innecesaria brusquedad.

—¿Por qué lo haces, Heather? —preguntó él poniéndole una mano en el codo y reteniéndola—. ¿Por qué lo haces en realidad?

Heather advirtió que su amigo llevaba puesta exactamente la misma ropa que lucía la última vez que se habían visto, en la playa (la descolorida camiseta azul de Lucky Charms, los vaqueros tan largos que se doblaban por debajo de los talones de sus zapatillas Converse), y ese detalle le produjo un fastidio indefinible. El pelo, rubio y sucio, le sobresalía de forma desordenada por debajo de su vieja gorra de los Cuarenta y Nueve de San Francisco. Con todo, olía bien, un olor muy típico de Bishop: como el interior de un cajón repleto de monedas antiguas y caramelos Tic Tac.

Durante un segundo, consideró la posibilidad de decirle la verdad: que cuando Matt la echó, comprendió por primera vez que ella en realidad no era nadie.

Pero Bishop lo arruinó todo diciendo:

—Por favor, dime que esto no tiene que ver con Matthew Hepley.

Después de lo cual puso los ojos en blanco. Tenía que ser así.

—Venga, Bishop —dijo ella, pero podría haberle pegado: le había bastado oír su nombre para que se le formara un nudo en la garganta.

—Entonces dame una razón. Tú misma lo dijiste un millón de veces: Pánico es una estupidez.

—Nat también se apuntó, ¿no? ¿Por qué no la sermoneas a ella?

—Nat es una idiota —replicó Bishop, que se quitó la gorra y se frotó la cabeza. El pelo respondió como si estuviera electrizado y se enderezó en el acto.

Bishop solía decir que su superpoder era el pelo electromagnético; el único superpoder de Heather parecía ser la sorprendente habilidad de tener en todo momento una enorme espinilla en la cara.

—Es una de tus mejores amigas —dijo Heather.

—¿Y qué? Sigue siendo una idiota. En cuestiones de amistad tengo una política de puertas abiertas a la idiotez.

Heather no pudo evitar reírse. Bishop sonrió, una sonrisa tan amplia que Heather pudo apreciar la leve superposición de sus dientes delanteros.

Bishop volvió a ponerse la gorra de béisbol, conteniendo así el desastre de su pelo. Era uno de los pocos chicos de la escuela que eran más altos que Heather (Matt, de hecho, tenía exactamente su misma estatura: un metro ochenta). Había ocasiones en las que ella lo agradecía y otras en las que, por el contrario, le molestaba, como si estuviera intentando probar algo siendo más alto que ella. Hasta los doce años habían tenido la misma estatura, centímetro a centímetro. En la pared de la habitación de Bishop había una serie de viejas marcas en lápiz que lo demostraba.

—Apuesto por ti, Nill —dijo bajando la voz—. Quiero que lo sepas. No quiero que juegues. Pienso que es una absoluta idiotez. Pero apuesto por ti. —Le pasó un brazo por encima del hombro y le dio un apretón, y algo en el tono de su voz le recordó que alguna vez (hacía siglos, según le pareció) había estado breve, pero perdidamente enamorada de él.

En el primer año de instituto se habían dado un beso torpe en la parte trasera de los Multicines Hudson (a pesar de que ella tenía restos de palomitas entre los dientes) y durante dos días estuvieron cogiéndose de las manos, pero sin apretárselas, repentinamente incapaces de conversar pese a que eran amigos desde la primaria. Y entonces él había cortado y ella había dicho que lo entendía, aunque en realidad no era así.

Heather no sabía qué le había hecho recordar aquello. Ahora era incapaz de imaginarse enamorada de Bishop. Él era como un hermano: un incordio de hermano que siempre sentía la necesidad de señalar que tenías un grano, que por supuesto tenías. Aunque solo uno.

A través de los árboles se oía ya la música y el estruendo de la voz de Diggin amplificada por el megáfono. Las torres de agua, pintarrajeadas con grafitis y con la inscripción CONDADO DE COLUMBIA desvaneciéndose, destacaban con claridad, iluminadas desde abajo, y con sus patas delgadas como raíles parecían insectos gigantes.

No, no insectos, *insecto*, un único insecto con el cuerpo formado por dos esferas de acero, pues, incluso desde donde estaba, Heather podía ver que entre una y otra, a unos quince metros de altura, habían instalado una angosta plancha de madera.

Esta vez saltaba a la vista en qué consistía el desafío.

Para cuando Heather, en compañía de Nat y Bishop, llegó al lugar en el que se congregaba la multitud, directamente debajo de las torres, su cara estaba impecable. Como era usual, la atmósfera era festiva, si bien el nerviosismo y la inquietud de la gente eran perceptibles y todos hablaban en susurros. Alguien se las había ingeniado para traer un camión por entre el bosque. Un reflector, conectado al motor, iluminaba las torres, la plancha de madera que las conectaba y la lluvia fina que continuaba cayendo. Los cigarrillos producían un fulgor intermitente y la radio del camión estaba encendida; un viejo rock se entreoía por debajo de la conversación. Esa noche no podían hacer tanto ruido; la carretera no estaba muy lejos.

—Prometedme que no vais a dejarme tirada, ¿de acuerdo? —dijo Nat.

Heather agradeció que lo dijera; a pesar de que esas personas eran sus compañeros de escuela, gente que conocía desde hacía años, la idea de perderse entre la multitud la había llenado súbitamente de terror.

—No te preocupes —contestó evitando mirar hacia arriba, y sin proponérselo se descubrió explorando la multitud en busca de Matt.

Identificó a un grupo de estudiantes de segundo año

que estaban apiñados cerca de ellas y se reían con nerviosismo; y a Shayna Lambert, que estaba envuelta en una manta y tenía un termo con alguna bebida caliente, como si estuviera en un partido de fútbol.

A Heather le sorprendió ver a Vivian Travin. Estaba de pie, sola, un poco apartada del resto de los presentes. Llevaba rastas y a la luz de la luna los varios piercings que tenía centelleaban levemente. Heather nunca había visto a Viv en ningún acontecimiento social de la escuela. A decir verdad, nunca la había visto haciendo algo más que novillos o atendiendo las mesas en Dot's, y por alguna razón el hecho de que incluso Viv estuviera allí hacía que se sintiera todavía más nerviosa.

—¡Bishop!

Avery Wallace se abrió camino por entre la multitud y con rapidez se catapultó en brazos de Bishop, como si él acabara de rescatarla de una catástrofe mayúscula. Heather apartó la mirada al ver que Bishop se inclinaba para darle un beso. Avery apenas medía un metro cincuenta y cinco centímetros, y estar al lado de ella hacía que Heather se sintiera como el gigante verde de las latas de maíz.

—Te echaba de menos —dijo Avery, una vez que Bishop volvió a enderezarse. Seguía sin darse por enterada de la presencia de Heather; en una ocasión había oído que Heather la llamaba «cara de gamba» y, por supuesto, nunca se lo había perdonado. No obstante, era cierto que Avery tenía algo de gamba, toda apretada y rosa, de modo que Heather no se sentía mal por haberla llamado así.

Bishop murmuró alguna réplica. Heather sintió náuseas y, una vez más, la invadió la pena. Debería existir una ley que prohibiera a la gente, y en particular a tus mejores amigos, ser feliz cuando te sientes tan terriblemente triste.

Avery soltó una risita y apretó la mano de Bishop.

—Voy a traer mi cerveza, ¿de acuerdo? No tardaré. Espérame aquí mismo —dijo. Luego dio media vuelta y desapareció.

Bishop miró a Heather alzando las cejas.

—Ni lo digas.

—¿Qué? —preguntó Heather levantando las manos.

Bishop le puso un dedo en los labios.

—Sé lo que estás pensando —dijo, y entonces repitió el mismo gesto con Nat—. Y tú también.

Nat puso su mejor cara de inocencia.

—Eso no es justo, Marks. Yo solo pensaba que ella es un accesorio absolutamente encantador. Pequeño y práctico.

—Es perfecta para llevar en el bolsillo —coincidió Heather.

—Ya está bien, ya está bien —dijo Bishop, que era bastante bueno fingiendo estar molesto—. Basta.

—Es un cumplido —protestó Nat.

—Dije: basta —sentenció él. Pero un minuto después agachó la cabeza y añadió bajando la voz—: No puedo metérmela en el bolsillo porque muerde. —Sus labios chocaron contra la oreja de Heather (por accidente, sin duda) y ella se rio.

El peso que sentía en el estómago se alivió un poco, pero justo en ese momento alguien cortó la música y la multitud dejó de moverse y guardó silencio: estaba a punto de empezar. De inmediato sintió por todo el cuerpo un frío paralizante, como si todas las gotas de lluvia se hubieran solidificado y congelado sobre su piel.

—Bienvenidos al segundo desafío —tronó Diggin.

—¡Chúpatela, Rodgers! —gritó un chico, lo que suscitó varios «oh» y risas dispersas.

—Chitón —dijo alguien.

Diggin fingió que no había oído nada:

—Esta es una prueba de valor y equilibrio...

—¡Y sobriedad!

—¡Tío, voy a caerme!

Más risas. Heather, sin embargo, ni siquiera era capaz de sonreír. A su lado, Natalie no paraba de moverse, se giraba a la izquierda, se giraba a la derecha, se palmeaba las caderas. Pero Heather estaba tan aterrorizada que ni siquiera podía preguntarle qué era lo que estaba haciendo.

Diggin, por su parte, continuaba con su discurso:

—Una prueba de velocidad, pues se cronometrará a cada uno de los participantes...

—¡Por Dios! ¡Que empiece de una vez!

Diggin finalmente se dio por vencido y apartando los labios del megáfono dijo:

—Cierra la puta boca, Lee.

Lo que provocó una nueva oleada de risas. No obstante, a Heather todo eso le resultaba ajeno, lejano, como si estuviera viendo una película y el sonido le llegara con unos cuantos segundos de retraso. No podía dejar de mirar hacia arriba, a la plancha solitaria de madera de apenas unos cuantos centímetros de espesor, tendida a quince metros de altura. El Salto era una tradición, se hacía más por diversión que por otra cosa, una zambullida en el agua. Esto sería zambullirse en tierra dura, compacta. No había posibilidades de sobrevivir a eso.

Se oyó un momentáneo tartamudeo y entonces el motor del camión falló y todo quedó a oscuras. Hubo gritos de protesta; y unos pocos segundos después, cuando el motor volvió a funcionar, Heather vio a Matt: de pie en la luz de los faros, riendo, una mano en el bolsillo trasero de Delaney.

Volvió a sentir náuseas. Por extraño que parezca, era

ese detalle, la mano de él apretada así contra su trasero, más que el hecho de verlos juntos, lo que la ponía enferma. Él nunca la había tocado de esa forma a ella e incluso se había quejado diciendo que a las parejas que iban así, mano con culo, había que pegarles un tiro.

Tal vez pensaba que ella no era lo bastante bonita. O se sentía avergonzado saliendo con ella.

Tal vez solo le había estado mintiendo para evitar que se sintiera mal.

O tal vez ella nunca lo había conocido realmente.

Esa idea la aterrorizó. Si ella no conocía a Matt Hepley —el chico que la había aplaudido la vez que logró eructar todo el alfabeto; el que en una ocasión había advertido una mancha de sangre menstrual en sus shorts blancos y no había hecho un escándalo; en lugar de ello, había fingido que no tenía importancia—, entonces era posible que no conociera de verdad a ninguna de esas personas y que no supiera lo que eran capaces de hacer.

De repente fue consciente de la quietud que se había apoderado de la multitud, una pausa en el flujo constante de risas y conversaciones, como si todos los presentes se hubieran detenido para tomar aire a la vez. Y entonces se dio cuenta de que allá arriba, encima de sus cabezas, Kim Hollister avanzaba muy despacio por la tabla, el rostro completamente pálido y aterrorizado: el desafío había empezado.

Kim necesitó cuarenta y siete segundos para cruzar al otro lado, arrastrando los pies, el pie derecho siempre delante del izquierdo. Cuando llegó a la segunda torre, sana y salva, se abrazó a ella brevemente con ambos brazos y la multitud volvió a respirar al unísono.

Luego vino el turno de Felix Harte, que hizo el trayecto incluso más rápido, con los pasos breves y entrecortados de un funámbulo. Y a continuación Merl Tracey. Pero incluso antes de que él hubiera acabado de cruzar, Diggin alzó el megáfono y anunció el nombre del siguiente participante.

—¡Heather Nill! ¡Heather Nill, a escena!

—Buena suerte, Heathbar* —dijo Natalie—. No mires hacia abajo.

—Gracias —dijo Heather de forma automática, aunque no pasó por alto la ridiculez del consejo. Cuando estás a quince metros de altura, ¿puedes mirar a algún otro sitio que no sea abajo?

Al ponerse en marcha, le pareció que se movía en silencio, si bien sabía que eso era improbable: nada haría que Diggin despegara la boca de ese estúpido megáfono. Tenía esa impresión porque estaba asustada; asustada y pensando aún en Matt, estúpida, triste, preguntándose si él la veía en ese momento, la mano todavía en el bolsillo trasero de Delaney.

Al comenzar a trepar por la escalera que había en una de la patas de la torre situada al este, sintió que los dedos se le adormecían al contacto con el metal frío y resbaloso, y se le ocurrió que Matt estaría mirándole el culo al tiempo que le tocaba el culo a Delaney y que eso era realmente asqueroso.

Luego se le ocurrió que todos los asistentes le estaban viendo el culo y tuvo un breve momento de pánico al preguntarse si a través de los vaqueros se le verían las líneas de las bragas, pues ella no soportaba los tangas y no entendía a las chicas que eran capaces de ponérselos.

Para entonces iba por la mitad de la escalera, y pensó que si estaba tan preocupada acerca de las líneas de las

---

* Por *Heath bar*: una barra de caramelo y chocolate muy popular en Estados Unidos. *(N. del T.)*

bragas era porque la altura realmente no la asustaba tanto. Por primera vez desde que había empezado a subir, se sintió más segura.

La lluvia, sin embargo, sí era un problema. Hacía que los peldaños de la escalera resbalaran bajo los dedos. Le dificultaba la visión y hacía patinar las suelas de sus zapatillas deportivas. El miedo volvió cuando por fin alcanzó la pequeña plataforma que recorría la circunferencia de la torre de agua y subió a ella. No había nada a lo que pudiera agarrarse, solo el metal liso y húmedo a su espalda y el aire por doquier. La diferencia entre estar vivo y no estarlo era de apenas unos pocos centímetros.

Un estremecimiento le recorrió el cuerpo desde los pies hasta la palma de las manos, y durante un segundo temió no tanto caer como saltar, lanzarse a la oscuridad.

Arrastrando los pies de lado, caminó hacia la plancha de madera, pegando la espalda con toda su fuerza contra el tanque, rezando para que desde abajo no pareciera tan asustada como se sentía.

Chillar, vacilar: todo podía contar en su contra.

—¡Tiempo! —tronó la voz de Diggin desde abajo y Heather supo que tenía que moverse si quería mantenerse en el juego.

Heather se forzó a alejarse del tanque y avanzar lentamente hacia la plancha de madera, que apenas estaba asegurada a la plataforma mediante varias tuercas torcidas. Tuvo una imagen del tablón rompiéndose bajo su peso y ella precipitándose al vacío, pero la madera resistió.

De forma instintiva, levantó los brazos para equilibrarse. Ya no pensaba en Matt o Delaney o Bishop mirándola desde abajo o en cualquier otra cosa distinta de toda esa nada, el vacío, el hormigueo que sentía en los pies y las piernas, el ansia de saltar.

Podía moverse más deprisa si caminaba normalmente, un pie delante del otro, pero no se sentía capaz de interrumpir el contacto con la tabla; si levantaba un pie, un talón, un simple dedo, se derrumbaría, oscilaría hacia un lado y moriría. Era consciente de que todas las voces se habían callado, la rodeaba un silencio tan profundo y denso que podía oír el silbido de la lluvia y su propia respiración, superficial y agitada.

Debajo de ella la luz era cegadora, la clase de luz que verías justo antes de morir. Todos los asistentes se habían fundido con las sombras, y durante un instante temió haber muerto ya, estar completamente sola en esa superficie minúscula y vacía, en la que una caída interminable la aguardaba en la oscuridad a uno y otro lado.

Centímetro a centímetro, avanzó tan rápido como podía sin levantar los pies.

Y entonces, de repente, todo terminó: había alcanzado la segunda torre de agua y estaba abrazando el tanque, como hiciera Kim, pegada por completo a él mientras su sudadera se empapaba. Una ovación se elevó desde abajo, al tiempo que se anunciaba el nombre del siguiente participante: Ray Hanrahan.

Tenía un zumbido en la cabeza y un sabor metálico en la boca. Había terminado. Por fin. Mientras bajaba torpemente por la escalera, se sintió de repente débil, sin fuerza en los brazos, en todos los músculos, aliviada. Se dejó caer el último metro y dio dos pasos a trompicones antes de enderezarse. La gente se acercó, unos le apretaban los hombros, otros le palmeaban la espalda. Ella no sabía si sonreía o no.

—¡Eres increíble! —exclamó Nat, que había llegado disparada abriéndose camino a través de la multitud. Heather apenas advirtió la sensación de los brazos de Nat alrededor del cuello—. ¿Te asustaste? ¿No te dio un ataque de pánico?

Heather negó con la cabeza, consciente de que la gente todavía la estaba mirando.

—Fue rápido —dijo.

Tan pronto las palabras salieron de su boca, se sintió mejor. Había terminado. Estaba de pie en medio de la multitud, el aire olía a lana húmeda y humo de tabaco. El suelo que pisaba era firme. Real.

—Cuarenta y dos segundos —dijo Nat con orgullo.

Heather no había oído anunciar su marca.

—¿Dónde está Bishop? —preguntó Heather.

Empezaba a sentirse bien. Empezaba a invadirla una sensación de intensa alegría. Cuarenta y dos segundos. No estaba mal.

Estalló una nueva ovación. Heather miró hacia arriba y vio que Ray había terminado de cruzar. La voz de Diggin tronó cavernosa:

—¡Veintidós segundos! ¡Tiempo récord! Por ahora.

Heather se tragó cierta amargura. Detestaba a Ray Hanrahan. En séptimo grado, cuando a ella aún no se le habían desarrollado los pechos, Ray pegó un sujetador en la puerta de su casillero y difundió el rumor de que estaba tomando medicamentos para volverse chico. «¿Ya te salieron pelos en el mentón?», solía decirle cuando se la encontraba en los pasillos. Y solo la dejó en paz después de que Bishop amenazara con contarle a la poli que Luke Hanrahan vendía hierba en la pizzería Pepe's, donde trabajaba, deslizando bolsitas bajo las porciones de los clientes que pedían un «extra de orégano». Lo que era cierto.

A continuación llegó el turno de Zev Keller. Heather se olvidó de buscar a Bishop y contempló paralizada cómo Zev empezaba a avanzar por la plancha. Desde la seguridad del suelo, era casi bonito: la ligera bruma creada por la lluvia, el chico con los brazos extendidos, una figura negra contra las nubes. Ray no había bajado aún. También debía de estar mirando, aunque tras pasar la parte posterior del tanque resultaba invisible para Heather.

Ocurrió en un instante: Zev se movió bruscamente hacia un lado y perdió pie. Iba a caer. Heather se oyó chillar. Fue como si el corazón hubiera salido disparado de su pecho y chocado contra el paladar, y en ese segundo, viendo los brazos de Zev agitándose sin control, la boca contorsionada para gritar, pensó: «Nada y nadie volverá a ser igual.»

Y entonces, con igual rapidez, Zev recuperó el control. Devolvió el pie izquierdo a la tabla, su cuerpo dejó de oscilar de izquierda a derecha como un péndulo flojo y se enderezó.

Alguien gritó su nombre y entonces la gente empezó a aplaudir, y el aplauso se hizo atronador mientras recorría titubeante el resto de la tabla. Nadie oyó el tiempo cuando Diggin lo anunció. Nadie prestó atención a Ray cuando bajó de la escalera.

Pero tan pronto Zev descendió de la torre, corrió a buscar a Ray. Zev era más bajo que Ray, y más flaco, pero lo placó por la espalda y el movimiento fue inesperado. En un segundo, Ray estaba en el suelo con la cara en la tierra.

—Maldito gilipollas. Me tiraste algo.

Zev levantó el puño; Ray se retorció y logró quitárselo de encima.

—¿De qué estás hablando? —dijo este, que volvió a ponerse de pie tambaleándose. Los focos iluminaron su cara. Debía de haberse cortado el labio con una piedra, porque sangraba. Además de ser feo tenía el aspecto de una mala persona.

Zev también se puso de pie. Tenía una mirada enloquecida, los ojos negros llenos de odio. La multitud permanecía inmóvil, petrificada, y Heather creyó de nuevo que podía oír la lluvia, la disolución de cientos de miles de gotas diferentes en un mismo instante. Todo estaba suspendido en el aire, listo para caer.

—No mientas —espetó Zev—. Me dio en el pecho. Querías hacerme caer.

—Estás loco —dijo Ray, que empezó a dar media vuelta.

Zev cargó contra él una vez más. Y ambos volvieron al suelo. De inmediato la multitud reaccionó moviéndose en masa hacia delante. Todo el mundo gritaba, unos empujaban a los demás para tener una mejor vista, otros saltaron para separar a los chicos. Apretujada por todos lados, Heather sintió una mano en su espalda y a punto estuvo de caer. Instintivamente, buscó la mano de Nat.

—¡Heather! —Nat se había puesto lívida, estaba aterrorizada. Las manos se torcieron y se separaron y Nat se fue al suelo entre una confusión de cuerpos.

—¡Nat! —Heather se abrió paso usando los codos, sintiéndose por una vez agradecida de ser tan grande.

Nat ya estaba intentando levantarse y cuando Heather llegó hasta ella dejó escapar un alarido de dolor.

—¡Mi tobillo! —gritó Nat agarrándose la pierna—. Alguien me ha pisado el tobillo.

Heather estiró el brazo para ayudarla a levantarse, y entonces sintió de nuevo una mano en su espalda: esta vez deliberada, con fuerza. Intentó dar media vuelta para ver quién la había empujado, pero antes de que pudiera hacerlo se encontró en el suelo con la cara en el barro. Los pies de quienes pasaban a su lado chapoteaban en el lodo y la salpicaban, y durante un instante se preguntó si eso, la multitud enardecida, el arrebato, formaba parte del desafío.

Creyó advertir una brecha en la masa, una mínima vía de escape.

—Vamos. —Consiguió levantarse y coger a Nat por debajo del brazo.

—Me duele mucho —dijo Nat, parpadeando para quitarse las lágrimas, pero Heather la ayudó a ponerse de pie.

Entonces, procedente del bosque, se oyó una voz estridente, potente, distorsionada.

—¡Quietos todos! ¡Que nadie se mueva!

La poli.

La escena era un caos total. Los haces de luz barrieron a la multitud, haciendo palidecer a la gente, petrificándola. Muchos corrían, empujándose unos a otros para escapar y desaparecer entre los árboles. Heather contó cuatro policías: uno de ellos había inmovilizado a alguien en el suelo, pero no pudo distinguir quién era. Tenía la boca seca y un mal sabor, y no podía pensar con claridad. Se había ensuciado la capucha con barro y el frío se le filtraba hasta el pecho.

Bishop se había esfumado. Bishop era el que tenía el coche.

Un coche. Necesitaban salir de allí... o esconderse.

Como tenía aún la mano en el brazo de Nat, intentó tirar de ella, pero Nat tropezó. Los ojos volvieron a llenársele de lágrimas.

—No puedo —gimió.

—Tienes que poder —dijo Heather desesperada. ¿Dónde demonios estaba Bishop? Se inclinó para pasar el brazo por la cintura de Nat—. Apóyate en mí.

—No puedo —repitió Nat—. Me duele muchísimo.

Entonces, apareciendo de la nada, Dodge Mason estaba allí, junto a ellas, y sin detenerse o pedir permiso, pasó también un brazo por la cintura de Nat para ayudar a Heather a cargarla. Heather sintió deseos de darle un beso. Nat dio un pequeño grito de sorpresa, pero no se resistió.

—Vamos —dijo él.

Se adentraron en el bosque, tropezando, moviéndose tan rápido como podían, alejándose de las atronadoras voces que hablaban por los megáfonos, de los gritos y de las luces. Dodge mantenía en alto el móvil, que arrojaba una débil luz azul sobre las hojas, los helechos y raíces cubiertas de musgo que iban pisando.

—¿Adónde vamos? —susurró Heather, el corazón latiendo con fuerza. Nat apenas era capaz de apoyar la pierna izquierda, de modo que cada vez que tenía que hacerlo descargaba su peso en Heather.

—Tendremos que esperar a que los polis se vayan —replicó Dodge, que se estaba quedando sin aliento.

A unos cien metros de las torres de agua, apretada entre los árboles, había una estación de bombeo. Heather oyó el ruido de los equipos que había dentro zumbando a través de las paredes cuando los tres se detuvieron delante para que Dodge pudiera abrir la puerta. Por suerte, no estaba cerrada con llave.

Dentro olía a moho y metal. El lugar, un único espacio, estaba dominado por dos grandes tanques y varios equipos eléctricos herrumbrosos; una acometida mecánica constante llenaba el recinto con un ruido equivalente al canto de un millar de grillos, impidiéndoles oír los gritos procedentes del bosque.

—¡Dios! —Nat resopló aliviada y entre muecas de dolor se acomodó en el suelo con la pierna izquierda extendida—. ¡Cómo duele!

—Probablemente sea un esguince —comentó Dodge, que también se sentó en el suelo, aunque no demasiado cerca.

—Juro que sentí que alguien me lo rompía. —Nat se inclinó hacia delante y empezó a tocarse la piel alrededor del tobillo. Inspiró bruscamente.

—Déjalo, Nat —dijo Heather—. Te pondremos un poco de hielo tan pronto podamos.

Tenía frío, y de repente se sintió exhausta. La emoción que la había invadido tras completar el desafío había desaparecido. Estaba mojada y hambrienta y lo último que quería hacer era estar sentada en una estúpida estación de bombeo toda la noche. Sacó el móvil y le escribió a Bishop: «¿Dónde estás?»

—¿Cómo sabías de este lugar? —le preguntó Nat a Dodge.

—Lo descubrí el otro día mientras estaba explorando —respondió—. ¿Os molesta que fume?

—Un poco —dijo Heather.

Dodge se encogió de hombros y devolvió los cigarrillos a la chaqueta, pero dejó el teléfono móvil fuera, en el suelo, lo que le daba a su silueta una tonalidad azul.

—Gracias —dijo Nat—. Por ayudarme. Eso fue realmente... Quiero decir: no tenías por qué hacerlo.

—No hay problema —repuso Dodge. Heather no podía verle la cara, pero había algo extraño en su voz, como si lo estuvieran asfixiando.

—Quiero decir: nunca habíamos siquiera hablado... —Tal vez comprendiendo que eso podía parecer grosero, Nat dejó sin terminar la frase.

Durante un minuto hubo silencio. Heather envió otro mensaje de texto a Bishop: «Joder, contesta.»

Y entonces, abruptamente, Dodge habló:

—Sí hemos hablado antes. Una vez, al menos. En la fiesta de bienvenida del año pasado. Me llamaste Dave.

—¿Sí? —dijo Nat con una risita nerviosa—. Qué

tonta. Probablemente estaba borracha. ¿Te acuerdas, Heather? Nos tomamos esos chupitos asquerosos.

—Mmmm. —Heather continuaba de pie. Se apoyó contra la puerta. Fuera seguía lloviendo y el tamborileo de las gotas se había hecho más intenso. Por debajo del ruido de la lluvia captó que los gritos continuaban. No podía creer que Bishop no le hubiera respondido aún: él siempre contestaba sus mensajes de inmediato.

—En cualquier caso, soy una idiota —estaba diciendo Nat—. Cualquiera puede dar fe de ello. Sigo sin creerme que haya sido capaz de olvidar un nombre como Dodge. Cuánto me gustaría tener un nombre guay.

—A mí me gusta tu nombre —dijo Dodge en voz baja.

Heather se sintió atravesada por una punzada de dolor. Había advertido en la voz de Dodge un anhelo que le resultaba familiar, un vacío... y supo, en el acto y sin sombra de duda, que a Dodge le gustaba Natalie.

Durante un segundo la cegó la envidia. Por supuesto. Por supuesto que a Dodge le gustaba Nat. Ella era bonita y risueña y pequeñita y mona, como un animal que puedes llevar en el bolso. Como Avery.

La asociación llegó de forma inesperada y se apresuró a descartarla. Le tenía sin cuidado Avery y también le tenía sin cuidado el que a Dodge le gustara Nat. No era asunto suyo.

No obstante, la idea siguió resonando en su cabeza, como el golpeteo constante de la lluvia: nadie iba a enamorarse de ella nunca.

—¿Cuánto tiempo crees que debemos esperar? —preguntó Nat.

—No mucho más —respondió Dodge.

Permanecieron sentados en silencio durante algunos minutos. Heather era consciente de que ella era la que debía hacer conversación, pero estaba demasiado cansada para eso.

—Me gustaría que no fuera tan oscuro —comentó Nat después de un rato. Por el tono de su voz, Heather supo que se estaba impacientando.

Dodge se levantó.

—Esperad aquí —dijo, y salió.

Durante un rato hubo silencio salvo por el ruido del agua moviéndose por las tuberías y el silbido de la lluvia en el techo.

—Me iré a Los Ángeles —soltó Nat de repente—. Si gano, quiero decir.

Heather se volvió hacia ella. Nat parecía desafiante, como si estuviera esperando que su amiga empezara a burlarse de ella.

—¿Por qué? —preguntó Heather.

—Por los surfistas —dijo Nat con seriedad. Luego puso los ojos en blanco—. Por Hollywood, cerebro de chorlito. ¿Por qué otra cosa iba a ser?

Heather se acercó y se acurrucó a su lado. Nat siempre había querido ser actriz, pero Heather nunca había pensado que lo dijera en serio, no lo bastante en serio como para hacerlo y definitivamente no lo bastante en serio como para apuntarse a Pánico con ese fin.

Pero se limitó a darle un empujoncito con el hombro.

—Prométeme que cuando seas rica y famosa no te olvidarás de los cerebros de chorlito que conociste aquí.

—Lo prometo —dijo Nat. El aire llevaba un ligero olor a carbón—. ¿Y tú? ¿Qué piensas hacer si ganas?

Heather negó con la cabeza. Quería decir: «Correr hasta estallar. Poner kilómetros y kilómetros de distancia entre Carp y yo. Dejar atrás a la vieja Heather, enterrarla en el polvo.» Pero en lugar de ello, se encogió de hombros.

—Ir a algún sitio, supongo. Con setenta y siete de los grandes se puede comprar un montón de gasolina.

Ahora era el turno de negar con la cabeza de Nat.

—Venga, Heather —dijo en voz baja—. En serio: ¿por qué te apuntaste?

Sin más, Heather pensó en Matt y en la inutilidad de todo y, aunque sintió deseos de llorar, se tragó sus sentimientos.

—¿Lo sabías? —dijo finalmente—. Quiero decir: lo de Matt y Delaney.

—Oí un rumor —admitió Nat, precavida—. Pero no creí que fuera cierto.

—Oí que ella... con él... —Heather ni siquiera lograba mencionar las palabras. Era consciente de que era un poco mojigata, en especial en comparación con Nat. Eso la avergonzaba y la enorgullecía a la vez: sencillamente no veía qué había de grandioso en echar un polvo—. En el maldito Arboretum.

—Ella es una zorra —dijo Nat como quien constata un hecho conocido—. Apuesto a que terminará contagiándole un herpes. O algo peor.

—¿Peor que el herpes? —dijo Heather poco convencida.

—La sífilis. Convierte a los tíos en chiflados. Les abre agujeros en el cerebro y se los deja como un queso suizo.

Heather en ocasiones olvidaba lo mucho que Nat la hacía reír.

—Entonces espero que no —dijo, y consiguió sonreír—. Matt no es demasiado listo en realidad. No creo que tenga mucho cerebro para desperdiciar.

—Entonces esperas que sí, querrás decir. —Nat imitó el gesto de levantar una copa—. ¡Por la sífilis de Delaney!

—Estás loca —la reprendió Heather, pero ya se estaba riendo a carcajadas.

Nat continuó sin hacerle caso.

—¡Que convierta el cerebro de Matt Hepley en delicioso queso derretido!

—Amén —dijo Heather y levantó el brazo.

—Amén —coincidió Nat, y fingieron completar el brindis.

Heather volvió a ponerse de pie y fue hasta la puerta. Dodge seguía sin volver y ella se preguntó qué podía estar haciendo.

—¿Tú crees...? —empezó, pero tuvo que respirar hondo para continuar—. ¿Tú crees que algún día alguien me querrá?

—Yo te quiero —respondió Nat—. Bishop te quiere. Tu madre te quiere. —Heather hizo una mueca—. Así es, Heathbar. Te quiere, a su modo. Y Lily también te quiere.

—Vosotros no contáis —dijo Heather. Pero luego, al darse cuenta de lo feo que eso sonaba, agregó con una risita—: Sin ánimo de ofender.

—Lo sé, lo sé —dijo Nat.

Después de una pausa, Heather volvió a hablar:

—Yo también te quiero, tú lo sabes. Estaría perdida sin ti. Quiero decir, se me habría ido la pinza y estaría por ahí, no sé, moldeando extraterrestres con puré de patatas.

—Lo sé. Te entiendo.

Heather evocó todos los años de su vida en común, su amistad, y los recuerdos empezaron a brotar allí mismo, en la oscuridad: la ocasión en la que habían practicado cómo besar con los cojines que la mamá de Nat tenía sobre el sofá; la primera vez en la que fumaron un pitillo y ella había vomitado; los mensajes secretos enviados en clase, los dedos moviéndose bajo la mesa u ocultos tras los libros de texto. Todo eso era suyo, suyo y de Nat; y todos esos años, todos esos recuerdos, tenían cobijo en su interior como una de esas muñecas rusas que guarda dentro docenas de versiones más pequeñas de sí misma.

Repentinamente emocionada, Heather se volvió hacia su amiga.

—Repartámonos el dinero —dijo.

—¿Qué? —exclamó Nat parpadeando.

—Si una de las dos gana, nos dividiremos el dinero. —Tan pronto lo dijo, Heather comprendió que era lo correcto—: Mitad y mitad. Treinta de los grandes siguen siendo mucha gasolina, ¿no crees?

Durante un segundo, Nat se limitó a mirarla fijamente.

—De acuerdo. Mitad y mitad —dijo al cabo, riéndose—. ¿Sellamos el pacto con un apretón de manos o jurando con el meñique?

—Confío en ti.

Dodge regresó por fin.

—Ya se han ido —anunció.

Heather y Dodge regresaron hasta el lugar en el que se alzaban las torres de agua, con Nat cojeando en medio de los dos. En el claro que poco antes había estado repleto de gente la única prueba del paso de la multitud era la basura que había dejado atrás: colillas y porros pisoteados, latas de cerveza aplastadas, toallas, paraguas. El camión seguía estacionado en el fango, pero el motor estaba apagado. Heather supuso que la poli traería luego un remolque para llevárselo. El silencio era extraño. La escena en su conjunto tenía algo de espeluznante. Era, pensó Heather, como si todos se hubieran desvanecido en el aire.

De repente, Dodge dio un grito.

—Esperad —dijo, y dejó a Nat apoyada en Heather. Se alejó dos o tres metros y levantó algo que estaba en el suelo: una nevera portátil. Y cuando iluminó el interior con el teléfono, Heather advirtió que todavía tenía hielo y cerveza.

—Bingo —dijo Dodge. Y por primera vez en toda la noche sonrió.

Siguieron su camino llevando la nevera y al llegar a la Ruta 22, Dodge improvisó una compresa de hielo para el tobillo de Nat. Quedaban exactamente tres cervezas, una para cada uno, que bebieron sentados a un lado de la carretera, bajo la lluvia, mientras esperaban que pasara el autobús. Nat se puso risueña con apenas un par de sorbos, y bromeó con Dodge acerca de encender un cigarrillo para que el bus llegara más rápido. Y Heather se dijo que debería sentirse contenta.

Sin embargo, el número de Bishop seguía mandándola directamente al buzón de voz. En algún lado Matt y Delaney debían de estar secos y calentitos y juntos. Y no podía dejar de recordar lo que había sentido allá arriba, mientras se tambaleaba en la plancha de madera, esa comezón en la planta de los pies que le decía que saltara.

DOMINGO, 26 DE JUNIO

Dodge

Dodge nunca dormía más de dos o tres horas de corrido. No le gustaba admitirlo, pero sufría pesadillas. Soñaba con carreteras largas y polvorientas que terminaban abruptamente haciéndolo caer; o con un sótano oscuro, de techo bajo y abarrotado de arañas, del que no podía salir.

Además, en Meth Row, su calle, era imposible dormir después de las cinco de la mañana debido al estruendo del camión de la basura. Y tampoco podía dar una cabezada durante el día, cuando la gente corría en masa a comer a Dot's y las meseras estaban permanentemente sacando basura, vaciando colectores de grasa y golpeando los contenedores a pocos pasos de su ventana. Cada cierto tiempo, la puerta trasera de la cafetería se abría y entre la oleada de conversaciones le llegaba la voz de su madre.

«¿Más café, cariño?»

No obstante, al día siguiente del desafío en las torres de agua, Dodge durmió profundamente, sin sueños ni pesadillas, hasta la hora de comer y más allá, incluso, pues no se despertó hasta las dos de la tarde. Entonces se puso unos pantalones de chándal, consideró si debía o no darse una ducha y resolvió que no.

—¡Hola! —lo saludó Dayna cuando entró en la cocina. Estaba hambriento. Y sediento. Era como si el juego le hubiera despertado el apetito—. ¿Cómo ha ido?

Estaba estacionada en el salón, donde podía ver la tele y mirar por la ventana la parte posterior de la cafetería. Una luz pálida se colaba débilmente por la ventana y las motas de polvo flotaban en el aire a sus espaldas. Durante un instante, Dodge sintió que lo invadía un afecto súbito por la pequeña habitación: el enclenque estante en el que descansaba la tele, la alfombra desgastada, el sofá irregular que, por razones desconocidas, había sido tapizado en tela vaquera.

Y, por supuesto, por ella. Su Dayna.

Con el paso del tiempo el parecido entre ambos se había diluido, en especial a lo largo del último año, pues ella había aumentado de peso bastante y eso se le notaba en la cara, el pecho y los hombros. No obstante, seguía ahí, incluso a pesar de que no tenían el mismo padre y de que su piel era mucho más clara que la de él: era visible en el pelo castaño oscuro y los ojos color avellana, bien separados; en el mentón definido; y en la nariz, que en ambos se curvaba de forma casi imperceptible hacia la izquierda.

Dodge abrió la nevera. Su madre debía de haber salido a cenar la noche anterior, pues había cajas con restos de comida china. Las abrió para olerlas. Pollo con brócoli y arroz frito con gambas. No estaba mal. Dayna lo vio servirse todo en un plato y, sin molestarse en calentarlo en el microondas, coger un tenedor y empezar a comer.

—¿Y bien? —preguntó.

Él quería ahorrarse el informe, torturarla no contándole nada, pero necesitaba hablar. Tenía que compartir lo ocurrido con alguien. Puso el plato en la mesa, entró en el salón y se sentó en el sofá, al que él y Dayna habían apodado «El trasero».

—Fue un fracaso —dijo—. Llegó la poli.

Ella lo miró con atención.

—¿Estás seguro de que quieres hacerlo, Dodge? —dijo en voz baja.

—Venga, Dayna —exclamó.

El solo hecho de que preguntara le molestaba. Dayna levantó las piernas y las puso en su regazo. Los masajes eran la única forma de evitar que la atrofia fuera total, y aunque ella llevara un buen tiempo diciendo que era inútil, él seguía insistiendo en masajearle las pantorrillas todos los días. Había ido a docenas de médicos diferentes. Y para entonces llevaba un año largo recibiendo fisioterapia.

Pero no había habido ningún cambio. Ninguna mejoría. Nunca volvería a caminar. No a menos que ocurriera un milagro.

A pesar de los masajes diarios, las piernas de Dayna eran delgadas como el tallo de una planta. Mientras la cara se le había redondeado y los brazos se le habían vuelto fofos, las piernas continuaban atrofiándose. Dodge intentaba no pensar en las muchas veces que, siendo niños, ella había utilizado esas mismas piernas para adelantarlo en las carreras y subirse a los árboles cuando competían a ver quién podía trepar más rápido. Ella siempre había sido fuerte, dura como la madera pulida, correosa. Más fuerte que la mayoría de los chicos, y más valiente, también.

Durante toda su vida, Dodge había tenido en ella a su mejor amigo, su cómplice. Dayna era dos años mayor y había sido, de hecho, la líder de todos los planes urdidos a lo largo de la infancia. Cuando él tenía cinco años, habían intentado embotellar sus pedos para venderlos.

Cuando tenía siete, pasaron el verano explorando el barrio en el que vivían en Dawson, Minnesota, en búsqueda de tesoros, y terminaron con el jardín repleto de la basura más extraña: un viejo sombrero de copa, una radio estropeada, dos radios de una rueda y un cuadro de bici oxidado. Juntos conseguían encontrar aventuras en cualquiera de las ciudades de mierda por las que su madre los había paseado.

Ahora, sin embargo, las aventuras se habían acabado. Nunca volverían a tener una. Ella nunca volvería a trepar a los árboles o a montar en bici o apostarle cinco pavos a que todavía era capaz de ganarle una carrera. Por el contrario, iba a necesitar ayuda para todo, siempre, para bañarse, para ir al lavabo...

Y todo fue culpa de Luke Hanrahan. Se había metido con el coche de Dayna antes de la confrontación final y le había arruinado la dirección para forzarla a salirse de la carretera. Dodge lo sabía.

—Mamá tuvo una cita anoche —anunció Dayna, en un obvio intento de cambiar de tema.

—¿Y? —dijo Dodge, todavía un poco molesto. Por lo demás, adondequiera que iban su madre siempre encontraba un nuevo perdedor con el cual salir.

Dayna se encogió de hombros.

—Parecía entusiasmada. Y no me dijo con quién salía.

—Probablemente estaba avergonzada —comentó Dodge.

En el silencio, oyó ruido de fuera: alguien estaba tirando basura en los contenedores. Dayna se inclinó hacia delante para mirar por la ventana.

—Mierda —dijo.

—¿El pequeño Kelly? —preguntó y Dayna asintió con la cabeza.

El pequeño Bill Kelly tendría treinta años y medía por lo menos metro noventa y cinco, pero su padre, también llamado Bill Kelly, había sido el jefe de policía durante veinte años antes de jubilarse y todo el mundo lo conocía como el gran Kelly. Dodge solo lo había visto una vez, y apenas durante un segundo, cuando por accidente se le atravesó en bici. El gran Kelly le había dado a la bocina y le había gritado que tuviera cuidado.

Dodge suspiró, retiró las piernas de Dayna de su regazo y se puso de pie. A través de la ventana vio al pequeño Bill Kelly balanceándose sobre un barril metálico repleto de aceite que usaba para inspeccionar metódicamente uno de los contenedores apilados en la parte trasera de la cafetería, justo al lado de la salida de la cocina. Era la tercera vez en el último mes que lo veía rebuscando entre la basura.

Dodge ni siquiera se molestó en ponerse una camisa. Con rapidez cruzó el callejón de hormigón que separaba su piso de la cafetería, cuidándose de no pisar los vidrios rotos. En ocasiones los pinches de cocina salían a tomarse una cerveza durante el turno y dejaban las botellas en cualquier lugar.

—Eh, tío —dijo, deliberadamente alto, deliberadamente alegre.

El pequeño Kelly se enderezó como si lo hubieran electrocutado y bajó con paso vacilante del barril de aceite.

—No estoy haciendo nada —dijo evitando la mirada de Dodge.

Más allá de la barba de varios días, el pequeño Kelly tenía el rostro de un bebé que hubiera crecido demasiado. En otra época había sido un atleta estelar y un buen estudiante, además, pero había perdido un tornillo en Afganistán o en Irak, en uno de eso países en todo caso.

Ahora se pasaba el día entero montando en autobús y se le olvidaba regresar a casa. En una ocasión Dodge se lo había encontrado sentado en una esquina, con las piernas cruzadas, llorando a todo pulmón.

—¿Buscas algo? —Dodge advirtió que había hecho una pequeña pila de basura a los pies del contenedor: restos de papel de plata, trozos de metal, chapas, un plato roto.

El pequeño Kelly lo miró durante un minuto sin dejar de mover la mandíbula, como si estuviera mascando un trozo de cuero. Y entonces, de repente, echó a correr, empujó a Dodge y desapareció en la esquina.

Dodge se puso en cuclillas y se dispuso a recoger toda la basura que el pequeño Kelly había sacado del contenedor. Hacía calor y el callejón apestaba. Justo en ese momento sintió que algo o alguien se movía a su espalda. Pensando que el pequeño Kelly había regresado, se enderezó y dio media vuelta al tiempo que decía:

—No deberías volver...

Las palabras se le quedaron atascadas en la garganta. Delante de él estaba Natalie Vélez, apoyando su peso en el pie bueno. Se había dado una ducha y se había arreglado, estaba limpia y bonita y, por tanto, era como si hubiera hecho aparición en el lugar equivocado.

—Hola —dijo con una sonrisa.

Su respuesta instintiva hubiera sido caminar hasta la casa, dar un portazo y ahogarse, pero, por supuesto, no podía hacer eso. ¡Hostia puta! Nat Vélez estaba enfrente de él y él estaba sin camisa. No se había cepillado los dientes. Ni duchado. Y tenía en las manos un trozo de papel de plata que antes estaba en la basura.

—Solo estaba limpiando... —Su voz se fue apagando con un gesto de impotencia.

Los ojos de Nat descendieron hasta su pecho desnudo y subieron a su pelo, que probablemente estaba completamente despeinado.

—Oh, Dios —dijo, empezando a ponerse colorada—. Debí llamar antes. Lo siento. ¿Acabas de levantarte?

—No, no. En absoluto. Solo estaba... —Dodge intentó no hablar ni respirar con demasiada fuerza, en caso de que tuviera mal aliento—. Mira: ¿podrías darme un minuto? Solo tienes que esperarme aquí.

—Claro que sí. —Nat era todavía más bonita cuando se sonrojaba. Parecía una galleta de Navidad glaseada.

—Un minuto —repitió Dodge.

Una vez dentro, respiró hondo y contuvo la respiración. Hostia puta. Nat Vélez. Ni siquiera tuvo tiempo de preocuparse por el hecho de que en ese momento ella estaba viendo su casa, su cutre pisito, y de que para llegar allí probablemente había tenido que pasar por el lugar en el que vaciaban los colectores de grasa, pisar con sus pequeñas sandalias los restos húmedos de espinaca que los cocineros dejaban regados por el suelo al sacar la basura de la cafetería y soportar el hedor de los contenedores.

En el lavabo se cepilló los dientes e hizo gárgaras con enjuague bucal. Se olió los sobacos: no estaban tan mal, pero por si acaso se puso desodorante. Se echó agua en el pelo y se puso una camiseta blanca limpia, que dejaba ver un trocito del tatuaje que le cubría la mayor parte del pecho y se prolongaba por el hombro y el antebrazo derecho. Como el pelo volvió a parársele casi de inmediato, optó por embutirlo en una gorra de béisbol.

Bien. Decente, al menos. Se roció un poco de la loción corporal «para hombres» que le habían regalado a su madre en el Walmart, sintiéndose gilipollas, pero pensando que era mejor sentirse gilipollas que oler como tal.

Fuera, Nat fingía con bastante habilidad no haberse

dado cuenta del hecho de que Dodge vivía en un piso destartalado detrás de una cafetería.

—Hola —dijo sonriendo de nuevo, una sonrisa grande y luminosa, que hizo que a Dodge se le revolvieran las tripas: «Ojalá que Dayna no esté mirando por la ventana»—. Lo siento, no quería interrumpirte.

—No hay problema.

—Iba a llamar —añadió—. Le pedí a Heather tu número. Lo siento. Pero luego pensé que era mejor decírtelo en persona.

—Perfecto. De verdad. —El tono era más áspero de lo que quería. Mierda. Ya lo había arruinado. Tosió y cruzó los brazos. Con ello intentaba parecer relajado, pero lo cierto era que de repente había sentido que las manos eran como ganchos de carnicero y no sabía qué hacer con ellas—. ¿Cómo está el tobillo?

Nat llevaba el tobillo y el pie envueltos con una apretada venda elástica, lo que contrastaba de forma graciosa con las piernas, que llevaba descubiertas.

—Esguince —dijo haciendo una mueca—. Viviré, pero... —Durante un instante su cara se contrajo, como si estuviera adolorida—. Mira, Dodge, ¿hay algún lugar al que podamos ir? Digo: para hablar.

No existía la menor posibilidad de que él la invitara a entrar. Ni de broma. No quería ver a Nat boquiabierta al ver a Dayna o, peor, esforzándose por ser amable y comprensiva.

—¿Cómo viniste? —preguntó pensando en la posibilidad de que tuviera coche.

—Mi padre me trajo —contestó, de nuevo sonrojada.

Dodge no le preguntó cómo había averiguado dónde vivía. Como tantas cosas en Carp, eso era algo para lo que seguramente bastaba con preguntar por ahí. El problema era adónde llevarla. La cafetería estaba descartada:

su madre trabajaba ahí. La única alternativa era Meth Row.

Nat caminaba lento, pues todavía cojeaba, y si bien parecía menos adolorida que la noche anterior, aprovechó la primera oportunidad para sentarse: en el guardabarros oxidado de un Buick abandonado. El coche no tenía ruedas, todas las ventanas habían sido destrozadas y los asientos estaban salpicados de mierda de pájaro, el cuero hecho trizas por quién sabe qué musarañas.

—Quería darte las gracias una vez más —dijo Nat—. Fuiste tan... Fuiste muy bueno conmigo. Fuiste una gran ayuda.

Dodge se sintió vagamente decepcionado, como le ocurría con frecuencia cuando interactuaba con otras personas, cuando la realidad no estaba a la altura de sus expectativas. O, en este caso, de sus fantasías. Una parte de él abrigaba la esperanza de que Nat hubiera venido a confesarle que estaba locamente enamorada de él. O tal vez que se ahorrara por completo las palabras y se pusiera de puntillas y le ofreciera la boca para que él la besara. Salvo que lo más probable era que ella no estuviera en condiciones de ponerse de puntillas debido al estado de su tobillo, lo que era solo uno de los dos mil treinta y siete detalles que hacían que su fantasía fuera poco realista.

—No hay problema —dijo.

Ella torció la boca, como si se hubiera tragado algo amargo, y durante un segundo no dijo una palabra.

—¿Sabías que arrestaron a Cory Walsh y Felix Harte? —soltó finalmente.

Dodge negó con la cabeza.

—Ebriedad y alteración del orden público. E intrusión ilegal —aclaró Nat—. ¿Crees que Pánico se acabó?

—En absoluto. Los polis son demasiado estúpidos para impedirlo.

Ella asintió, pero no parecía muy convencida.

—¿Y entonces? ¿Qué crees que viene ahora?

—Ni idea —contestó. Entendió que Nat le estaba pidiendo una pista. El mal sabor de boca volvió. Ella sabía que le gustaba y estaba intentando utilizarlo.

—Creo que podemos ayudarnos mutuamente —dijo ella abruptamente, y ese hecho, el hecho de que reconociera lo que estaba haciendo, de que fuera sincera, lo animó a seguir escuchando.

—¿Ayudarnos mutuamente cómo? —preguntó.

Nat se pellizcó el dobladillo de la falda. La prenda parecía de felpa, lo que hizo que Dodge pensara en toallas, lo que a su vez le hizo pensar en Nat envuelta en una toalla. El sol era tan brillante que se estaba mareando.

—Haremos un trato —dijo ella alzando la mirada. Sus ojos eran negros y dulces, e impacientes, como los ojos de un cachorro—. Si cualquiera de los dos gana, dividiremos el dinero mitad y mitad.

El sobresalto fue tal que durante un minuto entero fue incapaz de decir nada.

—¿Por qué? —preguntó finalmente—. ¿Por qué yo? Tú ni siquiera... Quiero decir: apenas nos conocemos.

»¿Qué hay de Heather?» Estuvo a punto de agregar.

—Es solo un presentimiento que tengo. Eres bueno en este juego. Sabes cosas —dijo, y una vez más Dodge encontró llamativa semejante sinceridad.

De algún modo le resultaba sorprendente que Nat Vélez, con su melena perfecta y sus labios brillantes, hablara con tanta franqueza acerca de un tema que la mayoría de la gente evitaba. Era como oír a una supermodelo echarse un pedo: sorprendente y de algún modo emocionante.

Ella continuó:

—Podemos ayudarnos el uno al otro. Compartir

información. Unirnos contra los demás. Así tendremos más oportunidades de llegar a la Justa. Y entonces...
—Hizo un gesto con las manos.

—Entonces tendríamos que enfrentarnos —dijo Dodge.

—Pero si uno gana, ambos ganamos —repuso ella sonriéndole.

Él no tenía ninguna intención de dejar que nadie más ganara. Por otro lado, el dinero no le importaba. Tenía en mente una meta distinta. Quizás ella lo sabía o lo presentía de algún modo. Así que dijo:

—Ok. De acuerdo. Seremos socios.

—Aliados —dijo Nat y le tendió la mano formalmente. Dodge la encontró blanda y también algo sudorosa.

Una vez que estrecharon las manos ella se puso de pie, riéndose.

—Entonces, trato hecho —dijo. Y como no podía ponerse de puntillas para darle un beso en la mejilla, le agarró de los hombros y le plantó uno en un lado del cuello con una risita nerviosa—. Ahora tendré que hacerlo en el otro lado, para que quedes parejo.

Y en ese instante él supo que iba a enamorarse perdidamente de ella ese verano.

Nadie supo quién había subido el vídeo a internet: apareció en tantísimas páginas de forma simultánea y se difundió entre todos con tantísima rapidez que era imposible determinar el punto en que se había originado, si bien muchos sospechaban que el responsable tenía que ser Joey Addison o Charlie Wong, pues ambos eran unos capullos y dos años atrás habían filmado en secreto, y colgado en la red, vídeos de los vestuarios de chicas.

La grabación ni siquiera era particularmente interesante: solo un par de tomas movidas de Ray y Zev sacudiéndose entre sí, hombros entrando en el marco cuando la multitud acudió a ver la pelea, y luego las luces de las linternas, la gente gritando, momento en que la filmación se interrumpía. Después había más imágenes: las luces barriendo la escena, las voces distorsionadas de los polis (que en el vídeo sonaban metálicas e inofensivas) y un primer plano de Nat, la boca abierta de par en par, con un brazo alrededor de Heather y el otro alrededor de Dodge. Y, finalmente, la oscuridad.

No obstante, Dodge conservó una copia en el disco duro para poder congelar ese último momento en el que Nat parecía tan asustada y él estaba ahí, ayudando a sostenerla.

Apenas unas horas después un correo electrónico se difundió con igual velocidad. Asunto: en blanco. De: jueces@panico.com.

El mensaje era sencillo, tenía solo dos líneas:

Las lenguas sueltas hunden barcos.
Nadie diga nada. O veréis.

MARTES, 28 DE JUNIO

Heather

—Tú estás segura de que esto es legal, ¿no? —Bishop iba en el asiento del conductor, las manos sobre el volante, maniobrando el coche por una carretera de tierra de una sola vía llena de baches. Tenía el pelo todavía más exuberante de lo que era usual en él, como si hubiera intentado peinarse con una aspiradora. Llevaba puesta una vieja sudadera del Politécnico de Virginia que había pertenecido a su padre, pantalones de pijama de franela y chanclas. Cuando recogió a Heather había anunciado, con cierto orgullo, que aún estaba sin ducharse—. Y no hay un psicópata esperándote para matarte a hachazos, ¿verdad?

—Cállate, Bishop. —Heather estiró el brazo para empujarle, lo que le hizo darle un tirón al volante que estuvo a punto de enviarlos a la cuneta.

—Esa no es forma de tratar a tu chófer —dijo fingiendo estar ofendido.

—De acuerdo, chófer. Y ahora cállese. —El nerviosismo se había apoderado de su estómago. El bosque era tan denso que los árboles bloqueaban casi por completo la luz del sol.

—Solo me preocupo por usted, mi señora —dijo Bishop sonriendo y, por ende, enseñando sus dientes super-puestos—. No quiero que mi mejor amiga termine convertida en una lámpara.

—Pensaba que tu mejor amiga era Avery —contestó Heather. Pretendía hacer un chiste, pero hubo en sus palabras un dejo de amargura. Sí: había sonado como una solterona solitaria, con el corazón roto, amargada. Eso, en cierto modo, era ella. Quizá no una solterona precisamente, pues no se puede ser solterona a los dieciocho, o al menos ella no lo creía, pero casi.

—Venga, Heather —continuó Bishop, que parecía realmente herido—. Tú siempre has sido mi mejor amiga.

Heather siguió mirando por la ventana. Llegarían en cuestión de segundos. Pero ahora se sentía un poco mejor. Ese era el efecto que Bishop tenía sobre ella, era como un ansiolítico humano.

Al día siguiente del desafío en las torres de agua, Heather se había quedado dormida y solo se despertó cuando la llegada de un mensaje de texto anónimo hizo sonar su teléfono: «Retírate ahora, antes de que salgas herida.» El mensaje la dejó tan trastornada que pasó quince minutos buscando las llaves del coche antes de recordar que las había colgado en el gancho que estaba junto a la puerta; después de eso, la habían despedido de Walmart por llegar veinte minutos tarde a su puesto. Y de repente se encontró llorando a moco tendido en el estacionamiento. Semana y media antes tenía novio y empleo, no era un buen empleo, pero empleo a fin de cuentas, y algo de dinero en el bolsillo.

Ahora no tenía nada. Ni novio ni empleo ni dinero. Y alguien quería asegurarse de que no jugara a Pánico.

Entonces la atacó un perro salido de la nada con la lengua más grande que había visto en la vida. Bueno, quizás atacar no era la palabra correcta, pues el perro solo la lamió, pero en todo caso ella no era una persona muy amiga de los animales y así era como se había sentido. Y después de eso una anciana loca que llevaba una burrada de bolsas de la compra le había ofrecido trabajo ahí mismo, a pesar de que Heather tenía mocos goteándole de la nariz y llevaba puesta una camiseta sin mangas manchada de vinagreta, algo en lo que no había reparado en su afán por salir rápido de casa.

La mujer se llamaba Anne.

—Le has caído bien a *Muppet*. —*Muppet* era el nombre del perro con la lengua larga—. No suele llevarse bien con los extraños. Debes de ser una de esas personas que se llevan bien con los animales por naturaleza.

Heather permaneció en silencio. No quería admitir que por lo general pensaba que a los animales, como a los granos, lo mejor era no prestarles atención: si te metías demasiado con ellos, podía salirte el tiro por la culata. La única vez que había intentado tener una mascota, un pez dorado de aspecto anémico al que había bautizado *Estrella*, se le había muerto al cabo de treinta y dos horas. No obstante, cuando Anne le preguntó si le parecería bien hacer un poco de cuidadora de animales y encargarse de algunas tareas domésticas menores, dijo que sí. Pagaba ciento cincuenta dólares semanales, en efectivo, que era casi lo mismo que ganaba trabajando a tiempo parcial en Walmart.

Los árboles se abrieron de repente y llegaron a su destino. Heather sintió un alivio inmediato. No sabía qué era lo que había estado esperando (después de lo que dijo Bishop, tal vez un granero lóbrego, repleto de herramientas agrícolas y machetes oxidados), pero en lugar de eso se topó con una casa de campo roja y una gran área de estacionamiento circular, en donde la hierba había sido cortada con esmero. También había un granero, efectivamente, pero no tenía nada de lóbrego, y junto a él había varios cobertizos blanqueados.

Tan pronto abrió la puerta del coche, varios gallos corrieron hacia ella y un perro (¿o había más de un perro?) comenzó a ladrar con furia. Anne salió de la casa y la saludó alzando la mano.

—Hostia puta —dijo Bishop. Parecía realmente impresionado—. Es un zoológico.

—¿Te das cuenta? No veo ninguna lámpara hecha con piel humana por aquí. —Heather salió del coche y se agachó para despedirse—. Gracias, Bishop.

Él respondió haciendo un saludo militar.

—Me manda un mensaje cuando necesite que la recoja, señora —dijo.

Heather cerró la puerta. Anne cruzó el jardín para encontrarse con ella.

—¿Es tu novio? —dijo protegiéndose los ojos del sol con una mano mientras Bishop empezaba a girar para volver al camino.

La pregunta era tan inesperada que Heather se puso colorada.

—No, no —se apresuró a decir, al tiempo que tomaba distancia del coche, como si Bishop, en caso de estar mirando, fuera capaz de leer en su lenguaje corporal la respuesta.

—Es mono —dijo Anne con naturalidad. Saludó con la mano y Bishop respondió haciendo sonar la bocina antes de marcharse.

El sonrojo de Heather aumentó hasta dar la impresión de que iba a incendiarse. Cruzó los brazos y los dejó caer de nuevo. Por suerte, Anne no pareció darse cuenta de nada.

—Me encanta que hayas venido —dijo sonriendo, como si Heather sencillamente estuviera allí de visita—. Ven, te enseñaré el lugar.

A Heather le alegró que Anne pareciera aprobar el atuendo que había elegido: vaqueros, bambas y una camiseta de cuello redondo que había pertenecido a Bishop antes de que por error encogiera. No quería lucir desaliñada, pero Anne le había dicho que se pusiera ropa que pudiera ensuciar y ella no quería que pensara que no le había prestado atención.

Empezaron a caminar hacia la casa. Los gallos seguían corriendo como locos, y Heather distinguió al otro lado del jardín un gallinero en el que una docena de pollitos amarillos picoteaban al sol. Los perros seguían haciendo bulla. Eran tres, contando a *Muppet*, estaban encerrados en un pequeño cercado y no paraban de ladrar con fuerza.

—Tiene muchos animales —observó Heather, y de inmediato se sintió idiota. Metió las manos en las mangas.

Anne, sin embargo, se rio.

—¿No es horrible? El problema es, sencillamente, que no puedo parar.

—Bueno, esto es como una granja, ¿no? —Heather no veía por ningún lado equipo agrícola, pero no sabía de nadie que tuviera gallinas solo por diversión.

Una vez más, Anne se rio.

—Para nada. A veces cojo los huevos y me los llevo a la despensa. Pero más allá de eso lo único que saco es caca, caca de gallina, caca de perro, caca de todo tipo —dijo manteniendo la puerta de la casa abierta para que entrara Heather, quien empezaba a pensar que iba a pasarse todo el verano paleando mierda—. Mi marido, Larry, era un amante de los animales —continuó Anne entrando en la casa.

Estaban en la cocina más bonita que Heather había visto en la vida. Ni siquiera la cocina de Nat podía compárársele. Las paredes eran color crema y amarillo; los armarios, de madera color castaño, resplandecían hasta parecer casi blancos con la luz del sol que entraba a través de dos grandes ventanas. Las encimeras no tenían una sola mancha. Seguro que no había hormigas allí. En los estantes ubicados contra una de las paredes había cerámicas blancas y azules y pequeñas figuras de porcelana: caballos en miniatura, gatos, asnos, cerdos. A Heather casi le daba miedo moverse: un paso en la dirección equivocada podía hacer añicos todo.

—¿Té? —preguntó Anne.

Heather negó con la cabeza. No conocía a nadie que tomara té en la vida real. Eso era algo que solo hacían los británicos en la tele.

Anne llenó un hervidor de agua y lo puso en la cocina.

—Vivíamos en Chicago antes de mudarnos aquí.

—¿En serio? —exclamó Heather. Lo más lejos que ella había estado de Carp era Albany. Y apenas dos veces: la primera por una salida escolar; y la segunda porque a su madre la pillaron conduciendo cuando le habían retirado el carné y tuvo que ir al tribunal—. ¿Qué tal es Chicago?

—Fría —dijo Anne —. Vives con las pelotas congeladas diez meses al año. Pero los otros dos son realmente magníficos.

Heather no dijo nada. Anne no parecía el tipo de persona que hablaría de «pelotas» y eso hizo que le pareciera un poco más simpática.

—Larry y yo trabajábamos en ventas. Juramos que algún día cambiaríamos de aires —dijo y se encogió de hombros—. Entonces él murió, y yo hice lo que nos habíamos prometido.

Una vez más, Heather se quedó callada. Quería preguntar de qué había muerto Larry, y cuándo, pero no sabía si eso era lo apropiado. No quería que Anne fuera a pensar que estaba obsesionada con la muerte o algo así.

Cuando el agua hirvió, Anne se llenó la taza y luego guio a Heather hacia la puerta por la que habían entrado. Era divertido estar ahí, caminando por el jardín con la mujer, mientras el vapor que ascendía de la taza se mezclaba con la ligera neblina de la mañana. Heather pensó que era como estar en una película sobre una granja en un lugar muy, muy lejano.

Rodearon la casa y los perros empezaron a ladrar otra vez.

—¡Callaos! —dijo Anne, pero en tono amistoso. Los perros, por supuesto, no le hicieron caso, y ella no dejó de hablar mientras caminaba—. Este es el cobertizo de la comida —dijo al tiempo que abría uno de los pequeños cobertizos blanqueados junto al granero—. Intento mantener todo en orden para no terminar dándole grano a los perros y comida para perros a las gallinas. Recuerda apagar las luces antes de cerrar. Ni te cuento cómo son mis facturas de la luz...

»Aquí es donde van las palas y los rastrillos —continuó al llegar al siguiente cobertizo—, así como los cubos, herraduras y demás basura que encuentres tirada por ahí que no vaya en ningún otro sitio. Vas entendiendo, ¿verdad? ¿O voy demasiado rápido?

Heather negó con la cabeza, pero entonces se dio cuenta de que Anne no la estaba mirando y dijo en voz alta:

—No, no.

Cayó en la cuenta de que ya no estaba nerviosa. Le gustaba sentir el sol en los hombros y el olor de la tierra negra y húmeda por doquier. Probablemente parte de lo que olía era el estiércol, pero en realidad no olía tan mal. Era a lo que olía el campo, a verdor y frescura.

Anne le enseñó el establo, donde dos caballos permanecían quietos en la penumbra, como si fueran un par de centinelas custodiando un tesoro. Heather nunca antes había estado tan cerca de un caballo, y se rio a carcajadas cuando Anne le entregó una zanahoria y le dijo que se la diera al negro, una yegua llamada *Reina*; tocó el hocico, blando y curtido, y sintió la suave presión de los dientes.

—Eran caballos de carreras. Se hirieron corriendo. Los salvé de que les pegaran un tiro —explicó Anne mientras salían del establo.

—¿Un tiro? —repitió Heather.

Anne asintió. Por primera vez parecía enojada.

—Eso es lo que ocurre cuando ya no sirven para correr. El dueño toma una escopeta y les dispara en la cabeza.

Anne había salvado a todos los animales de algún destino espantoso: a los perros y los caballos de la muerte; a las gallinas y los gallos de distintas enfermedades, pues a nadie más le preocupaban lo suficiente para gastar dinero en su cura. Tenía pavos cuyo sacrificio había evitado, gatos a los que había rescatado de la calle en Hudson e incluso una cerda enorme y panzona llamada *Campanilla* a la que al nacer nadie quería por ser la más pequeña y débil de la camada. Heather era incapaz de imaginársela siendo la más pequeña de nada.

—Todo lo que necesitaba era un poco de cariño —dijo Anne al pasar junto al chiquero donde *Campanilla* estaba echada en el lodo—. Eso y medio kilo de pienso al día —agregó riéndose.

Por último, llegaron a un lugar rodeado por una alta valla metálica. El sol finalmente había salido de entre los árboles y se reflejaba a través de la neblina, era casi cegador. La valla rodeaba un área que debía tener quizás un par de hectáreas, en su mayoría de campo abierto, con parches de tierra y de hierba alta, pero también algunos árboles. Heather no veía ningún animal.

Por primera vez en toda la mañana, Anne permaneció en silencio. Daba sorbos al té, entornaba los ojos debido al sol y miraba con atención a través de la valla metálica. Después de unos cuantos minutos así, Heather se impacientó.

—¿Qué estamos esperando? —preguntó.

—Chis —dijo Anne—. Mira. Ya vendrán.

Heather cruzó los brazos y reprimió un suspiro. Tenía las bambas empapadas debido al rocío y, en consecuencia, sentía al mismo tiempo frío en los pies y calor en el cuello.

Entonces ocurrió. Detectó un movimiento cerca de un pequeño grupo de árboles y entornó los ojos. Una masa grande y oscura, que había confundido con una roca, tembló y se levantó. Y mientras lo hacía, otra emergió de entre la sombra de los árboles. Los dos animales se movieron en círculos uno alrededor del otro brevemente y después salieron al sol con pasos largos, elegantes.

A Heather se le secó la boca.

Eran tigres.

Parpadeó. Era imposible. Pero allí seguían y estaban acercándose: dos tigres, ¡tigres!, como los que se veían en el circo. Con sus cabezas cuadradas y sus enormes mandíbulas, el cuerpo musculoso y ondulado, el pelo brillando a la luz del sol.

Anne silbó con fuerza. Heather dio un salto. Ambos animales giraron la cabeza hacia ellos, y Heather perdió el aliento. Sus ojos lucían planos, indiferentes, viejos, increíblemente viejos, de hecho, como si en lugar de mirar hacia delante, miraran hacia un pasado lejano.

Caminaron sin prisa hasta la valla, y se acercaron tanto que Heather retrocedió aterrada. Estaban tan cerca que podía olerlos, sentir el calor de sus cuerpos.

—¿Cómo es que...? —consiguió articular finalmente. Eso no era exactamente lo que quería decir, pero bastaba. En ese momento tenía miles de pensamientos en la cabeza chocando unos con otros.

—Más rescates —dijo Anne con calma—. Suelen venderlos en el mercado negro. Los venden y luego, cuando son demasiado grandes y no hay quien cuide de ellos, los abandonan o los sacrifican. —Mientras hablaba metió la mano a través de un agujero de la valla y acarició a uno de los tigres, como si no fuera más que un gato gigante. Cuando vio que Heather estaba boquiabierta, se rio—. Se portan bien cuando han comido —dijo—. Pero ni se te ocurra arrimarte a ellos cuando están hambrientos.

—No lo haré... No tengo que entrar ahí, ¿verdad? —Estaba clavada en el suelo, paralizada por el miedo y maravillada a la vez. Eran tan grandes, estaban tan cerca. Cuando uno bostezó, pudo distinguir la curvatura pronunciada de los dientes, blancos como el hueso.

—No, no —dijo Anne—. La mayoría de las veces me limito a arrojarles la comida por la puerta. Ven aquí, te mostraré.

Anne la condujo hasta la puerta, que estaba cerrada con un candado, a ojos de Heather, alarmantemente endeble. Al otro lado de la valla, los tigres las siguieron caminando con languidez, como si estuvieran allí por pura coincidencia. No obstante, Heather no se dejó engañar. Así eran los depredadores. Se sentaban y esperaban pacientes, dejando que te sintieras segura, y entonces se abalanzaban sobre ti.

Deseó que Bishop estuviera allí. Y no deseó que Nat estuviera allí. Nat perdería los estribos. Odiaba a los animales grandes de todo tipo. Incluso los caniches la ponían nerviosa.

Cuando dieron la espalda a la jaula de los tigres e iniciaron el camino de regreso a la casa, el nudo que Heather sentía en el estómago empezó a aflojarse, si bien continuó teniendo la impresión de que los felinos la observaban y no dejaba de imaginarse las afiladas garras clavándose en su espalda.

Anne le enseñó dónde guardaba las llaves de todos los corrales: colgaban de ganchos claramente etiquetados en la «habitación del lodo», según la llamó. Allí Heather tenía a su disposición botas de goma como las que usaba Anne, repelente de insectos, tijeras de jardinería, protector solar y loción de calamina para las picaduras.

Después de eso, Heather se puso manos a la obra. Primero alimentó a las gallinas. Anne le indicó cómo esparcir el pienso y ella soltó una carcajada al ver a las aves apiñarse para picotear frenéticas, como si fueran una única y enorme criatura emplumada de muchas cabezas.

Anne le mostró cómo perseguir a los gallos para hacerlos regresar al gallinero antes de soltar a los perros, y Heather descubrió con sorpresa que *Muppet* parecía recordarla: tan pronto estuvo libre, el perro dio varias vueltas alrededor de ella, como si quisiera saludarla.

Luego tuvo que limpiar el establo (como Heather sospechaba eso implicaba lidiar con la caca de caballo, pero la experiencia no resultó tan mala como había pensado) y cepillarles el pelo a los caballos con cepillos especiales de cerdas duras. Después ayudó a Anne a podar la glicina, que había empezado a colonizar el costado norte de la casa. Para entonces Heather estaba sudando a chorros a pesar de haberse remangado. El sol brillaba intensamente, hacía calor, y la espalda le dolía por todas las veces que había tenido que agacharse y volver a enderezarse.

Pero además estaba contenta, más contenta de lo que había estado siempre, al punto de que casi pudo olvidarse de que el resto del mundo existía, de que Matt Hepley la había echado o de que ella había participado en el Salto. Pánico. Había podido olvidarse de Pánico.

Se sorprendió cuando Anne le dijo que era casi la una de la tarde y puso fin a la jornada. Mientras Heather esperaba a que Bishop la recogiera, Anne le preparó un bocadillo de atún con la mayonesa que ella misma hacía y los tomates que cultivaba en el huerto. Heather no quería sentarse a la mesa, pues estaba sucísima, pero Anne le puso un puesto, de modo que lo hizo. El bocadillo le pareció la cosa más deliciosa que había probado en la vida.

—Eh, vaquera —dijo Bishop cuando se subió al coche. Seguía sin quitarse el pantalón del pijama—. ¿Qué es ese olor? —agregó después de olisquear de manera exagerada.

—Cierra el pico —replicó ella y le pegó en el brazo. A lo que él respondió fingiendo una mueca de dolor.

Al bajar la ventana, Heather se topó con el reflejo de su rostro en el espejo lateral. Tenía la cara roja, el pelo hecho un desastre y el pecho húmedo de sudor, pero le sorprendió descubrir que se veía... bonita.

—¿Cómo ha ido? —preguntó Bishop al iniciar el camino de regreso. Le había comprado un café helado en el 7-Eleven con mucha azúcar y mucha nata, justo como a ella le gustaba.

Le contó acerca de la cerdita más pequeña de la camada convertida en una cerda enorme, de los caballos, de las gallinas y los gallos, y se reservó los tigres para el final. Cuando se lo contó, Bishop estaba tomando un sorbo de su café y casi se ahoga.

—Sabes que eso es absolutamente ilegal, ¿verdad? —dijo.

Ella puso los ojos en blanco.

—Lo mismo que los pantalones que llevas puestos. Si no dices nada, yo tampoco lo haré.

—¿Estos pantalones? —dijo Bishop fingiendo sentirse ofendido—. Me los puse por ti.

—Pues puedes quitártelos por mí —repuso Heather, que se sonrojó al darse cuenta de cómo sonaba lo que había dicho.

—Cuando quieras —dijo Bishop. Y se giró para sonreírle. Ella volvió a pegarle. Todavía bullía de felicidad.

Estaban a veinte minutos del centro de Carp, si el Motel 6, la oficina de Correos y una corta hilera de tiendas y bares mugrientos contaban como «centro», pero Bishop le aseguró que había encontrado un atajo. Heather guardó silencio al ver que giraban en Lago Coral, un sitio que no podía tener un nombre más inadecuado: no había agua a la vista, lo único que había era troncos caídos y tocones dispersos, achicharrados durante el incendio que había tenido lugar allí hacía varios años. La carretera corría paralela a la propiedad de Jack Donahue y eso no era bueno.

Heather solo había estado en Lago Coral unas pocas veces. *Gatillo Fácil* Jack era famoso por pasársela borracho y estar medio loco y poseer todo un arsenal de armas. Su propiedad estaba vallada y era vigilada por perros y quién sabía si por algo más. Cuando distinguió la valla, que llegaba justo hasta la carretera, casi esperaba verlo salir en tromba de la casa y empezar a dispararle al coche. Pero no lo hizo. En su lugar aparecieron varios perros, corriendo y ladrando como locos. Esos perros no se parecían en nada a los de Anne. Estaban flacos, gruñían y tenían cara de malos.

Estaban a punto de dejar atrás la propiedad de Gatillo Fácil Jack cuando algo llamó la atención de Heather.

—¡Para! —dijo casi gritando—. Para.

Bishop clavó los frenos.

—¿Qué? Por Dios, Heather. ¿Qué demonios...?

Pero ella ya estaba fuera del coche y corría hacia un espantapájaros caído (o, al menos, era lo que parecía) que se encontraba tirado en el suelo, la espalda apoyada contra la valla de Donahue. Con el miedo atenazándole el estómago y la sensación extraña, siniestra, de estar siendo observada, Heather se acercó al muñeco. Algo estaba mal. Era demasiado burdo, demasiado inútil. No había granjas en ese lado de Lago Coral ni ninguna otra razón para tener un espantapájaros, máxime uno que parecía haber sido abandonado después de viajar en el maletero de un coche.

Cuando estuvo delante, vaciló durante un segundo, como si el muñeco pudiera despertar de repente y morderla.

Luego le levantó la cabeza, que se había derrumbado sobre el cuello, largo y delgado.

En lugar de rasgos, la cara del espantapájaros tenía palabras escritas con rotulador sobre la tela blanca.

Viernes, medianoche.
El juego debe continuar.

VIERNES, 1 DE JULIO

Dodge

La multitud era más reducida que la de la semana anterior; el ambiente era de tensión, no de alegría. La gente estaba nerviosa.

No había cerveza ni música ni estallidos de risa. Solo unas cuantas docenas de personas apiñadas en silencio en la carretera, a unos quince metros de la valla de *Gatillo Fácil* Jack, los rostros pálidos a la luz de los faros.

Cuando Bishop apagó el motor, Dodge oyó que Nat respiraba con dificultad. Se había pasado todo el trayecto hasta allí intentando distraerla con sencillos trucos de magia como hacer aparecer un comodín en el bolsillo de su chaqueta o desaparecer una moneda que ella tenía en la palma de la mano.

—Limítate a seguir el plan, ¿de acuerdo? —le dijo ahora—. Sigue el plan y todo saldrá bien.

Nat asintió con la cabeza, pero parecía enferma, como si necesitara vomitar. Los perros, le había contado, le inspiraban un miedo mortal. Y también las escaleras, las alturas, la oscuridad y la sensación que produce revisar el móvil en medio de la noche y descubrir que no tienes ningún mensaje. Por lo que Dodge sabía, a

Nat le daba miedo prácticamente todo. Y pese a ello había decidido jugar. Eso hacía que ella le gustara todavía más.

Y además, lo había escogido a él como aliado.

Bishop no dijo nada, y Dodge se preguntó qué estaría pensando. Siempre había creído que Bishop era un buen tío, inteligente y culto, sin duda, pero que asimismo era como un perrito tonto que seguía a Heather a todas partes. Sin embargo, Dodge estaba empezando a cambiar de opinión. Durante el recorrido, Bishop lo había mirado a los ojos por el retrovisor durante un segundo y Dodge detectó cierta advertencia en ese gesto.

El cielo estaba despejado y la noche era tranquila. En lo alto, la luna, a medio camino de ser luna llena, resaltaba los contornos y trazaba líneas alrededor de la valla. Con todo, era oscuro. Una linterna se encendió y apagó varias veces, una señal silenciosa. Heather, Bishop, Nat y Dodge caminaron hacia ella. Dodge sintió el impulso de tomar la mano de Nat, pero descubrió que ella se abrazaba con fuerza con ambos brazos.

Al menos había tenido tiempo para planear, para prepararse. Si Nat no le hubiera contado del muñeco que Heather había encontrado el martes, no se hubiera enterado del nuevo desafío hasta esa mañana.

Todos los jugadores habían recibido de forma simultánea el correo electrónico enviado desde una dirección encriptada: *jueces@panico.com.*

Ubicación: Lago Coral.

Hora: medianoche.

Objetivo: llevarse un recuerdo de la casa.

Bonificación: encontrar el escritorio en la armería y sacar lo que hay escondido allí.

—Muy bien —oyeron decir a Diggin en voz baja al acercarse al grupo. Llegaban tarde—. Jugadores: un paso al frente.

Los participantes hicieron lo que se les pedía y quedaron separados de quienes solo habían ido a mirar. Menos jugadores, menos espectadores. Desde la redada todo el mundo estaba nervioso. Y Lago Coral atraía la mala suerte. Y *Gatillo Fácil* Jack era un tío malo, malísimo. Un psicópata y un borracho y probablemente algo peor.

Dodge sabía que no dudaría dos veces en dispararles.

El haz de la linterna recorrió a los jugadores uno por uno. Parecía que los minutos se expandieran hasta convertirse en horas. El conteo resultó eterno. De pie en el otro extremo del círculo que formaron, Dodge distinguió a Ray Hanrahan, que con la cara oculta entre las sombras mascaba chicle sin molestarse en no hacer ruido, y sintió que lo dominaba una rabia con la que estaba familiarizado. El que siguiera allí después de dos años no dejaba de ser extraño; era como si en lugar de desaparecer, creciera, como un cáncer en el estómago.

—Falta Walsh —comentó Diggin al fin—. Y también Merl.

—Entonces quedan eliminados —dijo alguien.

—Es medianoche —continuó Diggin, que prácticamente susurraba. El viento agitó los árboles y les silbó, como si supiera que estaban a punto de cometer un allanamiento de morada. Los perros, sin embargo, seguían en silencio. Durmiendo. O esperando—. El segundo desafío...

—¿El segundo desafío? —lo interrumpió Zev—. ¿Qué hay de las torres de agua?

—Se invalidó —dijo Diggin—. No todos tuvieron su oportunidad.

Zev escupió en el suelo y Heather hizo un ruido de protesta, pero Diggin los ignoró.

—Cuando diga «ya» —dijo. E hizo una pausa.

Durante un momento, pareció que todo hubiera quedado en silencio. Dodge sentía el corazón latiendo lentamente en el vacío de su pecho. Y mientras estaban allí, en la oscuridad, esperando, se le ocurrió que en algún lugar en medio de la multitud se encontraban los jueces, escondidos entre las caras conocidas, quizá disfrutando con ello.

—Ya —dijo Diggin.

—¡Ya! —dijeron Dodge, Heather y Nat al mismo tiempo.

Heather asintió con la cabeza, cogió de la mano a su amiga y ambas se desvanecieron en la oscuridad. Nat avanzaba con las piernas rígidas, todavía cojeando un poco como una muñeca rota.

Dodge se encaminó directamente hacia la valla, como estaba acordado. Él había estudiado el lugar y sabía lo que hacía. Y como predijo, media docena de participantes corrieron detrás de él en silencio, agazapados como si incluso ahora estuvieran siendo observados.

No obstante, buena parte del grupo no se movió de inmediato. Vagaron al tuntún hasta acercarse a la valla, y empezaron a recorrerla de un lado a otro, mirándola con atención, demasiado asustados para intentar treparla. Todos ellos terminarían descalificados por no hacer nada, pero pese a ello siguieron ahí, caminando, mirando la casa oscura, las sombras que trepaban la valla en silencio absoluto salvo por el ocasional chirrido del metal, un taco dicho entre dientes, el viento.

Dodge fue uno de los primeros en subir a lo alto de la valla. A su alrededor había otros jugadores —gente gruñendo y con la respiración agitada, cuerpos chocando contra el suyo—, pero los ignoró, concentrado como estaba en el mordisco de la tela metálica en las manos y en su propia respiración y en los segundos que corrían como el agua.

Todo se reducía a la elección del momento oportuno. Era exactamente como en los trucos de magia: planear, dominar, mantener la calma bajo presión. Ser capaz de anticipar la respuesta del otro; saber por adelantado qué hará o dirá la gente, cómo reaccionará.

Dodge sabía que Donahue no tardaría en salir con un fusil.

Permaneció en la cima de la valla, a pesar de que la adrenalina le decía que siguiera adelante. Algunos de los otros participantes (era demasiado oscuro para distinguir las caras) se dejaron caer y llegaron al suelo antes que él, y si bien apenas hicieron ruido, la explosión de ladridos se oyó al instante. Cuatro perros, no, cinco, salieron disparados desde la parte de atrás de la casa, ladrando como posesos. Dodge saboreó cada segundo como si tuviera un gusto y una textura diferentes al segundo precedente, como momentos individuales que hacían tictac en su cabeza. Tic. Alguien gritaba. Eso le quitaría puntos. Tac. Faltaban solo unos segundos para que empezaran los disparos. Tic. Heather y Nat debían de haber llegado ya al agujero en la valla.

Tac.

De repente estaba en el aire y a continuación sintió el impacto del suelo. Estaba de pie y comprobó con la mano que el gas lacrimógeno seguía en el bolsillo. En lugar de encaminarse a la puerta principal de la casa directamente, dio un rodeo alrededor del pequeño grupo de jugadores y los perros que, enloquecidos, gruñían y lanzaban mordiscos. Algunos de los jugadores ya habían empezado a trepar de nuevo por la valla en busca de la seguridad del otro lado. Dodge, en cambio, siguió adelante.

Tic.

Un perro fue a por él. Casi no lo vio: el animal prácticamente tenía las mandíbulas sobre su brazo cuando se giró y lo roció en toda la cara. El perro retrocedió gimiendo. Dodge siguió adelante.

Tac.

Justo a tiempo, una luz se encendió en la casa. Un rugido se oyó por encima del caos y el frenesí de los ladridos y algo se estrelló contra el suelo. Una figura negra salió disparada por la puerta principal, a la noche. Incluso a cien metros de distancia, Dodge consiguió distinguir la retahíla de insultos.

«Malditosgilipollashijosdelagranputalargodemipropiedadpedazosdemierda..»

Y entonces el panzón Jack Donahue, que había salido sin camisa, llevando solo un par de calzoncillos caídos, levantó el fusil y abrió fuego.

Pum. Pum. Pum. Los disparos estallaron, más sonoros, más nítidos de lo que Dodge esperaba. Era lo primero que realmente lo cogía por sorpresa esa noche: nunca había estado tan cerca de un tiroteo.

En el patio delantero, *Gatillo Fácil* Jack seguía gritando.

«Soplapollasestáistodosmuertososvoyamatarhijosdeputa...»

Tic.

Ya no quedaba mucho tiempo. En algún momento Donahue llamaría a la policía. Tenía que hacerlo.

Dodge corrió rodeando la casa. Sentía el aliento atorado en algún lugar de la garganta, como si cada vez que inhalara aspirara vidrio. No sabía qué había ocurrido con el resto de los jugadores, dónde estaba Ray, si alguien había conseguido entrar ya. Creyó oír un susurro en la oscuridad y dio por sentado que Heather y Nat estaban en sus posiciones según lo planeado.

En la parte de atrás de la casa había un porche medio podrido, atestado de formas oscuras; Dodge reconoció vagamente una nevera antes de ver la mosquitera, que a duras penas colgaba de los goznes. Todavía se oían disparos. Uno, dos, tres, cuatro.

Tac.

No se detuvo a pensar. Abrió la puerta de golpe.

Estaba dentro.

Heather

Heather y Nat llegaron al lugar en el que la valla giraba hacia el norte alejándose de la carretera justo en el momento en que los perros empezaban a ladrar. Iban demasiado retrasadas. Y Dodge dependía de ellas.

—Tienes que moverte más rápido —dijo Heather.

—Eso intento —dijo Nat. Su esfuerzo era perceptible en la voz.

Las alcanzó un torrente de gritos procedente del patio, al que siguieron un alarido de dolor y el gruñido de un animal enfurecido.

Heather sentía el ritmo frenético del pulso en el cuello. Concentración. Concentración. Mantener la calma.

Habían llegado a la parte de la valla que habían preparado el día anterior. Y nadie las había seguido. Bien.

Dodge había cortado una especie de puerta en la valla. Heather la empujó con fuerza y esta cedió con un crujido dándole apenas espacio suficiente para colarse dentro. Nat la siguió.

De repente, Nat se paralizó y abrió los ojos de par en par, horrorizada.

—Me he enganchado —susurró.

Heather, ansiosa, se volvió hacia ella. La manga izquierda de Nat se había enganchado en la valla, así que estiró el brazo y la liberó de un tirón.

—Ya está libre —dijo—. Venga.

Pero Nat no se movió.

—Yo... no puedo. —El terror hacía que se viera demacrada—. Yo es que no...

—¿Tú es que no qué? —Heather estaba perdiendo la paciencia. Dodge llegaría en cualquier momento; él necesitaba que montaran guardia. Habían hecho un pacto. Él las ayudaba; Heather no sabía por qué, pero tampoco le importaba.

—Yo es que no... —La voz de Nat era chillona, histérica. Seguía de pie, petrificada, como si las piernas hubieran echado raíces.

Fue entonces cuando Jack Donahue salió por la puerta principal para echar una bronca a los invasores.

«Malditosgilipollashijosdelagranputalargodemipropiedadpedazosdemierda...»

—Vamos. —Heather agarró a Nat del brazo y tiró con fuerza.

La arrastró por el patio hacia la casa sin prestar atención a su lloriqueo o lo que decía entre dientes. Contaba. Contaba hasta diez y volvía a empezar. Heather le clavó las uñas en el brazo, casi deseando hacerle daño. ¡Dios! Se les estaba acabando el tiempo, y Nat estaba perdiendo los papeles. Le tenía sin cuidado el tobillo de Nat o el hecho de que estuviera temblando, conteniendo los sollozos.

Pum. Pum. Pum.

Heather tiró de Nat hacia abajo para que se agachara y permaneciera en las sombras mientras Donahue tronaba desde el porche, el arma en alto, disparando. La luz del porche era blanca, casi cegadora, y hacía que pareciera un personaje de película. A Heather le temblaban las piernas. No veía a Dodge. No podía ver a nadie, en realidad, solo formas borrosas que se fundían en la oscuridad y el cono de luz que iluminaba la espalda de Donahue, el bucle del pelo en los hombros, los michelines, la amenazadora culata del fusil.

¿Dónde estaba Dodge?

Heather apenas podía respirar. Apretada contra el costado de la casa, su peso descargado en los talones, intentaba pensar. Había demasiado ruido.

No sabía si Dodge había entrado en la casa ya. ¿Qué pasaba si lo había hecho? ¿Qué pasaba si la había fastidiado?

—Espérame aquí —le susurró a Nat—. Voy a entrar.

—No —dijo Nat volviéndose hacia ella, los ojos como platos, frenética—. No me dejes aquí.

Heather la tomó por los hombros y le dijo:

—Si en un minuto exacto no he salido, quiero que corras y regreses al coche. ¿De acuerdo? Un minuto exacto.

Ni siquiera sabía si Nat la oía, y en ese punto casi no le importaba. Se enderezó. Sentía el cuerpo hinchado y torpe. Y, de repente, advirtió varias cosas a la vez: que habían cesado los disparos; que la puerta delantera se acababa de abrir y cerrar con un firme *clic*. Alguien había entrado.

Se quedó helada. ¿Qué pasaba si Dodge estaba dentro? Se suponía que ella estaría vigilando. Se suponía que debía silbar si Donahue se acercaba.

Pero la puerta principal se había abierto y cerrado y ella no había silbado.

Ya no pensaba. De forma instintiva, se subió al porche, abrió la puerta delantera y entró en la casa. El recibidor apestaba a sudor y cerveza rancia, y la oscuridad era total. Donahue había encendido una luz antes (un mal augurio, había pensado al advertirlo), así que ahora la pregunta era por qué la había apagado. El corazón le saltó a la garganta. Estiró los brazos y, con la punta de los dedos rozando ambas paredes, se ubicó en el centro del pasillo. Tragó saliva.

Dio varios pasos hacia delante y oyó un crujido: el chirrido de un paso. En el acto quedó paralizada esperando que de un momento a otro las luces se encendieran, o ver brillar el cañón de un arma apuntada directamente a su corazón. Sin embargo, nada de eso ocurrió.

—¿Dodge? —se arriesgó a susurrar en la oscuridad.

El ruido de pasos se acercaba con rapidez a donde estaba. Avanzó siguiendo a tientas la pared hasta golpear un pomo. Abrió la puerta con facilidad y pudo dejar el recibidor. Conteniendo la respiración, volvió a cerrar la puerta con todo el sigilo del que era capaz, pero los pasos seguían acercándose. Finalmente oyó que la puerta delantera se abría y volvía a cerrarse.

¿Quién había sido? ¿Donahue? ¿Dodge? ¿Otro jugador?

En la habitación se filtraba la luz de la luna a través de una ventana grande y sin cortinas, y de repente, al ver dónde se encontraba, Heather respiró hondo. Las paredes estaban cubiertas de objetos metálicos que centelleaban débilmente en la luz lechosa. Armas. Armas montadas en las paredes, armas colgadas de pezuñas de ciervo invertidas, armas entrecruzadas en el techo. El armero. Heather creyó incluso percibir el olor de la pólvora, aunque quizá fuera su imaginación.

La habitación estaba repleta de mesas de trabajo y sillas rellenas en exceso, al punto de que el relleno se regaba por el suelo. Debajo de la ventana había un escritorio grande. Heather tuvo la sensación de que, de repente, le faltaba oxígeno; al recordar el correo electrónico que había recibido por la mañana se sintió mareada y se quedó sin aliento:

«Bonificación: encontrar el escritorio en la armería y sacar lo que hay escondido allí.»

Avanzó hacia el escritorio abriéndose paso entre el desorden de objetos que atestaban el lugar. Empezó por revisar los cajones de los lados, primero los de la derecha, luego los de la izquierda. Nada.

El cajón central, menos alto que los otros, estaba flojo, lo que sugería que se lo usaba con frecuencia. El arma estaba ahí, enroscada, según le pareció a Heather, como un enorme escarabajo negro, reluciente, duro.

La bonificación.

Estiró la mano, vaciló, y finalmente la tomó con rapidez, como si pudiera morderla. De inmediato sintió ganas de vomitar. Odiaba las armas.

—¿Qué estás haciendo?

Heather dio media vuelta y se topó con la silueta de Dodge recortada en el marco de la puerta. La oscuridad era tanta que la cara resultaba indistinguible.

—Chis —susurró Heather—. Baja la voz.

—¿Qué demonios estás haciendo? —Dodge dio dos pasos hacia ella—. Se suponía que estarías vigilando.

—Lo estaba. —Pero antes de que pudiera explicarse Dodge la interrumpió.

—¿Dónde está Natalie?

—Afuera —dijo Heather—. Creí oír...

—¿Es un truco o algo así? —Dodge hablaba en voz baja, pero ella advirtió un tono de aspereza en su voz—. ¿Hacéis que me encargue del trabajo sucio y luego os coláis para quedaros con la bonificación y poneros en cabeza?

Heather lo miró fijamente.

—¿Qué dices?

—No juegues conmigo, Heather. —Dos pasos más y Dodge se plantó directamente enfrente de ella—. No me mientas.

A Heather le costaba trabajo respirar. Sentía las lágrimas acumularse detrás de los ojos. Era consciente de que estaban hablando alto. Demasiado alto. Todo estaba mal, tremendamente mal. El arma que tenía en la mano le resultaba repugnante, fría e inerte pero también viva, como si fuera una criatura alienígena que en cualquier momento podía despertarse y rugir.

—¿Qué estás haciendo tú aquí? —dijo finalmente—. Se suponía que conseguirías las pruebas para los tres y saldrías.

—Oí algo —replicó Dodge—. Pensé que sería uno de los demás jugadores...

Y entonces las luces se encendieron.

De pie, en el marco de la puerta, estaba Jack Donahue, los ojos desorbitados, el pecho cubierto de sudor. Luego gritó y el cañón del fusil se movió hacia ellos y hubo una explosión de cristales, y entonces Heather se dio cuenta de que Dodge acababa de lanzar una silla por la ventana. En un instante todo fue rotura, bramido, borrón.

—¡Venga, vamos! —gritaba Dodge al tiempo que empujaba a Heather hacia la ventana.

Cargando con el hombro, Heather se lanzó hacia la noche. Y justo cuando atravesaba la ventana oyó una segunda explosión y le pareció que la rociaban con madera blanda. Sintió en el acto un dolor lacerante en el brazo, y a continuación la humedad acumulándose en el sobaco. Estaba fuera. Dodge tiró de ella para ayudarla a ponerse de pie y ambos echaron a correr hacia la valla mientras a sus espaldas Jack volvía a gritar y disparaba dos veces más a la oscuridad.

Superar la valla, boqueando, jadeando, llegar a la carretera. Casi todos los coches se habían ido. Entre los anchos haces de luz de los faros de los coches que aún quedaban, Heather reconoció el de Bishop y, de repente, Nat se materializó delante de ella, recortada contra la luz, como una especie de ángel oscuro.

—¿Estáis bien? ¿Estáis bien? —los apremió con voz exaltada.

—Estamos bien —respondió Heather por ambos—. Vámonos de aquí.

Un instante después estaban en el coche, moviéndose rápido y entre sacudidas por las carreteras rurales. Durante varios minutos estuvieron en silencio, oyendo a lo lejos el sonido de las sirenas de la policía. Heather apretaba los dientes cada vez que golpeaban los baches del camino. Estaba sangrando. Un trozo de vidrio le había hecho un corte en la cara interna del brazo.

Aún tenía el arma. De algún modo había terminado en su regazo. En todo ese tiempo no había dejado de mirarla, con perplejidad, casi conmocionada.

—Dios —dijo finalmente Bishop una vez que puso varios kilómetros de distancia entre ellos y el ruido de las sirenas, que se perdió por el silbido quedo del viento entre los árboles—. Hostia puta. Eso fue una locura.

De repente, la tensión que hasta entonces los había dominado se quebró. Dodge empezó a gritar de alegría y Nat empezó a llorar y Heather bajó la ventana y se rio como loca. Se sentía aliviada y agradecida y viva, ahí, sentada en el calor del asiento trasero del coche de Bishop, que olía a latas de refresco y chicle viejo.

Bishop les contó que casi se mea del susto cuando *Gatillo Fácil* Jack salió tronando de la casa; les contó que Ray le había pegado a uno de los perros con una piedra enorme y que el animal había retrocedido hacia la oscuridad llorando. Sin embargo, la mitad de los chicos nunca llegaron a pasar la valla y, de hecho, él creía que Byron Welcher se había herido. Aunque era difícil saberlo con certeza estando a oscuras y en semejante caos.

Dodge les contó lo cerca que habían estado de Donahue. Estaba convencido de que les había disparado a la cabeza. Pero estaba furioso y probablemente borracho y no apuntaba bien.

—Gracias a Dios —dijo riéndose.

Había robado tres objetos de la cocina (un cuchillo para la mantequilla, un salero y un vaso de chupito en forma de bota vaquera) para demostrar que los tres habían estado en la casa. Le entregó a Nat el vaso de chupito y a Heather el cuchillo para la mantequilla, y conservó el salero. Luego le pidió a Bishop que se detuviera en la cuneta y puso el objeto en el salpicadero para hacerle una foto.

—¿Qué estás haciendo? —preguntó Heather, que tenía aún la impresión de que llevaba el cerebro envuelto en una manta húmeda.

Dodge le pasó el móvil sin decir palabra. Heather vio que había enviado la foto a *jueces@panico.com*, el asunto del mensaje era: PRUEBA, lo que le dio un escalofrío. No le gustaba pensar en los misteriosos jueces del juego: invisibles, vigilantes, evaluándolos.

—¿Qué hay del arma? —dijo Dodge.

—¿El arma? —repitió Nat.

—Heather la encontró —explicó Dodge en un tono neutral.

—Dodge y yo la encontramos a la vez —terció ella automáticamente sin saber por qué. Podía sentir los ojos de Dodge clavados en ella.

—Pues entonces ambos os merecéis la bonificación —repuso Nat.

—Toma tú la foto, Heather —dijo Dodge en un tono más amable—. Envíala.

Con torpeza, usando un solo brazo, Heather dispuso el vaso de chupito y el arma en su regazo para tomar la fotografía y sintió una punzada en el estómago. ¿Estaba el arma cargada? Probablemente. Era tan extraño tener un arma tan cerca... Era tan extraño verla «yaciendo» ahí... Tenía un año cuando su padre se suicidó, quizá con un arma igual que esa. La posibilidad de que se disparara sola y convirtiera la noche en ruido y dolor le producía un miedo rayano en la paranoia.

Una vez que la fotografía estuvo enviada, Bishop preguntó:

—¿Qué vas a hacer con el arma?

—Conservarla, supongo —Pero a ella no le gustaba la idea de tener un arma de fuego en la casa, esperándola, sonriéndole con su sonrisa metálica. Además: ¿qué pasaba si la encontraba Lily?

—No puedes conservarla —dijo Bishop—. Es propiedad robada.

—De acuerdo. Entonces: ¿qué debería hacer con ella? —Heather sentía el pánico crecer dentro de ella. Había irrumpido en casa de Donahue. Había robado algo que costaba un montón de pasta. La gente iba a la cárcel por mierdas como esa.

Bishop suspiró.

—Dámela, Heather. Me desharé de ella por ti.

A Heather le hubiera gustado abrazarlo. Besarlo incluso. Bishop metió el arma en la guantera.

Todos volvieron a guardar silencio. La hora brillaba con luz verde en el reloj del salpicadero: 1.42. El camino estaba completamente a oscuras salvo por el débil cono de luz proyectado por los faros. A uno y otro lado el paisaje era igual de oscuro; casas, caravanas, calles ente-

107

ras habían sido tragadas por la oscuridad. Era como si estuvieran viajando a través de un túnel interminable, un lugar sin límites.

Entonces empezó a llover y Heather inclinó la cabeza contra la ventana. En algún momento debió de quedarse dormida. Soñó que había caído por la garganta oscura y resbaladiza de un animal y tenía que escapar de su panza con un cuchillo para la mantequilla. Luego el cuchillo se transformaba en un arma y el arma se disparaba.

SÁBADO, 2 DE JULIO

Al día siguiente, los avisos estaban por doquier: cupones de apuestas rosa empapelando el paso subterráneo, pegados en los surtidores de gasolina y en las ventanas del 7-Eleven y el bar Duff's, ensartados entre los espacios de las vallas de tela metálica que flanqueaban la Ruta 22.

Arrastrados por el viento, pegados en las suelas de botas embarradas o transportados en el vientre metálico de los camiones que circulaban por el lugar, los cupones llegaron hasta el parque de caravanas Pinar Fresco. Encontraron el camino hasta la tranquila calle residencial en la que vivía Nat. Y aparecieron, medio empapados y hundidos en el barro, en Meth Row.

Los jugadores eran ahora una tercera parte de los participantes originales. Solo diecisiete habían superado la valla y de ellos apenas diez habían conseguido sacar algo de la casa de Donahue.

Pero también había otros avisos: impresos en grandes hojas de papel satinado y marcados con la insignia del Departamento de Policía del Condado de Columbia.

«Cualquier individuo al que se sorprenda participando en el juego popularmente conocido como PÁNICO será considerado un delincuente y llevado ante los tribunales.»

La letra pequeña enumeraba los cargos pertinentes: «imprudencia temeraria, destrucción de la propiedad privada, allanamiento de morada, lesiones en grado de tentativa, conducta desordenada bajo los efectos del alcohol».

Alguien había cantado, y para todos era evidente que el delator tenía que ser o bien Cory Walsh, que fue arrestado en las torres de agua, o Byron Welcher, al que, luego se supo, uno de los perros de Donahue había causado heridas muy graves y estaba ahora lejos, en el hospital de Hudson. No había forma de llegar hasta Byron, al menos no hasta que le dieran de alta, de modo que unos cuantos dirigieron su ira contra Cory, que terminó también en el hospital con la cara convertida en la masa púrpura de un tomate magullado y podrido.

Eso fue apenas unas horas antes de que Ian McFadden se enterara a través de su hermano mayor, que era policía, de que en realidad el chivato no había sido Cory ni Byron, sino una callada chica de primer año llamada Reena, cuyo novio acababa de ser eliminado de la competición.

Sin embargo, para cuando el sol estaba desangrándose sobre el horizonte, desvaneciéndose en tenues nubes rosa y franjas de rojo eléctrico, con lo que el cielo parecía un pulmón gigante, lanzando su último aliento sobre Carp, todas las ventanas del coche de Reena habían sido destrozadas y su casa cubierta con una capa fina y brillante de huevo, de modo que lucía como si hubiera estado encerrada en una membrana.

Nadie, por supuesto, creía que Pánico fuera a terminar.

El juego debía continuar.

El juego siempre continuaba.

LUNES, 4 DE JULIO

Dodge

Después del desafío en la casa de Donahue el tiempo fue excelente a lo largo de toda una semana: días bonitos y soleados y calurosos solo en su justa medida. El 4 de julio no fue la excepción y Dodge despertó con la luz del sol bañando la manta azul marino, como una lenta ola blanca.

Estaba feliz. Más que feliz, incluso. Estaba dichoso. Ese día iba a salir con Nat.

Su madre se encontraba en casa, despierta. De hecho, estaba preparando el desayuno. Se apoyó en el marco de la puerta y la miró echar los huevos a la sartén y romper las yemas con una espátula de madera.

—¿Qué estamos celebrando? —dijo a modo de saludo.

Aún se sentía cansado y tenía el cuello y la espalda doloridos; había trabajado dos turnos en el Home Depot de Leeds reponiendo mercancía en los estantes después del cierre de la tienda. Danny, un ex novio de su madre, era el gerente. Era un trabajo para el que no se necesitaba cerebro, pero la paga estaba bien. Ahora tenía cien dólares en el bolsillo y podría comprarle algo a Nat en el centro comercial. Faltaban varias semanas para su cumpleaños, el 29 de julio, pero eso era lo de menos. Podía regalarle algo pequeño antes.

—Lo mismo iba a preguntarte. —Dejó los huevos chisporroteando, se acercó y le plantó un gran beso en la mejilla antes de que él pudiera alejarse—. ¿Qué haces despierto tan temprano?

Dodge distinguió restos de maquillaje en el rostro de su madre. Eso significaba que había tenido una cita. No era de extrañar que estuviera de buen humor.

—Ya no tenía ganas de dormir —dijo con cautela, preguntándose si su madre iba a reconocer que había salido con alguien. A veces lo hacía, siempre y cuando la cita hubiera estado realmente bien.

—Justo a tiempo para los huevos. ¿Quieres huevos? ¿Tienes hambre? Estoy preparándole el desayuno a Dayna. —Sirvió los huevos revueltos en un plato. Siempre le quedaban perfectos, temblorosos. Y antes de que él pudiera responder, bajó la voz y agregó—: ¿Sabes?, toda esa terapia que Dayna ha estado haciendo, Bill dice...

—¿Bill? —la interrumpió Dodge.

La mujer se sonrojó: la habían pillado.

—Es solo un amigo —dijo.

Dodge lo dudaba, pero no dijo nada.

—Anoche me llevó a Ca'Mea en Hudson —continuó su madre hablando a toda prisa—. Manteles bonitos y todo lo demás. Toma vino, Dodge. ¿Puedes creerlo? —preguntó antes de negar con la cabeza en un gesto de asombro—. Y conoce a alguien, un médico del Hospital Memorial de Columbia, que trabaja con personas como Day. Bill dice que Dayna tendría que recibir terapia con más regularidad, todos los días.

—Nosotros no... —empezó Dodge, pero su madre sabía lo que iba a decir y terminó la frase por él.

—Le dije que nosotros no podíamos pagarlo. Pero él dijo que podría conseguir que la atendieran en el hospital, incluso sin seguro. ¿Puedes creerlo? En el hospital.

Dodge no dijo una palabra. Ya en otras ocasiones habían abrigado grandes esperanzas: un nuevo doctor, un nuevo tratamiento, alguien que podía ayudarlos. Y al final algo siempre salía mal. La única vez que habían logrado ver a alguien en un hospital de verdad, el doctor miró a Dayna durante cinco minutos, le hizo pruebas de reflejos, le pegó en la rodilla y le apretó y estiró los dedos de los pies.

—Imposible —dijo con cierta irritación en la voz, como si estuviera enfadado con ellos por hacerle perder el tiempo—. Accidente de coche, ¿verdad? Mi consejo es: pidan una silla mejor. No hay razón para que ella deba ir en ese trozo de chatarra. —Y entonces empujó la silla de ruedas con la punta del zapato, la silla de ruedas de quinientos dólares por la que Dodge se había roto el culo durante todo el otoño mientras su madre lloraba y Dayna yacía en su cama hecha un ovillo, fetal, vacía.

—Entonces: ¿quieres huevos o no? —insistió la madre.

Dodge negó con la cabeza.

—No tengo hambre.

Luego tomó el plato de Dayna, agarró un tenedor y se los llevó al salón. Cuando entró ella sacaba la cabeza por la ventana.

—¡Ni lo sueñes! —gritó, y se oyó una carcajada abajo.

—¿Qué pasa? —preguntó Dodge.

Dayna se giró para mirarlo. Tenía la cara roja.

—Solo es Ricky, diciendo tonterías —dijo y recibió el plato.

Ricky trabajaba en la cocina de Dot's y siempre estaba enviándole regalos a Dayna: flores baratas compradas en la gasolinera; ositos de peluche. Era majo.

—¿Por qué me miras así? —preguntó Dayna.

—No te estoy mirando de ninguna forma —dijo él.

Se sentó a su lado, se puso sus pies en el regazo y, como siempre hacía, empezó a trabajarle las pantorrillas con los nudillos. Para que pudiera caminar de nuevo. Para que siguiera creyendo.

Dayna comió deprisa, los ojos clavados en el plato. Estaba evitándolo. Finalmente, la boca se curvó en una sonrisa.

—Ricky dice que quiere casarse conmigo.

—Tal vez deberías —dijo él.

Dayna negó con la cabeza.

—Friki —dijo, al tiempo que estiraba el brazo y le pegaba a Dodge en el hombro.

Él fingió que le dolía. Y durante un momento se sintió inundado de felicidad.

Iba a ser un buen día.

Se duchó y se vistió con esmero (incluso se había acordado de poner a lavar los vaqueros, de modo que además de limpios parecían nuevos) y tomó el autobús hasta el barrio de Nat. Eran solo las diez y media, pero el sol ya estaba alto, dominando el cielo como un único ojo. Tan pronto giró en la calle de Nat sintió que estaba entrando a un plató de televisión, como si estuviera en uno de esos programas de la década de los cincuenta en los que siempre había alguien lavando el coche delante de su casa y las mujeres llevaban delantal y saludaban a los carteros.

Salvo que aquí no había movimiento ni voces, no había nadie sacando la basura, no había nadie llamando a la puerta. El lugar era casi demasiado tranquilo. Una ventaja de vivir detrás de la cafetería Dot's era que siempre había por ahí alguien gritando acerca de algo, lo que fuera. Dodge encontraba eso de algún modo confortante, un recordatorio de que no eras en absoluto el único que tenía problemas.

Nat estaba esperándolo en la escalera de entrada. El estómago de Dodge tocó fondo apenas la vio. Se había recogido el pelo en una coleta lateral y llevaba puesto una especie de mono amarillo con volantes, una prenda en la que cualquier otra persona hubiera parecido ridícula, pero que a ella la hacía ver estupenda, como si fuera un gigantesco polo de sabor exótico. No pudo evitar pensar que en caso de tener que usar el lavabo tendría que desvestirse completamente.

Se puso de pie y le hizo señas con la mano, como si fuera posible que él no la viera, bamboleándose ligeramente sobre esos grandes zapatos con tacón de cuña. Aunque había vuelto a hacerse daño en el tobillo en la carrera por salir de la propiedad de Donahue, no llevaba el tobillo vendado. Pese a lo cual, al caminar se le escapó una mueca de dolor.

—Bishop y Heather fueron a buscar café helado —dijo cuando él estuvo cerca: había hecho todo lo posible por no caminar demasiado deprisa—. Les dije que nos trajeran también a nosotros. ¿Te gusta el café?

—Yo me inyectaría café, si pudiera —dijo y ella se rio.

Oírla reírse le infundió un agradable calor en el cuerpo, que, sin embargo, no borró del todo la extraña incomodidad que sentía estando ahí, en esa calle, delante de su casa, como si estuviera en una de esas ilustraciones en las que los niños deben identificar las cosas que están fuera de lugar: así de evidente era que ese no era su sitio. Advirtió un tirón en una de las cortinas de la planta baja. En la ventana una cara apareció y desapareció de repente, demasiado deprisa para que Dodge pudiera distinguir de quién se trataba.

—Alguien nos espía —dijo.

—Probablemente es mi padre —repuso Nat haciendo un gesto de desdén con la mano—. No te preocupes. Es inofensivo.

Dodge se preguntó cómo sería tener un padre así: en la casa, todo el tiempo, tan seguro de que era posible despacharlo con un movimiento de la mano. Tom, el padre de Dayna, había estado realmente casado con su madre, pero el enlace duró dieciocho meses y eso solo porque ella se quedó embarazada. Con todo, él le escribía correos electrónicos con regularidad, todos los meses le enviaba dinero y en ocasiones incluso la visitaba.

Dodge nunca había tenido noticias de su padre. Nunca le había dicho ni una palabra. Todo lo que sabía era que trabajaba en la construcción y que provenía de la República Dominicana. Durante un instante se preguntó qué podría estar haciendo ahora. Quizá seguía vivo y coleando en Florida. Quizás había sentado por fin cabeza y tenía un montón de niños corriendo por toda la casa, niños de ojos oscuros y pómulos prominentes como los suyos.

O quizás, e incluso mejor, se había caído de un andamio bien alto y se había abierto la cabeza.

Cuando Bishop y Heather regresaron en otro de los cacharros de Bishop (traqueteaba y temblaba tanto que Dodge pensó que seguramente los dejaría tirados antes de llegar al centro comercial), Dodge ayudó a Nat a llegar a la parte de atrás y le abrió la puerta.

—Eres tan mono, Dodge —dijo besándole en la mejilla. Parecía casi arrepentida.

El trayecto hasta Kingston estuvo bien. Dodge intentó pagarle a Bishop el café helado, pero este rechazó esa posibilidad agitando la mano. Heather logró sintonizar una emisora decente en la aporreada radio del coche y estuvieron oyendo a Johnny Cash hasta que Nat rogó que le pusieran algo que hubiera sido grabado en este siglo. Nat también le pidió a Dodge que volviera a hacerle trucos de magia y esta vez sí se rio cuando él hizo aparecer una pajita en su pelo.

El coche olía a tabaco rancio y menta, como el cajón de la ropa interior de un anciano, y el sol entraba por las ventanas y todo el Estado de Nueva York parecía iluminado por un brillo interior especial. Por primera vez desde que se habían mudado a Carp y, acaso, por primera vez en la vida, Dodge sintió que de verdad encajaba en un lugar. Era inevitable preguntarse cuán diferentes habrían sido los últimos años si hubiera frecuentado a Bishop y Heather, si hubiera salido con Nat y la hubiera recogido los viernes para llevarla al cine y hubiera bailado con ella en el gimnasio el día de la fiesta de bienvenida.

Tuvo que reprimir una oleada de tristeza. Nada de eso duraría. Era imposible.

Dodge había pasado delante del centro comercial Valle del Hudson, en Kingston, pero nunca había estado dentro. El techo tenía unas claraboyas enormes que hacían resplandecer los suelos de linóleo inmaculado. El aire olía a perfume y a esas pequeñas bolsas de flores secas que su madre solía poner en el cajón de la lencería.

Con todo, la mayor parte del centro comercial olía a lejía. Todo era blanco, como un hospital, como si el edificio entero hubiera sido bañado en detergente. Aún era bastante temprano y no había mucha gente. A cada paso el ruido de las botas vaqueras de Dodge sobre el suelo resonaba por todas partes, algo que él temía que pudiera resultarle fastidioso a Nat.

Una vez dentro, Nat consultó un pequeño folleto que llevaba en el bolso y anunció que volvería a reunirse con ellos en una hora aproximadamente, delante del Taco Bell de la zona de restaurantes.

—¿No vienes con nosotros? —soltó Dodge, incrédulo.

Nat miró a su amiga en busca de ayuda.

—Nat tiene una audición —intervino Heather.

—¿Una audición para qué? —preguntó Dodge, esperando no parecer demasiado molesto.

De inmediato, Nat se sonrojó.

—Vas a burlarte de mí —dijo.

Eso le destrozó el corazón a Dodge, como si él, Dodge Mason, hubiera soñado alguna vez con burlarse de Natalie Vélez.

—Yo no —dijo en voz baja.

Bishop y Heather ya se estaban alejando. Bishop fingió arrojar a Heather a la fuente. Ella soltó un chillido y le mandó un puñetazo.

Sin decir nada Nat le entregó el folleto. Estaba mal diseñado y tenía una tipografía prácticamente ilegible.

«Se busca: modelos y actrices para exhibir las mejores y más brillantes joyas de Gemas Deslumbrantes.

Audiciones comerciales: Sábado, 11.30 de la mañana, en el centro comercial Valle del Hudson.

Las participantes deben tener dieciocho años o más.»

—Cumples años el veintinueve, ¿verdad? —dijo Dodge, esperando ganar algunos puntos adicionales por recordar la fecha.

—¿Y? Solo faltan tres semanas —contestó Nat, lo que le hizo recordar que ella era una de las más jóvenes de la clase. Dodge le entregó el folleto y ella lo devolvió a la bolsa. Parecía avergonzada de habérselo enseñado—. Creo que lo intentaré de todas formas.

«Eres preciosa, Natalie», quería decirle. Pero lo único que fue capaz de articular fue:

—Serían unos idiotas si eligieran a otra persona.

Ella respondió con una sonrisa tan amplia que él pudo verle toda la dentadura. Sus dientes perfectos parecían pequeños caramelos blancos en su boca perfecta. Esperaba que volviera a darle un beso en la mejilla, pero no fue así.

—No tardaré más de una hora o dos —dijo—. Probablemente menos.

Y se fue.

Dodge quedó de un humor de perros. Estuvo siguiendo a Bishop y Heather durante un rato, pero a pesar de que ambos eran muy amables, estaba claro que lo que él quería era estar solo. Ellos tenían su propio idioma, sus chistes privados. Estaban tocándose todo el tiempo, empujándose y pellizcándose y abrazándose como niños flirteando en el patio. ¡Dios! Dodge no entendía cómo era que no estaban ya enrollados. Era evidente que estaban locos el uno por el otro.

Se excusó diciendo que quería comprarle algo a su hermana (Bishop pareció vagamente sorprendido de que tuviera una hermana) y salió al parking, que se había ido llenando y donde se fumó tres cigarrillos seguidos, uno detrás del otro. Revisó el móvil varias veces con la esperanza de que Nat le hubiera enviado un mensaje. Empezaba a sentirse como un idiota. Tenía todo ese dinero. Había planeado comprarle algo. Pero eso no era una cita. ¿O sí? ¿Qué quería ella de él? Era incapaz de saberlo.

Cuando volvió a entrar, estuvo caminando por ahí sin rumbo definido. El centro comercial no era en realidad tan grande (solo tenía una planta) y el que no tuviera tiovivo le decepcionó. Una vez, en Columbus, o tal vez en Chicago, había montado en un tiovivo con Dayna. No se habían quedado quietos ni un instante, y gritando como vaqueros habían intentado montarse en cada uno de los caballos antes de que la música se detuviera.

El recuerdo lo hizo sentirse feliz y triste al mismo tiempo. Tardó un momento en darse cuenta de que por accidente había terminado deteniéndose delante de Victoria's Secret. Una madre y su hija lo miraban raro. Probablemente parecía un pervertido. Se alejó con rapidez y resolvió ir a Gemas Deslumbrantes para ver si Nat había acabado. A fin de cuentas, ya había pasado casi una hora.

El local de Gemas Deslumbrantes estaba al otro lado del edificio. Le sorprendió ver la larga fila que salía serpenteando de la tienda: eran las chicas que querían tener una audición, todas bronceadas y casi sin ropa, encaramadas como antílopes en zapatos de tacón alto. Ninguna era tan bonita como Nat. Ni de cerca. Todas, le pareció, estaban arregladas con muy mal gusto.

Y entonces la vio. Estaba de pie, en la puerta misma de la tienda, hablando con un tío mayor cuya cara le recordó a Dodge la de un hurón. El hombre tenía el pelo grasiento y se estaba quedando calvo (Dodge podía verle trozos enteros del cuero cabelludo) y llevaba un traje barato que, de algún modo, también lucía grasoso y deshilachado.

En ese instante Nat dio media vuelta y le vio. Le saludó moviendo la mano y le dedicó una de sus grandes sonrisas y empezó a caminar hacia él. El hurón, entretanto, se fundió entre la multitud.

—¿Qué tal ha ido? —preguntó Dodge.

—Una estupidez —dijo ella, que, no obstante, sonaba contenta—. Ni siquiera conseguí pasar de la puerta. Hice cola durante, no sé, una hora y apenas avancé tres puestos. Y luego una mujer vino a comprobar los carnés de identidad.

—¿Y entonces quién era ese? —preguntó Dodge con prudencia: no quería que ella fuera a pensar que estaba celoso del hurón, aunque en cierto sentido así era.

—¿Quién? —dijo Nat parpadeando.

—Ese tío con el que estabas hablando. —Advirtió que Nat llevaba algo en la mano: una tarjeta de visita.

—Oh, él. —Puso los ojos en blanco—. Un ojeador de modelos. Dijo que le gustaba cómo me veía. —Aunque trataba de hablar como si no le diera importancia, para Dodge era visible que estaba emocionada.

—¿Y él qué? ¿Va por ahí repartiendo tarjetas?

De inmediato supo que la había ofendido.

—No se las entrega a cualquiera —dijo ella con seriedad—. Me entregó una a mí. Porque le gustó mi cara. A Gisele la descubrieron en un centro comercial.

Dodge no creía en absoluto que el hurón tuviera pinta de agente de modelos (y, además, le parecía bastante inverosímil que un agente de verdad estuviera ojeando modelos en un centro comercial de Kingston, Nueva York), pero no sabía cómo decirlo sin ofenderla todavía más. No quería que ella fuera a pensar que él no la creía lo bastante bonita para ser modelo, pues no era así. Salvo por el hecho de que las modelos eran altas y ella era bajita, claro. Pero, por lo demás, estaba convencido.

—Ten cuidado —dijo finalmente: no se le ocurrió qué otra cosa podía decir.

Para su alivio, ella se rio.

—Sé lo que estoy haciendo —contestó.

—Venga, vamos a comer algo. Estoy hambriento.

A Nat no le gustaba cogerse de la mano porque eso la hacía sentirse «desequilibrada», pero caminaba tan cerca de él que sus brazos prácticamente se tocaban. Eso le hizo pensar a Dodge que cualquiera que los viera daría por hecho que estaban saliendo juntos, como novios, y eso le produjo un súbito arrebato de felicidad demente. No tenía ni idea de cómo había ocurrido, cómo era que estaba ahí, caminando junto a Nat Vélez como si ese fuera su lugar, como si ella fuera su chica. Y pensó, de forma imprecisa, que tenía algo que ver con Pánico.

Encontraron a Bishop y a Heather discutiendo si debían ir a la pizzería Sbarro o a comer comida oriental en Wok. Mientras ellos debatían, Dodge y Nat acordaron con facilidad comer en Subway. Él pagó la orden de ella: un bocadillo de pollo que en el último momento cambió por una ensalada («Por si acaso», dijo crípticamente) y una Coca-Cola dietética. Encontraron una mesa libe y tomaron asiento mientras Heather y Bishop, que por fin habían logrado ponerse de acuerdo, hacían cola en el Taco Bell.

—¿Qué les pasa? —preguntó Dodge.

—¿A Bishop y Heather? —dijo Nat encogiéndose de hombros—. Son muy buenos amigos, supongo.

Hizo una pausa para dar un sorbo a su bebida. Y él pensó que le gustaba la forma en que ella comía: haciendo ruido, con naturalidad, a diferencia de ciertas chicas.

—Con todo —agregó Nat—, creo que Bishop está enamorado de ella.

—Eso parece.

Nat ladeó la cabeza y lo miró:

—Y ¿qué hay de ti?

—¿Qué hay de mí qué?

—¿Estás enamorado de alguien?

Dodge acababa de darle un mordisco a su bocadillo; la pregunta era tan inesperada que estuvo a punto de ahogarse. No se le ocurría una sola respuesta que no fuera boba.

—No... —Tosió y dio un sorbo a su Coca-Cola. ¡Dios! La cara le ardía—. Quiero decir, no...

—Dodge —lo interrumpió ella. De repente su voz se había tornado severa—. Quiero que me beses ahora.

A pesar de estar devorando un bocadillo de albóndigas, Dodge decidió que no tenía otra opción y la besó. ¿Qué otra cosa podía hacer? Oyó el ruido en su cabeza, el ruido que lo rodeaba, creciendo hasta convertirse en un clamor; le encantaba la forma en la que ella besaba, como si siguiera hambrienta, como si quisiera comérselo. Sentía un fuego crepitando por todo su cuerpo, y durante un segundo experimentó un arrebato de inquietud de lo más loco: ¡tenía que estar soñando!

Le puso una mano detrás de la cabeza y ella se alejó justo lo suficiente para decirle:

—Las dos manos, por favor.

Después de eso el ruido que oía se calmó y se sintió por completo relajado y la besó de nuevo, pero más lento.

En el recorrido de regreso a casa apenas pronunció palabra. Se sentía más feliz de lo que había sido nunca y temía que decir o hacer algo arruinara el momento.

Bishop lo dejó en su casa antes que a Nat. Dodge le había prometido a Dayna que vería con ella los fuegos artificiales por la tele. Se preguntó si debía besar de nuevo a Nat (la incertidumbre lo estresaba), pero ella resolvió el problema abrazándolo, lo que habría sido decepcionante de no ser porque ella estaba apretada contra él en el asiento trasero del coche y durante el abrazo sintió el contacto de sus senos en el pecho.

—Gracias, tío —le dijo a Bishop, y este se despidió ofreciéndole el puño para que lo chocara.

Como si fueran amigos.

Porque tal vez lo eran.

Permaneció en la calle viendo alejarse el coche, incluso cuando dejó de distinguir la silueta de Nat en el asiento trasero, y siguió allí incluso después de que el vehículo desapareciera en una colina y solo se oyera, en la distancia, el rugido gutural del motor. Estuvo un rato más en la acera, reacio a entrar en la casa, de vuelta a Dayna y su madre y su habitación estrecha, repleta de ropa y paquetes de tabaco vacíos, con un vago olor a basura.

Solo quería ser feliz un poquito más.

El móvil zumbó. Era un mensaje de correo electrónico. El corazón se le aceleró. Reconoció al remitente.

Era Luke Hanrahan.

El mensaje era breve:

«Déjanos en paz. Iré a la policía.»

Dodge leyó el mensaje varias veces, disfrutándolo, leyendo la desesperación entre líneas. Se había estado preguntando si Luke había recibido su correo electrónico; ahora era evidente que lo había hecho.

Deslizó la página hacia abajo y releyó el mensaje que había enviado una semana antes.

«Las apuestas están cerradas. El juego está en marcha.

Voy a proponerte un trato:

Las piernas de una hermana por la vida de un hermano.»

Y ahí mismo, iluminado por el sol agonizante, Dodge se permitió sonreír.

Heather

Había sido un buen día, uno de los mejores de todo el verano. Por una vez, Heather no se permitió pensar en el futuro y lo que ocurriría en el otoño cuando Bishop se fuera a estudiar en la Universidad Estatal de Nueva York en Binghamton y Nat viajara a Los Ángeles para ser actriz. Quizá, pensó, podía seguir trabajando en casa de Anne como ayudante. Quizás incluso podía mudarse allí. En tal caso, Lily también iría; podían compartir una habitación en uno de los cobertizos.

Eso, por supuesto, implicaba que seguiría estando varada en Carp, pero al menos habría conseguido salir del parque de caravanas Pinar Fresco.

Anne le parecía simpática y los animales, en especial, le encantaban. Había estado en la granja del camino Mansfield tres veces en una semana y ya estaba deseando volver. Le gustaba el olor a paja húmeda, cuero viejo y hierba que lo invadía todo; le gustaba que *Muppet* la reconociera y disfrutaba con el cacareo excitado de las gallinas.

Decidió que también le gustaban los tigres, desde lejos, claro. Le fascinaba la forma en que caminaban, el movimiento propagándose por el pelo como ondas sobre la superficie del agua, y también sus ojos, que le parecían tan sabios y al mismo tiempo tan tristes, como si se hubieran asomado al centro del universo y lo hubieran encontrado decepcionante, un sentimiento que a Heather le resultaba perfectamente comprensible.

No obstante, prefería que fuera Anne la que se encargara de alimentarlos. No podía creer los huevos que tenía esa mujer. Y se le ocurrió que era una suerte que fuera demasiado vieja para apuntarse a Pánico. El juego le hubiera ido como anillo al dedo. Anne, de hecho, entraba en la jaula, y llegaba a estar a menos de un metro de los animales mientras estos daban vueltas a su alrededor, mirando hambrientos el cubo de carne (aunque, Heather estaba segura, la idea de darle un mordisco a la cabeza de Anne no les hubiera parecido mal). Con todo, ella insistía en que los felinos no le harían daño.

—Mientras los alimente —decía—, no me usarán como alimento.

Quizá (solo quizá) las cosas estarían de verdad bien.

Lo único malo del día fue que Bishop se la pasó todo el tiempo revisando el móvil, a la espera de mensajes de Avery, supuso. Eso le recordó que Matt no le había enviado ningún mensaje desde que rompieron. Mientras que ella estaba sola, Bishop tenía a Avery (en quien Heather se negaba a pensar como una novia) y Nat tenía a Dodge, que había estado el día entero pendiente de cada palabra que decía, y además seguía viendo a un barman de Kingston, un tío cutre que tenía una Vespa, lo que según Nat era tan guay como tener una motocicleta de verdad. Seguro.

Sin embargo, después de que dejaron a Dodge, Nat le preguntó a Bishop si Avery los acompañaría esa noche y cuando él dijo que no, de hecho, cuando prácticamente se apresuró a decir que no, Heather se sintió en paz con el mundo.

Nat quería comprar cerveza y los hizo desviarse hasta el 7-Eleven, donde compraron comida basura con motivos del 4 de Julio: Doritos y salsa, donuts glaseados e incluso una bolsa de cortezas de cerdo, porque eran graciosas y Bishop, valiente, se había ofrecido voluntario a probarlas.

Luego se dirigieron a la hondonada: una pendiente árida de grava y trozos de hormigón que terminaba en las vías del antiguo tren, rojas debido al óxido y repletas de basura. El sol apenas empezaba a ponerse. Descendieron con cuidado por la pendiente y cruzaron las vías y Bishop comenzó a explorar el lugar en busca del mejor sitio para encender las bengalas.

Era una tradición. Dos años atrás, Bishop había sorprendido a Heather comprando en Home Depot dos sacos de arena de más de veinte kilos cada uno para hacer una playa. De hecho, en esa ocasión había comprado también pajitas de diseños locos y sombrillas de papel para adornar las bebidas y que ella se sintiera en algún país tropical.

Ahora, sin embargo, Heather no quería estar en ningún otro lugar del mundo. Ni siquiera en el Caribe.

Nat iba ya por su segunda cerveza, y empezaba a marearse. Heather también había abierto una cerveza, y si bien no solía beber, se sentía cálida y feliz. Caminando por las vías se tropezó con un listón suelto y Bishop evitó que cayera pasándole un brazo por la cintura para cogerla. Le sorprendió sentirlo tan sólido, tan fuerte. Y tan cálido, también.

—¿Estás bien, Heathbar? —Al sonreír se le vieron los dos hoyuelos, y Heather tuvo una idea loquísima: quería besarlo. Borró la idea con rapidez. Por eso era que no bebía.

—Estoy bien —dijo intentando apartarse. Él pasó el

brazo a sus hombros. El aliento le olía a cerveza, y ella se preguntó si él no estaría también un poco borracho—. Venga, quita —añadió en son de broma, pero sin ganas de bromear.

Nat iba caminando y pateando piedras delante de ellos. Empezaba a oscurecer y a Heather el corazón le latía con fuerza. Durante un instante deseó estar a solas con Bishop. Él la miraba fijamente, con una expresión que ella no consiguió identificar, y sintió que algo caliente se difundía por su estómago: sin motivo alguno se había puesto nerviosa.

—Toma una foto. Durará mucho más —dijo y le dio un empujón.

El instante había pasado. Bishop se rio y se lanzó a por ella, pero ella lo esquivó.

—Niños, niños. ¡Dejad de pelearos! —los llamó Nat.

Encontraron un lugar para encender las bengalas. La de Nat crepitó y chisporroteó antes de que consiguieran encenderla bien. Heather fue la segunda en probar. Cuando avanzó con el mechero, se oyeron una serie de chasquidos y retrocedió de un salto, pensando confusamente que había arruinado su bengala. Pero entonces se dio cuenta de que ni siquiera había llegado a encenderla.

—¡Mirad! ¡Mirad! —Nat brincaba con excitación.

Heather se giró justo en el momento en que una descarga de fuegos artificiales (una flor verde, una flor roja, una lluvia de chispas doradas) estallaba en el este, justo por encima de las copas de los árboles. Nat reía como loca.

—¿Qué demonios es eso? —Heather se sentía un poco mareada, feliz y confusa al mismo tiempo.

Los fuegos artificiales eran algo desde todo punto de vista inusual; en primer lugar porque ni siquiera había oscurecido por completo y en segundo lugar porque en Carp nunca había fuegos artificiales el 4 de Julio. Los fuegos artificiales más cercanos eran en la ciudad de Poughkeepsie, a cincuenta minutos de distancia, en el parque Waryas, que era donde en ese preciso momento debía de estar Lily en compañía de su madre y Bo.

El único que no parecía emocionado era Bishop. Tenía los brazos cruzados y negaba con la cabeza mientras el espectáculo continuaba: más dorado y a continuación azul y luego otra vez rojo. Los colores florecían y luego se desvanecían en el cielo, donde dejaban tentáculos de humo como testimonio efímero de su paso.

—¡Vamos, vamos! —dijo Nat.

Y justo cuando, todavía medio coja, pero sin dejar de reírse, echó a correr como si pudieran llegar en línea recta hasta la fuente de los fuegos artificiales, Heather comprendió: no era una celebración.

Era una señal.

Entonces oyeron gemir las sirenas a lo lejos. El espectáculo se detuvo abruptamente: fantasmales, unos dedos de humo desaparecieron reptando en silencio por el cielo. Finalmente Nat dejó de correr.

—¿Qué es? ¿De qué se trata? —preguntó dando media vuelta para ver a Heather y a Bishop.

Heather tiritó, pese a que no hacía frío. El aire olía a humo y el chillido de las sirenas de los coches de bomberos le atravesó la cabeza, afilado, ardiente.

—Es el siguiente desafío —dijo—. Es Pánico.

Eran poco más de las once de la noche cuando Bishop estacionó enfrente de la casa de Heather. Para entonces ella lamentaba haberse tomado esa cerveza: se sentía agotada.

Bishop, que había permanecido en silencio desde que Nat saliera del coche, se giró hacia ella.

—Sigo pensando que deberías dejarlo —dijo sin más.

Heather decidió fingir que no entendía de qué estaba hablando.

—¿Dejar qué?

—No te hagas la tonta —replicó Bishop frotándose la frente. La luz que entraba en el coche desde el porche le iluminaba el perfil: la pendiente recta de la nariz, el porte de la mandíbula. Y Heather comprendió que en realidad ya no era un chico. De algún modo, sin que ella se diera cuenta, se había convertido en un tío, un tío alto y fuerte, con un mentón prominente y una novia y opiniones que ella no compartía. Advirtió una punzada de dolor en el estómago, una sensación de pérdida y de carencia—. El juego va a ser cada vez más peligroso. No quiero que vayas a salir herida. Nunca me lo perdonaría si... —Su voz se fue apagando al tiempo que negaba con la cabeza.

Heather recordó el horrible mensaje de texto que había recibido en el móvil: «Retírate ahora, antes de que salgas herida.» Sintió la rabia brotar de repente en el pecho. ¿Por qué demonios todo el mundo parecía querer asegurarse de que no compitiera?

—Pensaba que me apoyabas —dijo.

—Y te apoyo —repuso Bishop volviéndose a mirarla de nuevo. Estaban muy cerca en la oscuridad—. Es solo que no me gusta.

Durante un segundo continuaron mirándose fijamente el uno al otro, los ojos como lunas oscuras, los labios apenas a centímetros de distancia. Heather se dio cuenta de que seguía pensando en besarlo.

—Buenas noches, Bishop —dijo y salió del coche.

Dentro la tele estaba encendida. Krista y Bo estaban echados en el sofá, viendo una vieja película en blanco y negro. Bo estaba sin camisa y Krista fumaba. La mesa de centro estaba repleta de botellas de cerveza vacías: Heather contó hasta diez.

—Eh, Heather Lynn —dijo Krista apresurándose a apagar el cigarrillo, pero no atinó con el cenicero en el primer intento. Tenía los ojos vidriosos. Heather apenas soportaba verla así, y solo esperaba que no hubiera conducido en semejante estado con Lily en el coche; si lo había hecho, era capaz de matarla—. ¿Dónde has estado?

—En ninguna parte —contestó Heather. Sabía que a su madre en realidad le tenía sin cuidado adónde había ido—. ¿Dónde está Lily?

—Durmiendo. —Krista se metió una mano debajo de la camisa y se rascó sin despegar los ojos de la tele—. Fue un día estupendo. Vimos los fuegos artificiales.

—Un montonazo de gente —añadió Bo—. Había que hacer cola para mear.

—Me voy a la cama —dijo Heather. Ni se molestó en tratar de parecer amable; Krista estaba demasiado borracha para sermonearla—. No le subáis el volumen a la tele, ¿de acuerdo?

Abrir la puerta de su dormitorio fue complicado; cayó en la cuenta de que Lily había metido una camiseta en la rendija que se creaba entre la puerta y las tablas del suelo, que estaban combadas, para mantener a raya el ruido y el humo. Era un truco que Heather le había enseñado. Dentro hacía calor a pesar de que la ventana estaba abierta y de que su hermana había encendido el pequeño ventilador portátil que tenían sobre la cómoda, desde donde el aparato zumbaba rítmicamente.

No encendió la lámpara. Por la ventana entraba un poco de la luz de la luna y, en cualquier caso, podía moverse perfectamente a tientas. Se desvistió, hizo una pila con la ropa en el suelo y se metió en la cama, donde lo primero que hizo fue poner las mantas a los pies: se cubriría solo con la sábana.

Había dado por hecho que Lily estaba dormida, pero de repente oyó un crujido procedente de la cama gemela.

—¿Heather? —susurró.

—¿Ajá?

—¿Podrías contarme un cuento?

—¿Qué clase de cuento?

—Uno feliz.

Había pasado mucho tiempo desde la última vez que Lily le pidió que le contara un cuento... Heather decidió contarle uno de sus favoritos, «Las doce princesas bailarinas», solo que en la versión que improvisó sustituyó las princesas por hermanas normales y corrientes que vivían en un castillo que se estaba cayendo, junto a una reina y un rey demasiado egoístas y estúpidos para ocuparse de ellas. No obstante, las hermanas encontraban una trampilla que llevaba a un mundo secreto donde sí eran princesas y todos se desvivían por atenderlas.

Para cuando terminó, la respiración de Lily era ya lenta y profunda. Heather se dio la vuelta y cerró los ojos.

—¿Heather? —dijo Lily, la voz ronca debido al sueño.

Heather abrió los ojos, sorprendida.

—Deberías dormir, Billy.

—¿Te vas a morir?

La pregunta era tan inesperada que Heather tardó varios segundos en responder.

—Por supuesto que no, Lily —dijo tajante.

—Kyla Anderson —empezó a decir, media cara sepultada en la almohada— dice que vas a morir por culpa de Pánico.

Heather sintió que le atravesaba el cuerpo una corriente de miedo... de miedo y de algo más profundo y más doloroso.

—¿Cómo te enteraste de Pánico? —preguntó.

Lily murmuró algo. Heather insistió:

—¿Quién te habló de Pánico, Lily?

Pero Lily se había quedado dormida.

La casa Graybill estaba embrujada. Todo el mundo en Carp lo sabía. Era algo que la gente había estado diciendo desde hacía cincuenta años, cuando el último de los Graybill se colgó de una viga, como antes de él habían hecho su padre y su abuelo.

La maldición de los Graybill.

Durante más de cuarenta años nadie había vivido oficialmente en la casa, aunque de cuando en cuando aparecían okupas o fugitivos dispuestos a correr el riesgo. La casa era un lugar en el que nadie viviría. Por la noche, las luces se apagaban y se encendían. Había voces que susurraban en las paredes infestadas de ratones y fantasmas de niños que corrían por los pasillos cubiertos de polvo. En ocasiones, los lugareños aseguraban haber oído a una mujer gritando en el ático.

O eso, por lo menos, era lo que se contaba.

Y ahora a todo eso había que añadir los fuegos artificiales: algunos viejos, los que aseguraban que se acordaban del día en que encontraron colgando del cuello al último de los Graybill, juraban que los fuegos artificiales no eran en absoluto una cosa de chicos. De hecho, era posible que ni siquiera fueran fuegos artificiales. ¿Quién podía saber qué clase de fuerzas emanaban de esa casa destartalada, qué clase de magia negra había encendido la noche con su fuego?

Los polis pensaron que solo se había tratado de la típica broma del 4 de Julio. Pero Heather, Nat y Dodge sabían la verdad. Y también Kim Hollister y Ray Hanrahan y todos los demás jugadores. Dos días después del 4 de Julio, las sospechas que abrigaban se confirmaron. Al salir de la ducha Heather encendió su prehistórico portátil para revisar el correo electrónico. Leyó el mensaje con la garganta seca y picor en la boca:

De: *jueces@panico.com.*
Asunto: ¿Disfrutasteis los fuegos artificiales?
El espectáculo será aún mejor este viernes a las diez de la noche.
Veamos cuánto podéis aguantar. Y recordad: no podéis pedir ayuda.

VIERNES, 8 DE JULIO

Heather

—Es demasiado fácil —repitió Heather, apretando el volante con las manos.

En realidad no le gustaba conducir, pero Bishop no le había dado opción. Él no iba a asistir al desafío, no estaba dispuesto a sentarse y esperar durante horas mientras los jugadores competían por durar más tiempo que el resto en la casa embrujada. Y, para variar, le habían dejado el coche. Su madre y Bo iban a agarrarse un pedo en el Lote 62, una caravana abandonada que solía usarse para hacer fiestas. Volverían a casa arrastrándose a eso de las cuatro, o incluso después del alba.

—Lo más probable es que intenten jodernos —dijo Nat—. Deben de haber llenado la casa entera de efectos de sonidos y luces.

—Sigue siendo demasiado fácil —dijo Heather negando con la cabeza—. Esto es Pánico, no Halloween. —Las palmas le sudaban—. ¿Recuerdas cuando éramos niñas y Bishop te retó a quedarte tres minutos en el porche?

—Solo porque a ti te entró el canguelo.

—A ti también —le recordó Heather, lamentando haber sacado a colación el tema—. Ni siquiera duraste treinta segundos.

—A Bishop, en cambio, no —agregó Nat, volviendo la cabeza hacia la ventana—. ¿Recuerdas? Incluso entró. Estuvo dentro por lo menos cinco minutos.

—Lo había olvidado —dijo Heather.

—¿Cuándo fue eso? —intervino Dodge de repente.

—Hace años. Debíamos de tener diez u once. ¿Verdad, Heather?

—Menos. Nueve —dijo.

Le hubiera gustado que Bishop estuviera allí. Iba a ser su primer desafío sin él, y el pecho le dolía. Estar con Bishop la hacía sentirse a salvo.

Giraron en la curva y la casa se hizo visible: con la punta afilada del techo recortada contra las nubes anudadas sobre el horizonte, parecía sacada de una película de terror. Al ver la construcción retorcida alzándose ante ellos, Heather imaginó que podía oír el viento aullando a través de los agujeros del techo y los ratones mordisqueando los suelos de madera podridos. Lo único que faltaba era una bandada de murciélagos.

Había una docena de coches estacionados en la carretera. Al parecer mucha gente compartía la opinión de Bishop y la mayor parte de los espectadores se había quedado en casa. No todos, eso sí. Heather vio a Vivian Travin sentada en el capó del coche, fumando un pitillo. Unos cuantos estudiantes de primer año se apiñaban no muy lejos de allí y hacían circular una botella de vino con cierta solemnidad, como si estuvieran asistiendo a un funeral. Durante un segundo, antes de apagar el motor, Heather se fijó en las gotas de lluvia que podían verse caer a través del haz de luz de los faros: era como si llovieran astillas de vidrio.

Dodge salió del coche y le abrió la puerta a Nat. Heather estiró el brazo hacia la parte de atrás para coger la bolsa que había preparado para la noche: comida, agua, una manta grande. Estaba decidida a permanecer en la casa cuanto fuera necesario para ganar. Nat y Dodge también.

De repente oyó un grito apagado fuera. Heather alzó la mirada justo a tiempo para ver una sombra negra pasar disparada junto al coche. Nat soltó un alarido. Y de repente toda la gente corría hacia la carretera.

Heather, que se apresuró a salir del coche y rodearlo, llegó en el preciso instante en que Ray Hanrahan le daba a Dodge en el estómago con el hombro. Dodge retrocedió a trompicones y chocó con los restos de una valla, que se derrumbó a sus espaldas.

—Sé lo que estás haciendo, tarado —le espetó Ray—. Crees que puedes...

La frase terminó con un gruñido agudo. Dodge había avanzado hasta él y lo había agarrado por la garganta. La gente dejó escapar un grito ahogado. Nat lloraba.

Dodge se inclinó y le habló en voz baja a Ray en la oreja. Heather no consiguió oír lo que le decía.

Y con igual rapidez, dio un paso hacia atrás y liberó a Ray, que se quedó tosiendo, atragantado. A juzgar por la expresión de su rostro, Dodge no había perdido la calma. Nat se le acercó como si fuera a abrazarlo, pero luego, en el último instante, se lo pensó mejor.

—Mantente alejado de mí, Mason —dijo Ray una vez que recuperó el aliento—. Te lo advierto. Ándate con cuidado.

—Venga, chicos —dijo Sarah Wilson, otra concursante—. Está lloviendo a cántaros. ¿Podemos empezar?

Ray seguía mirando con el ceño fruncido a Dodge, pero no dijo nada.

—Muy bien. —Ese era Diggin. Heather no lo había visto entre la multitud. La oscuridad y la lluvia se tragaban la voz—. Las reglas son sencillas. Cuanto más tiem-

142

po permanezcáis en la casa, mayor será vuestra puntuación.

Un escalofrío recorrió el cuerpo de Heather. La noche del salto, con Diggin cacareando en el megáfono, parecía ahora lejana, como si hubiera ocurrido hacía años: la radio, la cerveza, la celebración.

De repente le resultó imposible recordar cómo era que había terminado allí, delante de la casa Graybill, en la que todos los ángulos y superficies parecían erróneos, una construcción deforme, inclinada hacia un lado, como si estuviera a punto de derrumbarse.

—No pidáis ayuda —dijo Diggin y la voz se le quebró un poco, lo que hizo que Heather se preguntara si sabía algo que ellos ignoraban—. Eso es todo. Empieza el desafío.

Todos se separaron. Los haces de luz (linternas y el ocasional brillo azul de un teléfono móvil) barrieron la carretera e iluminaron la valla torcida, la hierba alta, los restos del sendero que antes conducía a la puerta principal y ahora estaba cubierto de maleza.

Dodge sacó la mochila del maletero. Nat estaba de pie, a su lado. Heather se abrió camino hasta ellos.

—¿Qué fue eso? —preguntó.

Dodge cerró el maletero de un golpe.

—Ni idea —dijo. En la oscuridad resultaba difícil descifrar su expresión y Heather consideró la posibilidad de que supiera más de lo que le decía—. Ese tío es un psicópata.

Heather volvió a tiritar. Un poco de agua se había filtrado por el cuello de la chaqueta y humedecido la camiseta. Ella sabía, como todos allí, que dos años atrás la hermana mayor de Dodge se había enfrentado al hermano mayor de Ray en la Justa y había quedado paralítica. Heather no había estado presente (esa noche había estado con Bishop haciendo de canguro de Lily), pero Nat le contó que el coche se había doblado como un acordeón.

Se preguntó si acaso Dodge culpaba a los Hanrahan.

—Una vez dentro mantengámonos alejados de Ray, ¿de acuerdo? —dijo—. Mantengámonos alejados de todos ellos.

No dudaba de que Ray Hanrahan era muy capaz de sabotearlos: saltándoles encima, tendiéndoles trampas, intentando pegarles.

Dodge se giró hacia ella y sonrió. Tenía los dientes muy blancos, incluso en la oscuridad.

—De acuerdo.

Cruzaron la carretera e ingresaron en el patio con los demás. Heather sentía en el pecho una opresión que no era exactamente miedo sino más bien pavor. Era demasiado fácil.

Con todo, la caminata estuvo lejos de ser sencilla. La lluvia hacía que el barro se hundiera bajo los pies. Iba a ser una noche de perros. Lamentó que no se le hubiera ocurrido esconder una cerveza entre sus cosas. El sabor ni siquiera le gustaba, pero la habría librado de la suspicacia y la noche habría pasado más rápido.

Se preguntó si los jueces estaban allí. Quizás estaban sentados en el asiento delantero de alguno de los coches, al amparo de la oscuridad, las piernas sobre el salpicadero; o quizás estaban en la carretera, subiendo y bajando, fingiendo ser espectadores normales y corrientes. Ese era el aspecto de Pánico que más odiaba: el hecho de que siempre estuvieran siendo observados.

Llegaron al porche delantero demasiado deprisa. Zev Keller acababa de desaparecer dentro de la casa y la puerta se cerró con estruendo. Nat dio un salto.

—¿Estás bien? —le preguntó Dodge en voz baja.

—Bien —dijo Nat, demasiado alto.

Una vez más, Heather deseó que Bishop la hubiera acompañado. Quería tenerlo cerca, haciendo chistes estúpidos, burlándose de su miedo.

—Bueno, allá vamos —dijo Nat con resignación. Dio un paso adelante, abrió la puerta, que colgaba fuera del marco en un ángulo inquietante, y vaciló—. Hiede.

—Mientras no dispare o ladre, por mí no hay problema —dijo Dodge, que no parecía asustado en absoluto.

Avanzó por delante de Nat y entró en la casa. Nat lo siguió. La última en entrar fue Heather. De inmediato, ella también sintió el olor: a caca de ratón y moho y podredumbre, como el hedor de una boca cerrada durante años.

Los haces de luz de las linternas zigzagueaban por los pasillos y las habitaciones oscuras a medida que los otros jugadores se repartían poco a poco por la casa, intentando establecer sus propios rincones, sus propios escondites. El entarimado crujía, las puertas gemían al abrirse y cerrarse; las voces susurraban en la oscuridad.

La negrura era tan densa y espesa como una sopa. Heather, aterrada, sentía un charco en el estómago. Buscó a tientas el móvil en el bolsillo. Nat había pensado en lo mismo y de repente su cara se hizo visible, iluminada desde abajo, los ojos hundidos, la piel teñida de azul. Heather utilizó su teléfono para iluminar con un débil círculo de luz el empapelado descolorido y las molduras devoradas por las termitas.

De improviso se encendió una luz brillante.

—Es una aplicación de linterna —dijo Dodge al tiempo que Heather se llevaba una mano a los ojos—. Lo siento. No pensé que fuera tan potente.

Dirigió la luz hacia arriba, hacia el techo, donde los restos de una araña chirriaban mecidos por el viento. Si los rumores eran ciertos, ese era el lugar en el que tres varones Graybill se habían ahorcado.

—Vamos —dijo Heather esforzándose por mantener la voz firme: los jueces podían estar en cualquier parte—. Alejémonos de la puerta.

Se adentraron en la casa. Dodge tomó la delantera. En la segunda planta, sobre sus cabezas, se oían pasos.

La linterna de Dodge cortaba la oscuridad con un haz pequeño, nítido, y Heather recordó un documental sobre el hundimiento del *Titanic* que había visto con Lily: la forma en que los sumergibles del equipo de recuperación habían examinado el pecio, flotando en esa inmensa negrura, reptando sobre los restos de madera y los viejos platos de porcelana, todos cubiertos de formaciones mohosas y desechos subacuáticos. Así era como ella se sentía. Como si estuviera en el fondo del océano. La opresión que sentía en el pecho intensificándose más y más. Oía a Nat respirar con dificultad. Y de escaleras arriba les llegaban gritos amortiguados: una pelea.

—La cocina —anunció Dodge. Barrió con la linterna los fogones oxidados y las baldosas rotas del suelo. La luz blanqueaba todos los objetos y producía imágenes desarticuladas, como en una mala película de terror. Heather imaginaba insectos por doquier, telarañas, cosas horribles que caían sobre ella desde el techo.

Dodge apuntó la luz a un rincón y Heather casi dio un alarido: durante un segundo vio un rostro, los ojos negros, demacrados, la boca lasciva.

—¿Quieres dejar de apuntarme con eso?

Deslumbrada, la chica levantó la mano para protegerse los ojos y parpadeó varias veces. El corazón de Heather volvió a latir normalmente. Era Sarah Wilson, que estaba acurrucada en el rincón. Cuando Dodge bajó la luz, Heather vio que Sarah había traído una almohada y un saco de dormir. La prueba sería más fácil, muchísimo más fácil, si todos los jugadores pudieran echarse juntos en una habitación, compartiendo Cheetos y una botella de vodka barato robada por alguno del mueble bar de sus padres.

Pero ellos estaban por encima de eso.

Salieron de la cocina y bajaron por un corto tramo de escaleras, repletas de basura, que la luz iba revelando de forma intermitente: colillas de cigarrillo, hojas secas, tazas de café de porexpán renegridas. Okupas.

Heather oía pasos: en las paredes, encima de su cabeza, a sus espaldas. No estaba segura.

—Heather —dijo Nat dando media vuelta y agarrándose a su camiseta.

—Chis —las hizo callar Dodge con brusquedad y apagó la linterna.

Se quedaron allí, en medio de una oscuridad tan densa que Heather probaba su sabor cada vez que inhalaba: cosas enmoheciéndose y pudriéndose lentamente; cosas resbalosas, escurridizas, huidizas.

A sus espaldas. Los pasos se detuvieron, vacilantes. El entarimado crujió. Alguien los estaba siguiendo.

—Moveos —susurró Heather. Sabía que estaba perdiendo los papeles, que lo más probable era que solo se tratara de otro jugador explorando la casa, pero no podía frenar la terrible fantasía que se había apoderado de ella: era uno de los jueces, caminando lentamente a través de la oscuridad, preparado para atraparla. Y ese juez ni siquiera era un ser humano sino un ser sobrenatural con mil ojos y dedos largos y delgados y una mandíbula dislocada, una boca lo bastante grande como para tragarte.

Los pasos avanzaron hacia ella. Un paso más y luego otro.

—Moveos —volvió a decir. En la oscuridad su voz sonaba inhibida, desesperada.

—Aquí —dijo Dodge.

La oscuridad eran tan completa que Heather no podía verlo a pesar de que debía de estar a apenas unos pasos de distancia. Dodge soltó un gruñido; Heather oyó el crujir de la madera vieja y el gemido de unas bisagras oxidadas.

Sintió que Nat se alejaba de ella y la siguió a ciegas, con rapidez, y estuvo a punto de tropezar con una irregularidad en el suelo que marcaba el comienzo de una nueva habitación. Tan pronto entró, Dodge cerró la puerta y se apoyó contra ella hasta que encajó en el marco. Heather permaneció quieta, jadeando. Los pasos seguían acercándose. Se detuvieron junto a la puerta. La respiración de Heather se aceleró, acezante, como si hubiera estado bajo el agua. Y entonces los pasos volvieron a alejarse.

Dodge encendió de nuevo la aplicación de linterna del móvil. Bañada por su brillo, su cara parecía una pintura moderna de aspecto siniestro: puros ángulos.

—¿Qué fue eso? —susurró Heather. Casi temía que Dodge y Nat no hubieran oído lo mismo que ella.

Pero, por suerte, Dodge dijo:

—Nada. Alguien intentando asustarnos. Eso es todo.

Puso el teléfono en el suelo de modo que el haz de luz quedara dirigido hacia arriba y sacó la bolsa de dormir que llevaba en la mochila; Heather, por su parte, sacudió la manta que había traído. Nat se sentó junto al cono de luz y se echó la manta sobre los hombros.

En un instante, una oleada de alivio invadió a Heather. Estaban a salvo, juntos, alrededor de lo que podía considerarse una versión improvisada de una fogata. Tal vez de verdad iba a ser fácil.

Dodge se sentó en el suelo cerca de Nat.

—Supongo que podemos ponernos cómodos.

Heather recorrió la pequeña habitación. Antiguamente debía de ser una especie de almacén, o quizás una despensa, salvo por el hecho de que estaba un poco alejada de la cocina. Probablemente no llegaba a los cuatro metros cuadrados. En lo alto de una de las paredes estaba la única ventana del lugar, pero la nubosidad era tal que apenas penetraba alguna luz. En otra pared había estantes de madera con las baldas combadas y cuyo único contenido era una capa de polvo y más basura: bolsas vacías de patatas fritas, una lata aplastada, una llave inglesa vieja. Continuó su rápida exploración utilizando la luz del teléfono móvil.

—Arañas —comentó al iluminar la red, perfectamente simétrica, reluciente y gris, que se extendía entre dos estantes.

Dodge se puso de pie de un salto como si le hubieran mordido en el culo.

—¿Dónde, dónde? —dijo.

Heather y Nat intercambiaron miradas. Nat esbozó una sonrisita.

—¿Te dan miedo las arañas? —soltó Heather sin pensar. No pudo evitarlo. Dodge nunca se había mostrado temeroso, de nada. Que le dieran miedo las arañas era algo por completo inesperado para ella.

—Baja la voz —dijo él con aspereza.

—No te preocupes —contestó ella y apagó la luz del teléfono—. Era solo una telaraña.

No mencionó los pequeños bultos que había visto en ella: insectos, envueltos en hilo, a la espera de ser consumidos y digeridos.

Dodge asintió. Parecía avergonzado y se apartó, las manos metidas en los bolsillos de la chaqueta.

—¿Y ahora qué? —preguntó Nat.

—Esperar —contestó Dodge sin volverse a mirarla.

Nat se estiró, sacó una bolsa de patatas y la abrió. Un segundo después, masticaba ruidosamente. Heather la miró.

—¿Qué? —dijo Nat con la boca llena—. Vamos a estar aquí toda la noche.

Lo que en realidad sonó como: «Vamof a ñam estañam aquí toñam laf nochef.»

Tenía razón. Heather fue y se sentó a su lado. El suelo estaba desnivelado.

—¿*Quef ñam piensaf?* —dijo Nat, lo que esta vez Heather no tuvo problemas para traducir.

—¿Qué pienso de qué? —Se abrazó las rodillas contra el pecho.

Le hubiera gustado que el cono de luz fuera mayor, más potente. Fuera del limitado haz de luz todo eran sombras y formas difusas, oscuridad. Incluso Dodge, que seguía de pie, con la cara apartada de la luz. En la oscuridad podría pasar por cualquiera.

—No sé. De todo. Los jueces. ¿Quién planea todo esto?

Heather se estiró y tomó un par de patatas, una en cada mano, y se las llevó a la boca. Era una regla no escrita que nadie hablaba acerca de la identidad de los jueces.

—Quisiera saber cómo empezó —prosiguió—. Y cómo es que hemos sido todos tan locos como para jugar. —Pretendía ser graciosa, pero la voz le salió demasiado estridente, lo que arruinaba el efecto.

Dodge se giró y volvió a sentarse en el suelo cerca de Nat.

—¿Qué hay de ti, Dodge? —dijo Heather—. ¿Por qué aceptaste jugar?

Dodge levantó la mirada. Su rostro era una máscara de huecos negros, y Heather recordó de repente un verano en el que había estado de acampada con otras niñas exploradoras. Por las noches, los guías las reunían alrededor del fuego para contarles historias de fantasmas y usaban las linternas para dar a sus caras un aspecto horripilante. Ella y todas las demás niñas pasaban mucho miedo.

Durante un segundo, creyó que Dodge sonreía.

—Venganza —dijo.

Nat se rio.

—¿Venganza? —repitió.

Heather entendió que no habían oído mal.

—Nat —la cortó con brusquedad. Y su amiga debió de acordarse en el acto de la hermana de Dodge, pues la sonrisa desapareció casi al instante.

Dodge miró a Heather a los ojos. Ella se apresuró a apartar la mirada. Había comprendido que él culpaba a Luke Hanrahan de lo ocurrido y, de repente, se sintió helada. La palabra «venganza» era tan horrible: directa y afilada, como un cuchillo.

Como si estuviera leyéndole el pensamiento, Dodge sonrió.

—Solo quiero hacer papilla a Ray, ganarle de forma aplastante, eso es todo —dijo con jovialidad y se estiró para coger el paquete de patatas fritas. De inmediato Heather se sintió mejor.

Intentaron jugar a las cartas durante un rato, pero estaba demasiado oscuro, incluso para un juego lento, pues tenían que estarse pasando la linterna. Luego Nat quiso que Dodge le enseñara a hacer trucos de magia, pero este se opuso. De vez en cuando oían voces procedentes del salón, o pasos, y Heather invariablemente se ponía en tensión, convencida de que ahora sí iba a comenzar el verdadero desafío y de un momento a otro empezarían a saltar sobre ellos hologramas de fantasmas aterradores o personas enmascaradas. Sin embargo, nada ocurrió. Nadie irrumpió por la puerta para decirles «buu».

Al cabo de un tiempo, Heather se cansó. Hizo una bola con la bolsa de deporte en la que traía sus cosas, se la puso bajo la cabeza y escuchó la conversación de Dodge y Nat, que hablaban sin alzar la voz sobre quién ganaría una pelea entre un tiburón y un oso: Dodge argumentaba que para saberlo tenían que especificar un medio.

Un rato después hablaban de perros, y Heather vio dos ojos grandes (¿ojos de tigre?), tan grandes como faros de coche, mirándola fijamente desde la negrura. Quería gritar; había un monstruo en la habitación, agazapado en la oscuridad, listo para saltar...

Y abrió la boca, pero ningún grito brotó de ella; en lugar de eso, la oscuridad la invadió y se durmió.

Dodge

Dodge estaba soñando con el día en que él y Dayna habían montado juntos en ese tiovivo de Chicago. O, quizá, Columbus. En el sueño, sin embargo, había palmeras y un hombre que vendía carne asada en un carro de colores brillantes. Dodge tenía a Dayna enfrente y ella tenía el pelo tan largo que todo el tiempo le azotaba la cara a él. Una multitud se congregó: la gente gritaba, los miraba con malicia, les decía cosas que él no lograba entender.

Sabía que se suponía que debía sentirse feliz, porque se suponía que se estaba divirtiendo, pero no era así. Hacía demasiado calor. Además estaba el pelo de Dayna, que se le enredaba en la boca y le dificultaba tragar. Y le dificultaba respirar, también. Luego estaba el hedor del carro de carne. El olor de la quemazón. La densa nube de humo.

Humo.

Dodge se despertó de repente y se incorporó de un tirón. Se había quedado dormido directamente sobre el suelo, con la cara contra la madera fría. No tenía ni idea de qué hora podía ser. Apenas podía distinguir las formas ovilladas de Heather y Nat, la pauta de su respiración.

Durante un segundo, todavía medio dormido, pensó que parecían dragones bebés.

Entonces se dio cuenta de que había una razón para esa imagen absurda: la habitación se estaba llenando de humo. Venía del pasillo y se filtraba por la rendija que había debajo de la puerta.

Se levantó. A continuación, sin embargo, pensó mejor y recordó que el humo tiende a subir y decidió ponerse de rodillas. Ahora oía gritos: de otras partes de la casa le llegaban alaridos y ruidos de pasos.

«Demasiado fácil.» Recordó las palabras de Heather. Por supuesto. El 4 de Julio habían estallado petardos en la casa; habría un premio para los jugadores que estuvieran más tiempo en la casa.

Fuego. La casa estaba en llamas.

Se estiró hacia delante y sacudió a las chicas de forma enérgica sin preocuparse por distinguir cuál era cuál o si lo que tocaba era un codo o un hombro.

—¡Despertad! ¡Despertad!

Natalie se sentó frotándose los ojos y de inmediato empezó a toser.

—¿Qué...?

—Fuego —le explicó—. Mantente abajo. El humo sube.

Heather también empezaba a moverse.

Dodge gateó hasta la puerta. No cabía duda: las ratas estaban abandonando el barco. Fuera se oía una confusión de voces y portazos. Eso significaba que las llamas debían de haberse propagado bastante. De lo contrario ninguno de los jugadores habría optado por largarse de inmediato.

Puso la mano sobre el pomo metálico. Estaba caliente, pero no hirviendo.

—¿Nat? ¿Dodge? ¿Qué está pasando? —dijo Heather

con voz chillona, histérica. Ya despierta por completo—. ¿Por qué hay tanto humo?

—Fuego —respondió Natalie. Parecía sorprendentemente calmada.

Tenían que largarse de una puñetera vez, antes de que el fuego se propagara todavía más. Dodge recordó súbitamente una clase en Washington (¿o había sido en Richmond?) en la que todos los chicos tenían que detenerse, dejarse caer y rodar por el linóleo apestoso del gimnasio. En su momento el procedimiento le había parecido una estupidez. Como si rodar fuera a servir para algo distinto de convertirlos en bolas de fuego.

Tomó el pomo y tiró, pero nada ocurrió. Volvió a intentarlo. Nada. Durante un segundo pensó que quizá seguía dormido, en una de esas típicas pesadillas en las que intentaba e intentaba correr, pero no podía, o golpear la cara de un asaltante y no conseguía ni siquiera hacerle un rasguño. Al tercer intento se quedó con el pomo en la mano. Y por primera vez en todo el juego, lo sintió: el pánico, acumulándose en su pecho, arrastrándose por su garganta.

—¿Qué pasa? —Para entonces Heather prácticamente estaba gritando—. Abre la puerta, Dodge.

—No puedo. —Sentía paralizadas las manos y los pies. El pánico le exprimía los pulmones y le costaba trabajo respirar. No. Eso no era el pánico: era el humo, que ahora era más denso. Dodge salió de su parálisis. Metió los dedos por el agujero que había donde antes estaba el pomo y, tan pronto tiró, sintió la mordedura afilada del metal. Cada vez más desesperado cargó con fuerza contra la puerta con el hombro—. ¡Está atascada!

—¿Qué quieres decir con «atascada»? —Heather iba a decir algo más, pero en lugar de ello empezó a toser.

Dodge dio media vuelta y se acurrucó.

—Esperad —dijo llevándose la manga de la camisa a la boca—. Dejadme pensar.

Ya no oía pasos ni gritos. ¿Era posible que todos hubieran salido ya? En cambio, sí podía oír el avance del fuego: los chasquidos amortiguados y los pequeños estallidos de la madera vieja, décadas de podredumbre y ruina tragadas por las llamas.

Heather estaba marcando algo en el teléfono.

—¿Qué estás haciendo? —dijo Nat, que intentó darle una palmada—. Las reglas dicen que no podemos pedir...

—¿Las reglas? —la interrumpió Heather—. ¿Estás loca? —Marcó con furia en el teclado, la cara contorsionada en una mueca enloquecida, como una máscara de cera que hubiera empezado a derretirse. Y entonces dejó escapar un sonido que era una mezcla de grito y sollozo—. No funciona. No hay señal.

«Piensa, piensa.» En su mente, Dodge excavaba un camino claro a través del pánico. Una meta; necesitaba una meta. Sabía por instinto que su trabajo era sacar a las chicas de allí sanas y salvas, del mismo modo que su trabajo era asegurarse de que nunca le ocurriera nada malo a Dayna, su Dayna, su única hermana y su mejor amiga. Sin importar lo que tuviera que hacer, no podía fracasar de nuevo.

La ventana era demasiado alta, nunca la alcanzaría. Y era muy estrecha... Pero quizá pudiera darle un empujón a Natalie... Tal vez ella sí podía pasar. ¿Y entonces qué? No importaba. Era posible que Heather también pudiera escapar por ahí, aunque lo dudaba.

—Nat —dijo poniéndose de pie. El aire tenía un sabor áspero y espeso. Y estaba caliente—. Venga. Tienes que salir por la ventana.

—Yo no puedo dejaros, chicos —empezó a decir.

—Tienes que hacerlo. Vamos. Lleva el teléfono. Busca ayuda. —Dodge tuvo que apoyar una mano en la pared para no caerse: por momentos se le iba la cabeza—. No tenemos alternativa.

Dodge apenas si la vio asentir con la cabeza en la oscuridad. Cuando ella se puso de pie, olió su sudor. Durante un segundo de locura, deseó poder abrazarla y decirle que todo iba a salir bien. Pero no había tiempo. La imagen de Dayna apareció en su cabeza, los restos retorcidos del coche, sus piernas marchitándose lentamente hasta convertirse en tallos secos y pálidos.

Su culpa.

Dodge se agachó, agarró a Nat por la cintura y la ayudó a subir a sus hombros. Por accidente, ella le puso un pie en el pecho y él estuvo a punto de perder el equilibrio e irse al suelo. Estaba débil. Era el maldito humo. Pero se las arregló para estabilizarse y erguirse.

—¡La ventana! —gritó Nat con la respiración entrecortada.

Y Heather, de algún modo, entendió. Buscó a tientas la llave inglesa que había visto antes y se la pasó. Nat se balanceó. Hubo un tintineo. Una ráfaga de viento entró en la habitación, y después de un segundo apenas se oyó una especie de silbido impetuoso cuando el fuego (al otro lado de la puerta, cada vez más cerca) advirtió el aire, lo sintió y se lanzó a por él como un océano tronando camino de la playa. Un humo negro entró por la parte baja de la puerta.

—¡Adelante! —gritó Dodge.

Sintió que Nat le pateaba la cabeza, la oreja; un instante después estaba fuera. Entonces volvió a ponerse de rodillas. A duras penas veía algo.

—Ahora sigues tú —le dijo a Heather.

—Nunca pasaré por ahí —susurró ella, pese a lo cual

él la oyó. Dudaba de que le alcanzaran las fuerzas para alzarla.

La cabeza le daba vueltas.

—Túmbate —ordenó, con una voz que no sonaba como la suya.

Heather lo hizo y se pegó al suelo tanto como pudo. Él agradeció poder echarse también. Levantar a Nat esa pequeña distancia lo había dejado agotado. Era como si el humo fuera una manta... como si lo cubriera diciéndole que durmiera...

Estaba de vuelta en el tiovivo, pero esta vez los espectadores estaban gritando. Y había empezado a llover. Él quería bajarse... la atracción giraba cada vez más y más rápido... las luces giraban encima de él.

Luces girando, voces gritando. Sirenas aullando.

El cielo.

Aire.

Y alguien (¿mamá?) que le decía:

—Estás bien, hijo. Vas a estar bien.

SÁBADO, 9 DE JULIO

Heather

Cuando Heather se despertó supo de inmediato que estaba en el hospital, lo que en cierto sentido fue una decepción. En las películas, la gente siempre volvía en sí atontada y confundida, preguntando dónde estaban y qué había ocurrido. Sin embargo, el olor a desinfectante, las sábanas blancas e inmaculadas, el *bip-bip-bip* del equipo médico resultaban inconfundibles. Lo cierto es que de algún modo era hasta agradable: las sábanas estaban limpias y almidonadas; su mamá y Bo no estaban gritando; el aire no hedía a alcohol rancio. Había dormido mejor de lo que recordaba en mucho tiempo, y durante varios minutos mantuvo los ojos cerrados y siguió respirando profundamente.

Luego oyó hablar a Bishop, en voz baja.

—Vamos, Heather. Ambos sabemos que estás fingiendo. Lo sé por la forma en que tus pestañas se mueven.

Heather abrió los ojos. Sintió el pecho henchido de alegría. Bishop estaba sentado en una silla que había acercado a la cama, inclinándose hacia delante tanto como podía sin terminar metiéndose en la cama con ella. Nat también estaba allí, los ojos hinchados debido al llanto. Tan pronto vio que Heather había despertado se abalanzó hacia ella.

—Heather. —Empezó a sollozar de nuevo—. Oh, Dios mío, Heather. Estaba tan asustada...

—Hola, Nat —dijo Heather con la boca llena del pelo de Nat, que sabía a jabón: debía de haberse duchado.

—Déjala respirar, Nat —dijo Bishop.

Nat retrocedió, todavía sorbiéndose los mocos, pero sin soltar la mano de Heather, como si le preocupara la posibilidad de que su amiga pudiera irse flotando. Bishop sonreía, pero tenía la cara blanca como el papel y unas ojeras enormes. Quizá, pensó Heather, había estado sentado junto a ella toda la noche, pensando que podría morirse. La idea le gustó.

No se molestó en preguntar qué había ocurrido. Era obvio. Nat, de algún modo, había conseguido ayuda y a ella la habían llevado al hospital cuando perdió el conocimiento. Así que lo que preguntó fue:

—¿Y Dodge? ¿Está bien? ¿Dónde está?

—Se marchó. Despertó hace un par de horas y se fue. Está bien —informó Nat a toda prisa—. El doctor dijo que tú también ibas a estar bien.

—Ganaste el desafío —dijo Bishop, el rostro inexpresivo. Nat lo miró de reojo.

Heather respiró hondo de nuevo y al hacerlo sintió un dolor punzante entre las costillas.

—¿Sabe mi madre...?

Nat y Bishop intercambiaron miradas con rapidez.

—Estuvo aquí —respondió Bishop. Heather volvió a sentir la presión en el pecho. «Estuvo» significaba que se había ido. Por supuesto—. Lily también —se apresuró a agregar su amigo—. Quería quedarse. Estaba histérica.

—No pasa nada —dijo Heather. Bishop seguía mirándola de forma extraña, como alguien que acabara de zamparse a la fuerza un puñado de gominolas ácidas. Se le ocurrió que su aspecto tenía que ser fatal y que probablemente también olía fatal. Sintió cómo la cara se le encendía. Ahora, concluyó, además de verse fatal, estaba sonrojada—. ¿Qué ocurre? —añadió, intentando sonar molesta sin respirar muy fuerte—. ¿De qué se trata?

—Escucha, Heather. Algo pasó anoche y tú...

La puerta se abrió de par en par y la señora Vélez entró en la habitación cargada con dos tazas de café y un bocadillo envuelto en plástico, obviamente procedente de la cafetería del hospital. El señor Vélez llegó detrás de ella llevando una bolsa de deporte que, Heather reconoció, pertenecía a Nat.

—¡Heather! —dijo la señora Vélez sonriéndole—. Estás despierta.

—Se lo conté a mis padres —dijo Nat entre dientes. Una información por completo innecesaria.

—No pasa nada —repitió Heather.

En realidad le complacía que el señor y la señora Vélez hubieran ido a visitarla. Y de repente le preocupó la posibilidad de ponerse a llorar. El señor Vélez tenía el pelo de punta y una mancha de hierba en la rodilla del pantalón caqui; la señora Vélez lucía una de sus chaquetas de punto color pastel; ambos miraban a Heather como si hubiera regresado de entre los muertos. Por primera vez se dio cuenta, se dio cuenta de verdad, de cuán cerca había estado. Tragó saliva con rapidez y volvió a sentir ganas de llorar.

—¿Cómo te sientes, cariño? —La señora Vélez puso los cafés y el bocadillo en la encimera y se sentó sobre la cama de Heather. Estiró el brazo y le alisó el pelo negro;

Heather imaginó, apenas por un segundo, que ella era su verdadera madre.

—Ya sabe —intentó decir, pero no pudo continuar y se limitó a sonreír.

—Le pedí a mi padre que trajera algunas cosas —dijo Nat. La señora Vélez le mostró la bolsa deportiva. Y Heather pensó que había perdido la suya en la casa Graybill. Ahora estaría reducida a cenizas—. Revistas. Y esa manta peluda del sótano.

Por la forma en que Nat hablaba parecía que Heather realmente fuera a quedarse allí.

—De verdad que estoy bien —aseguró incorporándose un poco más en la cama, como si quisiera demostrarlo—. Puedo irme a casa.

—Los médicos necesitan asegurarse de que no hay ningún daño interno —dijo la señora Vélez—. Eso podría llevar algún tiempo.

—No te preocupes, Heather —la tranquilizó Bishop en voz baja. Estiró el brazo y le cogió la mano; le sorprendió la suavidad de su tacto, el calor que sus dedos transmitían—. Me quedaré contigo.

«Te quiero.» Las palabras se le ocurrieron de repente; como las ganas de llorar un momento antes, era una pulsión que tenía que controlar.

—Yo también —dijo Nat, leal.

—Heather necesita descansar —observó la señora Vélez. Seguía sonriendo, pero Heather advirtió una señal de inquietud en el rabillo de sus ojos—. Cielo, ¿recuerdas lo que ocurrió anoche?

Heather se puso tensa. No estaba segura de cuánto debía decir. Miró a Nat y a Bishop en busca de una pista, pero ambos evitaron su mirada.

—La mayor parte —dijo finalmente con cautela.

La señora Vélez seguía observándola con particular

cuidado, como si le preocupara que de repente Heather pudiera romperse o empezar a sangrar por los ojos.

—¿Te sientes en condiciones para hablar de ello o prefieres esperar?

Heather sintió una punzada en el estómago. ¿Por qué ni Bishop ni Nat querían mirarla a la cara?

—¿Qué quiere decir con hablar de ello?

—La policía está aquí —soltó Bishop—. Intenté decírtelo.

—No lo entiendo —dijo Heather.

—Piensan que el incendio no fue un accidente —explicó Bishop. Heather tuvo la impresión de que intentaba comunicarle un mensaje con los ojos y que ella era demasiado estúpida para captarlo—. Que alguien le prendió fuego a la casa a propósito.

—Pero fue un accidente —insistió Nat.

—¡Por Dios! ¿Queréis dejarlo? —La señora Vélez rara vez perdía los estribos; de hecho, a Heather le sorprendía incluso oírla decir «Dios»—. No le hacéis ningún bien a nadie mintiendo. Esto es cosa de ese juego, Pánico o como sea que lo llaméis. Y no finjáis que no es así. La policía lo sabe. Todo ha terminado. Sinceramente, esperaba algo mejor de vosotros. En especial de ti, Bishop.

Bishop abrió la boca, pero luego volvió a cerrarla. Heather se preguntó si había estado a punto de defenderse y después había entendido que eso implicaba traicionarlas a ella y a Nat. Se sintió terriblemente avergonzada. Pánico. Pronunciada así, en voz alta, allí, en ese espacio limpio y blanco, la palabra sonaba horrible.

La voz de la señora Vélez volvió a ser amable.

—Tendrás que decirles la verdad, Heather —dijo—. Diles todo lo que sabes.

Heather estaba empezando a asustarse realmente.

—Pero yo no sé nada —replicó y retiró la mano que Bishop tenía entre las suyas; había empezado a sudar—. ¿Por qué necesitan hablar conmigo? Yo no hice nada.

—Alguien ha muerto, Heather —insistió la señora Vélez—. Esto es muy grave.

Durante un segundo, Heather creyó que había oído mal.

—¿Qué?

La señora Vélez lucía acongojada.

—Pensé que lo sabías —dijo, y se volvió hacia Nat—. Di por hecho que se lo habrías contado.

Nat guardó silencio.

Heather se volvió hacia Bishop. Le pareció que necesitaba una eternidad para mover el cuello.

—¿Quién? —preguntó.

—El pequeño Bill Kelly —dijo Bishop, e intentó volver a cogerle la mano, pero ella la apartó.

Heather no pudo hablar durante un momento. La última vez que había visto al pequeño Bill Kelly, él estaba sentado en una parada de autobús alimentando a las palomas. Ella le había sonreído y él la había saludado alzando la mano.

—¡Hola, Christy! —le había dicho. Parecía alegre.

Ella no tenía ni idea de quién podía ser esa Christy. Apenas si conocía al pequeño Kelly. Era mayor que ella y había estado años en el ejército.

—Yo no... —Heather tragó saliva. El señor y la señora Vélez la escuchaban con atención—. Pero él no...

—Estaba en el sótano —dijo Bishop. La voz se le quebró—. Nadie lo sabía. No había forma de que lo supieras.

Heather cerró los ojos. Estallidos de color tras sus párpados. Fuegos artificiales. Fuego. Humo en la oscuridad. Volvió a abrirlos.

El señor Vélez había salido al pasillo. La puerta estaba parcialmente abierta. Oyó murmullos, y el chirrido de los zapatos de alguien contra las baldosas del suelo.

El padre de Nat asomó la cabeza. Casi parecía que fuera a pedir disculpas.

—La policía está aquí, Heather —dijo—. Ha llegado la hora.

LUNES, 11 DE JULIO

Dodge

—¿Podría darme un vaso de agua, por favor?

Dodge no tenía sed en realidad, pero quería un segundo para sentarse, recuperar el aliento y echar un vistazo alrededor.

—Por supuesto. —El policía que lo había recibido y llevado hasta ese pequeño despacho sin ventanas, el OFICIAL SADOWSKI, según rezaba la chapa identificativa, no había dejado de sonreír, como si fuera un profesor y Dodge su estudiante favorito—. Siéntate y espérame un momento. No tardaré.

Dodge se sentó y permaneció quieto, por si acaso alguien estaba vigilándolo. Podía ver casi todo sin necesidad de girar la cabeza: el escritorio, cubierto de pilas altas de carpetas de manila; los estantes, repletos de más papeles; un teléfono antiguo, desconectado; fotografías de varios bebés regordetes y sonrientes; un ventilador de escritorio. Todo eso era una buena señal, pensó. Sadowski no lo había llevado a una sala de interrogatorio.

El oficial apenas tardó un minuto, regresó con una taza de porexpán llena de agua. Su misión era parecer amistoso.

—¿Estás cómodo? ¿Te va bien el agua? ¿No prefieres un refresco o algo más?

—Estoy bien así. —Dodge tomó un sorbo de agua y casi se atraganta. Estaba tibia.

Sadowski no lo advirtió o fingió no hacerlo.

—Nos encanta que hayas venido a hablar con nosotros. Dan, ¿cierto?

—Dodge —dijo Dodge—. Dodge Mason.

El policía había tomado asiento detrás del escritorio. Reacomodó los papeles de forma ostentosa, sonriendo como un tonto, le dio vueltas a un boli y se recostó en la silla. Todo muy informal. Pero Dodge advirtió que tenía su nombre escrito en una hoja de papel.

—Sí, sí. Dodge. Un nombre difícil de olvidar. ¿Qué puedo hacer por ti, Dodge?

Dodge no iba a tragarse el numerito del tonto del pueblo ni por un segundo. El oficial Sadowski lo miraba entornando los ojos, la mandíbula como un triángulo rectángulo. Era un tío listo. Cuando le viniera en gana sabría comportarse como un jodido cabrón.

—Estoy aquí para hablar del incendio —dijo Dodge—. Supuse que querríais hablar conmigo.

Habían pasado dos días desde que despertó en el hospital. Dos días esperando a que llamaran a la puerta, a que los polis aparecieran y empezaran a interrogarlo. La espera, la angustia constante, era peor que cualquier otra cosa.

Así que esa mañana temprano se había levantado resuelto a no esperar más.

—Eres el chico que dejó el hospital el sábado por la mañana, ¿verdad? —Así, como si en algún momento lo hubiera olvidado—. Nos faltó hablar contigo. ¿Por qué tanta prisa por irte?

—Mi hermana... necesita ayuda. —Con retraso se dio cuenta de que no debía haber mencionado a su hermana. Eso solo conducía a lugares equivocados.

Sadowski, sin embargo, no lo dejó escapar.

—¿Qué clase de ayuda? —preguntó.

—Está en silla de ruedas —dijo Dodge, con cierto esfuerzo. Odiaba decirlo en voz alta. Hacía que fuera más real y definitivo.

Sadowski asintió con la cabeza, comprensivo.

—Correcto. Estuvo involucrada en un accidente de coche hace unos años, ¿no es así?

Capullo. Así que el numerito del tonto del pueblo de verdad era un truco. El tío había hecho la tarea.

—Sip —dijo Dodge.

Esperaba que Sadowski le preguntara más al respecto, pero el oficial se limitó a negar con la cabeza.

—Una pena —murmuró.

Dodge empezó a relajarse. Tomó otro sorbo de agua. Le alegraba haber venido. Probablemente lo hacía ver más seguro. Y se sentía seguro.

Entonces, de forma abrupta, Sadowski dijo:

—¿Has oído hablar de un juego llamado Pánico, Dodge?

Fue un alivio que ya se hubiera pasado el agua, de otro modo se habría atragantado. Se encogió de hombros.

—No sé. Nunca he tenido muchos amigos aquí.

—Tienes unos cuantos amigos —lo corrigió Sadowski. Dodge no entendía adónde quería llegar. El oficial volvió a consultar la hoja con sus notas—. Heather Nill. Natalie Vélez. Alguien tuvo que invitarte a esa fiesta.

Esa era la historia que había circulado: una fiesta en la casa Graybill. Un grupo de chicos que se reúnen para fumar maría, tomar alcohol, asustarse unos a otros. Luego: una chispa perdida, un accidente. La culpa se repartía entre todos, era imposible señalar a un culpable específico.

Dodge, por supuesto, sabía que todo eso era una trola. Alguien tenía que haberle prendido fuego al lugar de forma deliberada. Era parte del desafío.

—Bueno, sí, ellas. Pero no son amigas, amigas —dijo, sintiendo cómo se sonrojaba. No estaba seguro de si lo estaban pillando en una mentira.

Sadowski hizo un ruido en el fondo de la garganta que Dodge no supo cómo interpretar.

—¿Por qué no me lo cuentas todo? En tus palabras, a tu ritmo.

Y Dodge le contó, hablando lentamente para no meter la pata, pero no demasiado lentamente para no parecer nervioso. Le dijo que Heather fue quien lo invitó; había rumores de que sería una especie de botellón, pero cuando llegó descubrió que la fiesta era bastante sosa, y que prácticamente no había alcohol. Él sin duda no había estado bebiendo. (Se felicitó a sí mismo por pensar en ese detalle: no iba a dejarse trincar por nada y punto.)

Sadowski solo lo interrumpió una vez:

—Y entonces ¿por qué la habitación cerrada?

Dodge se quedó estupefacto.

—¿Qué?

Sadowski fingió que le echaba un vistazo al informe.

—Los bomberos tuvieron que derribar la puerta para sacarte a ti y a la chica, Heather. ¿Por qué os apartasteis si la fiesta era en otra parte de la casa?

Dodge mantuvo las manos sobre los muslos. Y ni siquiera parpadeó.

—Ya se lo dije, la fiesta era sosa. Yo, bueno, tenía la esperanza de que... —Apagó la voz de forma sugerente y alzó las cejas.

Sadowski captó el mensaje.

—Ah, ya veo. Prosigue.

No había mucho más que contar; Dodge dijo que debía de haberse quedado dormido junto a Heather. Lo siguiente de lo que tenía consciencia era oír a la gente correr y sentir el olor a humo. No mencionó a Nat. A menos que le preguntaran, no necesitaba explicar cómo había dirigido a los bomberos a la parte posterior de la casa.

Después de que Dodge terminó su relato, ambos permanecieron sentados en silencio durante un minuto. Sadowski parecía estar haciendo garabatos, pero él sabía que eso también era un número. Había escuchado con atención todo lo que él había dicho.

Finalmente el oficial suspiró, puso el boli en el escritorio y se frotó los ojos.

—Es una mierda muy jodida, Dodge. Muy jodida —dijo.

Dodge no respondió nada.

Sadowski continuó:

—Bill Kelly era... es un buen amigo. Perteneció al cuerpo. El pequeño Kelly fue a Irak. ¿Entiendes lo que te quiero decir?

—En realidad no.

El oficial lo miró fijamente.

—Te estoy diciendo que vamos a averiguar exactamente qué ocurrió esa noche. Y que si descubrimos que el incendio fue deliberado... —Negó con la cabeza—. Eso es homicidio, Dodge.

A Dodge se le secó la garanta, pero se obligó a no apartar la mirada.

—Fue un accidente —dijo—. El lugar equivocado, el momento equivocado.

Sadowski sonrió. Pero era una sonrisa desprovista de humor.

—Eso espero.

Dodge decidió regresar a casa caminando. No tenía cigarrillos y estaba de mal humor. Ahora no estaba tan seguro de que ir a ver a la poli hubiera sido una buena idea. La forma en que Sadowski lo había mirado le había hecho sentir que la policía pensaba que era él el que había iniciado el maldito incendio.

Fueron los jueces, tenían que haber sido ellos, quienesquiera que fuesen. Si cualquiera de los jugadores se iba de la lengua y hablaba del juego, todo habría terminado.

Y si Pánico terminaba...

Dodge no tenía ningún plan más allá de ganar el juego: vencer a Ray en la última ronda de la Justa y asegurarse de que fuera una victoria contundente y sangrienta. No había pensado en la vida más allá de ese momento en absoluto. Quizá lo arrestaran. Quizá moriría con las botas puestas. Le tenía sin cuidado lo que pasara.

Dayna, su Dayna, había quedado destruida, su vida arruinada para siempre, y alguien tenía que pagar por ello.

Sin embargo, por primera vez le asaltó el temor de que el juego realmente pudiera terminar sin que él llegara a tener la oportunidad de cumplir su cometido. Y entonces tendría que limitarse a vivir con la nueva Dayna, con sus piernas como tallos, vivir con la conciencia de que él no había sido capaz de salvarla. Vivir con la conciencia de que Ray y Luke estaban bien, con vida, respirando y sonriendo y cagando y, probablemente, también arruinando las vidas de otras personas.

Y eso era imposible. Inimaginable.

El sol brillaba en lo alto. Bajo la intensa luz, todo parecía inmóvil. Dodge sentía un sabor desagradable en la boca, y no había comido nada en todo el día. Revisó el teléfono con la esperanza de que Nat hubiera llamado: nada. Habían hablado el día anterior, una conversación vacilante, llena de pausas. Cuando Nat dijo que su padre la necesitaba y que tenía que colgar, supo que le estaba mintiendo.

Dodge rodeó la cafetería Dot's, comprobando de forma instintiva si podía ver a su madre a través de las sucias ventanas del local. Sin embargo, el sol brillaba demasiado y convertía a todos los que estaban dentro en sombras.

Desde el interior de su casa le llegó una carcajada. Se detuvo con la mano en el pomo de la puerta. Si su madre estaba en casa, no estaba seguro de poder lidiar con ella. Se había puesto prácticamente histérica cuando lo vio regresar con un brazalete del hospital, y desde entonces lo había estado mirando con recelo y cada cinco segundos le preguntaba cómo se sentía, como si no confiara ni siquiera en que era capaz de mear sin poner en riesgo la vida. Además, la muerte del pequeño Kelly era la noticia más comentada en la cafetería, de modo que cuando su madre no le estaba preguntando si tenía fiebre, estaba cotilleando acerca de la tragedia.

La risa volvió a oírse y entonces Dodge advirtió que no era su madre la que se reía sino Dayna.

Estaba sentada en el sofá, las piernas envueltas en una manta. Ricky se encontraba a su lado, sentado en una silla plegable, con el tablero de ajedrez sobre la mesa de centro. Cuando Dodge entró la distancia entre ambos era de apenas unos pocos centímetros.

—No, no —estaba diciendo su hermana entre ataques de risa—. El caballo se mueve en diagonal.

—Dia-go-nal —repitió Ricky con su fuerte acento y derribó uno de los peones de Dayna.

—¡No es tu turno! —dijo ella devolviendo su peón al tablero y dejó escapar otra carcajada.

Dodge se aclaró la garganta. Dayna alzó la mirada.

—¡Dodge! —gritó. Y tanto ella como Ricky se echaron para atrás varios centímetros.

—Hola —dijo. No entendía por qué ambos parecían tan culpables. Y tampoco sabía por qué se sentía tan incómodo, como si los hubiera interrumpido en medio de algo mucho más intenso que una partida de ajedrez.

—Estaba enseñándole a Ricky cómo se juega —soltó Dayna. Los ojos le brillaban y las mejillas se le habían puesto coloradas. Lucía mejor, más bonita, de lo que había lucido durante mucho. Y a Dodge se le ocurrió que quizás incluso se había maquillado.

De repente se sintió enfadado. Mientras él estaba fuera rompiéndose el culo por ella, arriesgando su vida incluso, Dayna estaba en casa jugando al ajedrez con Ricky en el viejo tablero de mármol que su madre le había regalado a él cuando cumplió once años y que, desde entonces, Dodge había arrastrado de un lado para otro cada vez que se habían mudado.

Era como si a ella no le importara. Como si él no estuviera jugando a Pánico solo por ella.

—¿Quieres jugar, Dodge? —le preguntó. Pero él no podía decir si la invitación era auténtica. Por primera vez Dodge miró, miró de verdad, a Ricky. ¿Era posible que lo de casarse con Dayna fuera en serio? Probablemente tenía veintiuno, veintidós como máximo.

Dayna nunca lo haría. Por Dios: el tío apenas si hablaba algo de inglés. Y si a ella le gustara se lo habría contado. Ella siempre le había contado todo.

—Solo vine a tomar algo —dijo—. Saldré de nuevo.

En la cocina se llenó un vaso con agua y dejó el grifo abierto mientras bebía para ahogar el sonido de la conversación apagada que le llegaba del salón. ¿De qué demonios hablaban? ¿Qué tenían en común? Cuando cerró el grifo, las voces se silenciaron abruptamente. Por Dios. Se sentía como un invasor en su propia casa. Finalmente se marchó sin despedirse. Casi tan pronto como cerró la puerta, oyó risas de nuevo.

Revisó el móvil. Tenía una respuesta de Heather, por

fin. Le había enviado un mensaje de texto el día anterior: «¿Sabes algo?»

Su respuesta decía sencillamente: «Fin de la partida.»

Dodge sintió un ataque de náuseas trepando por su estómago hacia su garganta. Y supo de inmediato lo que tenía que hacer.

Dodge había estado en la casa de los Hanrahan únicamente una vez, dos años antes, cuando Dayna se encontraba aún en el hospital, cuando parecía que no iba a despertar. Él no se había despegado de la silla junto a la cama salvo para ir a mear y fumarse un pitillo en el parking y comprar un café en la cafetería. Al final, su madre lo había convencido de que fuera a casa y descansara un poco.

Y había ido a casa, pero no para descansar. Se había detenido en ella solo lo suficiente para coger el cuchillo de carnicero de la cocina y el bate de béisbol del armario, así como un par de guantes de esquí que, hasta donde sabía, ningún miembro de la familia había usado nunca.

En la oscuridad, medio delirando por el calor, la falta de sueño y la rabia que lo ahogaba como una serpiente alrededor de las tripas, a Dodge le llevó un rato encontrar la casa de Ray y Luke en bici. Pero al final lo hizo: una estructura de dos plantas, completamente a oscuras, que quizás había sido bonita cien años atrás.

Ahora, en cambio, parecía como una persona a la que le hubieras extraído el alma por el culo: derrumbada, desesperada y hundida, los ojos desorbitados, abiertos como platos. Dodge sintió un arrebato de lástima. Pensó en el minúsculo apartamento detrás de Dot's, en su madre poniendo en el alféizar narcisos plantados en viejos frascos de encurtidos y frotando las paredes con lejía todos los domingos.

Entonces recordó lo que había venido a hacer. Dejó la bici a un lado de la calle, se puso los guantes y sacó el bate de béisbol y el cuchillo de la mochila.

Se quedó de pie allí, ordenando a sus pies que se movieran. Una patada a la puerta, el sonido de un grito, el cuchillo centelleando en la oscuridad, el silbido del bate al cortar el aire. Iba a por Luke y solo a por Luke.

Sería fácil, rápido.

Pero no lo consiguió. Permaneció quieto, con las piernas paralizadas, pesadas, inútiles, durante lo que le parecieron horas, hasta que empezó a temer que nunca iba a moverse de nuevo, que se iba a quedar petrificado en esa posición, en la oscuridad, para siempre.

En algún momento la luz del porche se encendió, y Dodge vio a una mujer pesada, con la cara como una fruta carnosa, vestida con un camisón del tamaño de una tienda y sin zapatos, caminar con dificultad hasta el porche y encender un cigarrillo. Era la madre de Luke.

En el acto, Dodge pudo moverse de nuevo. A trompicones llegó a la bici. Y recorrió cuatro calles antes de darse cuenta de que seguía llevando el cuchillo en la mano y había dejado caer el bate de béisbol, probablemente en el patio.

Habían pasado casi exactamente dos años. La casa de Ray parecía todavía más deteriorada a la luz del día. La pintura estaba descascarada y cubría la casa como una especie de caspa gris. En el porche había dos neumáticos, unos pocos sillones de jardín y un viejo columpio que colgaba de cadenas oxidadas y parecía que se vendría abajo si tenía que soportar el mínimo peso.

Había un timbre, pero estaba desconectado, de modo que Dodge golpeó ruidosamente el marco de la puerta mosquitera. En respuesta, dentro la tele enmudeció. Por primera vez se le ocurrió a Dodge que era posible que la persona que atendiera la puerta no fuera Ray sino esa mujer carnosa que había visto dos años atrás, o el padre, o alguien completamente diferente.

Pero fue Ray. No llevaba puestos más que unos pantalones de baloncesto. Durante un instante vaciló y se detuvo justo detrás de la mosquitera, obviamente sorprendido.

Antes de que Dodge pudiera decir algo, Ray abrió la puerta de un puntapié. Dodge tuvo que retroceder de un salto para evitarla, lo que le hizo perder el equilibrio momentáneamente.

—¿Qué cojones estás haciendo aquí?

El movimiento súbito había arruinado el plan de Dodge. Trataba de recuperar el equilibrio cuando Ray lo agarró por la camisa y lo empujó. Cayó por las escaleras del porche y aterrizó en el barro sobre los codos. Se mordió la lengua.

Y Ray estaba sobre él, furioso, listo para golpear.

—Debes de estar chiflado —le espetó.

Dodge consiguió alejarse rodando y volver a ponerse de pie con dificultad.

—No estoy aquí para pelear.

Ray soltó una carcajada.

—No tienes opción —dijo. Dio un paso hacia delante y lanzó un puñetazo.

Dodge, sin embargo, se había recuperado y lo esquivó.

—Mira —dijo levantando una mano—. Solo quiero que me escuches, ¿de acuerdo? He venido a hablar.

—¿Por qué demonios iba a querer hablar contigo? —escupió Ray, los puños todavía preparados para atacar, pero esta vez no intentó golpearlo.

—Ambos queremos lo mismo —repuso Dodge.

Durante un segundo, Ray no dijo nada. Luego aflojó las manos.

—¿Qué quieres decir?

—Pánico. —Dodge se humedeció los labios. Tenía la garganta seca—. Ambos lo necesitamos.

Había una tensión eléctrica en el aire, caliente y peligrosa. Ray dio otro paso hacia delante con rapidez.

—Luke me contó de tus amenazas —dijo Ray—. ¿Qué clase de juego crees que estamos jugando?

Ray estaba tan cerca que Dodge podía olerle el aliento a cereales y leche agria. Pero pese a ello no retrocedió.

—Solo hay un juego que importa —contestó—. Tú lo sabes. Luke también lo sabe. Fue por eso que él hizo lo que hizo, ¿no es así?

Por primera vez, Ray pareció asustado.

—Eso fue un accidente —dijo—. Él nunca quiso...

—Cállate.

Ray negó con la cabeza.

—Yo no sabía —añadió.

Dodge sabía que estaba mintiendo.

—¿Vas a ayudarme o no? —preguntó.

Ray volvió a reírse: un sonido explosivo, pero desprovisto de humor.

—¿Por qué iba a ayudarte? Tú quieres matarme.

Dodge sonrió.

—No así —dijo. Y eso era realmente lo que pensaba—. No aún.

En algún momento alrededor de la medianoche, cuando Carp estaba en silencio y la lluvia había dado lustre a las calles, Zev Keller se despertó en la oscuridad para descubrir que unas manos ásperas lo agarraban. Antes de que pudiera gritar, estaba atragantado con el sabor del algodón en la boca. Un calcetín. Y entonces lo levantaron y lo sacaron de la cama a la oscuridad de la noche.

Su primer pensamiento, confuso, fue que los polis habían venido a por él. Si hubiera pensado con claridad se habría dado cuenta de que los asaltantes llevaban máscaras de esquí. Habría advertido que el maletero en el que lo metieron pertenecía a un Taurus azul marino, como el que su hermano tenía; de hecho, que se trataba del coche de su hermano, estacionado en su lugar habitual para más señas.

Pero él no pensaba con claridad. Estaba dominado por el pánico.

Pateando, viendo el cielo reducirse hasta una línea plateada cuando el maletero se cerró sobre él, Zev sintió algo húmedo y comprendió que, por primera vez desde que tenía cinco años, se había meado encima.

Y finalmente comprendió también que a pesar de todo, el juego continuaba. Y que él acababa de perder.

MIÉRCOLES, 13 DE JULIO

Heather

La conferencia de guerra tuvo lugar en la casa de Bishop. No había alternativa. La caravana de Heather era demasiado pequeña, Dodge no estaba dispuesto a invitarlos a su casa y los padres de Nat estaban en casa todo el día dedicados a limpiar el garaje. Heather tuvo que llevar a Lily, que no tenía nada que hacer ahora que la escuela había terminado y la mayoría de los días hacía sola el trayecto de autobús a Hudson para ir a la biblioteca, que quedaba a media hora de allí.

Por desgracia, la biblioteca no tenía suficiente personal y cerraba toda la semana mientras el director estaba de vacaciones. Por una vez, Lily se encontraba de buen humor, a pesar de que estaba sucia y sudorosa y apestaba a caballo; en la mañana había ayudado a Heather con las labores en la propiedad de Anne. Todo el camino hasta la casa de Bishop estuvo cantando una canción sobre tigres y haciendo olas con el brazo fuera de la ventana.

Bishop vivía en el bosque. Su padre había tenido una tienda de antigüedades y una prendería, y a Bishop le gustaba decir que su papá «recogía» cosas. Durante un tiempo Heather estuvo intentando inscribirlos en ese programa de la tele sobre personas que no tiran nada y acumulan toda clase de objetos. La casa y el patio que la rodeaba estaban repletos de cosas, desde lo inútil hasta lo estrambótico: siempre había por lo menos dos o tres coches viejos, en diferentes estados de reparación; cajas de pintura en aerosol; toboganes oxidados; montones de madera; muebles viejos, medio incrustados en el suelo. Al llegar, Lily salió gritando del coche y se lanzó a correr en zigzag por entre los cacharros.

Heather encontró a Nat y Bishop detrás de la casa, sentados en un viejo carrusel, que ya no giraba. Bishop tenía el aspecto de alguien que lleva días sin dormir. Tan pronto vio a Heather le dio un abrazo, lo que era un poco raro y la puso tensa, pues lo más probable era que oliera a establo.

—¿Qué te pasa? —dijo cuando él se apartó. Las ojeras que tenía eran tan oscuras como un cardenal.

—Solo me alegro de verte —contestó él.

—Te ves fatal. —Heather estiró el brazo para alisarle el pelo, una vieja costumbre. Pero él la cogió por la muñeca y la miró fija e intensamente, como si quisiera memorizar su rostro.

—Heather... —empezó.

—¡Heather! —la llamó Nat al mismo tiempo.

Ella, al menos, no parecía afectada por la muerte de Bill Kelly. «Quiero decir, no es como si lo conociéramos», había dicho unos días antes cuando Heather le contó cuán culpable se sentía.

Aunque era Nat la que había convocado la reunión, Heather no quería esperar a oírla hablar.

—Estoy fuera —dijo—. No jugaré más.

—Tenemos que esperar a Dodge —repuso Nat.

—Yo no tengo que esperar a nadie —replicó Heather. La calma de Nat la enfadaba. Ahí estaba, parpadeando feliz y soñolienta ante la luz del sol, como si nada hubiera pasado—. No jugaré más. Es así de sencillo.

—Es de locos —dijo Bishop con vehemencia—. De locos. Cualquiera en su sano juicio...

—Pero los jueces no están en su sano juicio, ¿o sí? —dijo Nat volviéndose hacia él—. Quiero decir, es imposible que lo estén. ¿Oíste lo que le ocurrió a Zev?

—Eso no fue... —Bishop se detuvo abruptamente y negó con la cabeza.

—Por mi parte, no pienso perder la oportunidad de ganar sesenta y siete mil dólares —aseveró Nat, aún con esa calma que enfurecía a Heather. Luego negó con la cabeza—. No es correcto empezar sin Dodge.

—¿Por qué? —replicó Heather—. ¿Por qué te preocupa tanto Dodge? Yo hice un trato contigo, ¿lo recuerdas?

Nat apartó la mirada y entonces Heather lo supo. Un sabor amargo le subió a la garganta.

—Hiciste un trato con él también, ¿no es así? —dijo—. Me mentiste.

—No. —Nat la miró, los ojos abiertos en un ruego—. No, Heather. No pensaba darle tajada.

—¿De qué estáis hablando, chicas? —preguntó Bishop—. ¿Qué quieres decir con «darle tajada»?

—No te metas en esto, Bishop —dijo Heather.

—Estoy metido —contestó él y se pasó la mano por el pelo. En ese momento Heather sintió que las cosas entre ellos nunca volverían a ser como antes: burlarse del pelo de Bishop, echarle gel y retorcerlo para hacer que apuntara hacia arriba—. Estáis en mi casa, ¿lo recuerdas?

—Esto ha dejado de ser un juego —dijo Heather. Todo se estaba saliendo de control—. ¿Es que no lo entiendes? Alguien ha muerto.

—Por Dios. —Bishop se sentó con fuerza, frotándose los ojos, como si al pronunciar esas palabras Heather lo hubiera hecho todo más real.

—¿Por qué estabas jugando, Heather? —Nat se puso de pie cuando Bishop se sentó. Estaba de brazos cruzados y hacía pequeños chasquidos con la lengua, de forma rítmica, en una pauta—. Si no querías correr el riesgo, si no podías manejarlo, ¿por qué decidiste jugar? ¿Porque el estúpido de Matt Hepley te dejó? ¿Porque estaba harto de que su novia le calentara la polla?

Heather quedó sin aliento. De hecho, fue consciente de cómo el aire la abandonaba en el acto, escapando de sus pulmones con un breve silbido.

Bishop alzó la mirada.

—Nat —dijo con brusquedad.

Incluso Natalie parecía sorprendida por sus propias palabras.

—Lo siento —se apresuró a decir, inmediatamente culpable, evitando la mirada de Heather—. Yo no quería...

—¿Qué me he perdido?

Heather se giró. Dodge acababa de llegar y emergió del reluciente laberinto de cacharros y chatarra metálica. Se preguntó qué aspecto tendrían los tres para él: Nat sonrojada y culpable; Bishop horriblemente pálido y con los ojos desorbitados; ella conteniendo las lágrimas, todavía sudorosa después de haber estado trabajando en los establos.

Y todos enojados: era algo que podía sentirse en el ambiente, una fuerza física entre los tres.

De repente, Heather se dio cuenta de que eso también era una consecuencia del juego. De que eso formaba parte de él.

Dodge era el único que parecía no ser consciente de la tensión.

—¿Te molesta si fumo? —le preguntó a Bishop, que negó con la cabeza.

Heather se apresuró a hablar:

—Estoy fuera. Dije que estaba fuera y lo estoy. El juego debería haber terminado...

—El juego nunca termina —dijo Dodge. Nat se alejó de él y por un momento, solo por un momento, él pareció inseguro. Heather se sintió aliviada. Dodge había cambiado ese verano. Había dejado de ser el tío raro de hombros caídos, el forastero, que durante tres años se sentó en clase en silencio. Era como si el juego lo estuviera alimentando de algún modo, como si creciera con él—. ¿Oísteis lo de Zev? —preguntó y exhaló el humo en una única ráfaga—. Fui yo.

Nat se giró hacia él.

—¿Tú?

—Yo y Ray Hanrahan.

Durante un momento todos guardaron silencio. Finalmente Heather logró hablar:

—¿Qué?

—Nosotros lo hicimos. —Dodge dio una última calada y sepultó la colilla debajo del tacón de su bota vaquera.

—Eso va contra las reglas —dijo Heather—. Los jueces son los que establecen los desafíos.

Dodge negó con la cabeza.

—Es Pánico —dijo—. No hay reglas.

—¿Por qué? —preguntó Bishop tirándose de la oreja izquierda. Estaba furioso e intentaba que no se le notara, pero ese gesto lo delataba.

—Para enviar un mensaje a los jueces. Y a los jugadores, también. El juego continuará de una forma u otra. Así tiene que ser.

—No puedes hacer eso. No tienes derecho —dijo Bishop.

Dodge se encogió de hombros.

—¿Qué está bien? —repuso—. ¿Qué está mal?

—¿Qué hay de la poli? ¿Y el incendio? ¿Qué hay de Bill?

Nadie dijo una palabra. Heather se dio cuenta de que estaba temblando.

—Estoy fuera —repitió.

Dio media vuelta para marcharse y casi chocó con el horno manchado de herrumbre que, junto con una bici patas arriba, marcaba el comienzo del estrecho sendero. Discurría entre chatarra y desechos alrededor de la casa y llevaba hasta el patio delantero. Bishop le gritó para que regresara, pero ella no hizo caso.

Encontró a Lily acurrucada en un trozo de patio libre de trastos, pintando la hierba de azul brillante con un bote de pintura en aerosol que a saber dónde había encontrado.

—Lily —la llamó Heather con aspereza. Su hermana dejó caer el bote de pintura y se puso de pie con aspecto culpable—. Nos vamos.

El ceño de Lily reapareció, así como el pequeño pliegue que se le formaba entre las cejas. De inmediato pareció que se había encogido y envejecido. Heather recordó la noche en que ella le había preguntado si se iba a morir y sintió una punzada de culpa en el estómago. No sabía si estaba haciendo lo correcto. Tenía la impresión de que nada de lo que hacía estaba bien.

Pero sabía que lo que le había ocurrido a Bill Kelly estaba mal. Y que pretender que no había ocurrido también estaba mal. De eso estaba segura.

—¿Qué te pasa? —dijo Lily.

—Nada. —Heather la tomó por la muñeca—. Vamos.

—Ni siquiera he saludado a Bishop —se quejó Lily.

—La próxima vez —dijo Heather. Y prácticamente arrastró a su hermana hasta el coche. Ya no oía a Nat, Bishop y Dodge; se preguntó si estarían hablando de ella. Quería marcharse de allí deprisa. Condujo en silencio, aferrándose al volante como si existiera el riesgo de que este se le escapara de las manos.

MIÉRCOLES, 20 DE JULIO

Heather

El tiempo pasó a ser hediondo, frío y húmedo, y la tierra se convirtió en fango. Durante dos días, Heather no supo nada de Nat. Se negaba a ser la primera en llamar. Intercambió varios mensajes de texto con Bishop, pero evitó verlo, lo que significaba que para ir a trabajar tenía que tomar el autobús hasta el 7-Eleven y caminar casi medio kilómetro hasta la propiedad de Anne bajo una lluvia torrencial, de modo que llegaba empapada y abatida, solo para pasar todavía más horas bajo la lluvia echándoles pienso mojado a las gallinas y arrastrando herramientas y equipo a los cobertizos para que no se oxidaran.

Los únicos que parecían más tristes que ella eran los tigres; viéndolos resguardarse bajo el dosel formado por los arces, Heather se preguntó si soñaban con otros lugares como ella lo hacía. África, pastos incendiados, un sol vasto y redondo. Por primera vez la asaltó la idea de que Anne estaba siendo egoísta al tenerlos allí, en semejante clima de mierda en el que al calor abrasador seguía la lluvia y luego la nieve y el granizo y el hielo.

Corría el rumor de que la policía había descubierto pruebas de que el incendio de la casa Graybill había sido provocado. Heather pasó un día entero de agonía esperando que la detuvieran, convencida de que las pruebas tenían que ver con su bolsa de deporte y de que terminaría en la cárcel. ¿Qué pasaría si la acusaban de homicidio? Tenía dieciocho años. Eso significaba que iría a una cárcel de verdad, no a un centro para menores.

Sin embargo, cuando pasaron varios días y nadie fue a por ella, volvió a relajarse. Ella no había sido la que encendió la estúpida cerilla. De hecho, si lo pensaba mejor, todo esto era culpa de Matt Hepley. Era a él a quien deberían arrestar. A él y a Delaney, por supuesto.

Sobre Pánico ni siquiera había oído un susurro. Al parecer, el paso dado por Dodge no había logrado incitar a los jueces a actuar. Heather se preguntó si él volvería a intentarlo, pero se recordó a sí misma que ese no era asunto suyo.

Y seguía lloviendo. Estaban a mediados de julio en el norte del Estado de Nueva York, exuberante y verde y húmedo como un bosque tropical.

Krista enfermó debido a la humedad del aire, que, según dijo, le congestionaba los pulmones. Heather se abstuvo de señalar que sus pulmones quizás estarían mejor si dejara de fumarse cada día un paquete de cigarrillos mentolados. Al final, Krista llamó al trabajo para decir que no se encontraba bien; aturdida por los medicamentos contra el resfriado que había tomado, se echó en el sofá como un cuerpo muerto e hinchado arrastrado hasta la playa por las olas.

Lo bueno, al menos, fue que Heather pudo usar el coche. Y como la biblioteca había vuelto a abrir, llevó a Lily hasta allí de camino al trabajo.

—¿Quieres que te recoja más tarde? —preguntó.

Pero Lily había vuelto a su actitud repelente.

—No soy un bebé —dijo mientras bajaba del coche, sin siquiera molestarse en coger el paraguas que Heather le había traído—. Tomaré el autobús.

—¿Qué pasa...? —Antes de que Heather pudiera recordarle llevar el paraguas, Lily dio un portazo y salió disparada hacia la entrada de la biblioteca por entre los charcos.

A pesar de la lluvia, el estado de ánimo de Heather era aceptable. Lily tenía casi doce años. Era normal que fuera una mocosa maleducada. E incluso era posible que eso fuera bueno. Demostraba que estaba creciendo bien, igual que los chicos normales y corrientes, y que por tanto no se iba a echar a perder solo por haber crecido en Pinar Fresco con las hormigas desfilando sobre las cucharas y Krista fumigando la casa.

Seguía sin haber polis llamando a su puerta, y seguía sin haber el menor indicio acerca de Pánico.

El trabajo fue arduo: Anne quería que limpiara los establos; y después tuvieron que resellar una parte del sótano, pues el agua se estaba filtrando y en las paredes había aparecido moho. Heather quedó estupefacta cuando Anne le dijo que por hoy habían terminado. Eran casi las cinco de la tarde, pero ella no había advertido el paso del tiempo y apenas se había fijado en la hora. Fuera la lluvia era peor que nunca. El agua parecía caer en láminas, como si fueran las hojas temblorosas de una serie de guillotinas gigantes.

Mientras Anne le preparaba una taza de té, Heather revisó el móvil por primera vez en horas: fue como si el estómago se le volviera líquido y cayera a sus pies. Tenía doce llamadas perdidas de Lily.

La garganta se le cerró tanto que a duras penas podía respirar. De inmediato marcó el número de su hermana, pero la llamada fue directamente al buzón de voz.

—¿Qué pasa Heather? —Anne estaba de pie junto al horno, con el pelo gris encrespado alrededor de la cara, como una extraña aureola.

—Tengo que irme —dijo Heather.

Después no recordaría haber entrado en el coche o dar marcha atrás por el camino de entrada para volver a la carretera; y tampoco recordaría haber conducido hasta la biblioteca, pero de repente ahí estaba. Estacionó el coche y dejó la puerta abierta. En algunos de los charcos el agua le llegaba al tobillo, pero apenas si se dio cuenta. Corrió hasta la entrada; la biblioteca había cerrado hacía una hora.

Gritó llamando a Lily y recorrió el estacionamiento en su búsqueda. Continuó buscándola por los alrededores, mirando a uno y otro lado de la calle, imaginando todas las cosas terribles que podrían haberle ocurrido (la habían herido, robado, matado) y, al mismo tiempo, esforzándose por no perder la cabeza, vomitar o derrumbarse.

Finalmente, decidió que no tenía otra opción que regresar a casa. Tendría que llamar a la policía.

Heather tuvo que hacer frente a otra oleada de pánico. El pánico de verdad, real.

La carretera que conducía a Pinar Fresco estaba repleta de rodadas hondas, llenas de agua y barro negro. Heather avanzó dando tumbos, con los neumáticos girando y chirriando. El lugar parecía más triste de lo habitual: la lluvia golpeaba con fuerza las caravanas, derribando los carillones colgantes e inundando las barbacoas.

Heather aún no había detenido el coche cuando vio a Lily: acurrucada bajo un abedul raquítico al que le faltaban la mayoría de las hojas, a menos de cinco metros de la escalerilla de la caravana, los brazos alrededor de las piernas, tiritando. Debió de haber estacionado, porque de repente ya había salido disparada del coche y atravesado el patio chapoteando y estaba abrazando a su hermana.

—¡Lily! —Heather no podía apretarla todo lo que quería. Estaba ahí, ahí, ahí. A salvo—. ¿Estás bien? ¿Estás bien? ¿Qué pasó?

—Tengo frío. —La voz de Lily sonaba apagada. Hablaba apoyada en el hombro izquierdo de Heather, que sintió que el corazón se le detenía; habría dado cualquier cosa por conseguir una manta.

—Ven —dijo apartándose—. Entremos.

Lily retrocedió como un potro encabritado, con los ojos bien abiertos, desorbitados.

—Yo no entro ahí —dijo—. ¡No quiero entrar ahí!

—Lily. —Heather parpadeó para sacarse la lluvia de los ojos y se agachó para quedar al mismo nivel que su hermana y mirarla a la cara. Los labios de Lily empezaban a ponerse azules. ¡Por Dios! ¿Cuánto tiempo llevaba ahí?—. ¿Qué pasa?

—Mamá me dijo que me largara —dijo Lily con un hilo de voz—. Ella... me dijo que jugara fuera.

Algo dentro de Heather se resquebrajó. En ese momento fue consciente de que a lo largo de toda la vida había estado levantando muros y defensas preparándose para algo como esto, mientras la presión iba acumulándose más y más. Ahora la presa se había roto y se sintió inundada, ahogada en rabia y odio.

—Vamos —dijo. Le sorprendió que su voz sonara igual que siempre cuando por dentro era una negrura absorbente, un ruido furioso. Tomó la mano de Lily—. Puedes sentarte en el coche, ¿de acuerdo? Pondré la calefacción. Estarás cómoda y seca.

Acompañó a Lily hasta el vehículo. En el asiento trasero había una camiseta vieja; era de Krista y, por tanto, apestaba a humo, pero al menos estaba seca. Ayudó a su hermana a despojarse de la camisa, le quitó los zapatos y le sacó los calcetines húmedos. Luego hizo que pusiera los pies sobre las rejillas de ventilación por donde había empezado a salir aire caliente. Durante todo ese tiempo Lily se dejó hacer, obediente, sin fuerza, como si le hubieran arrancado toda su vitalidad. Heather, por su parte, se movía de forma mecánica, eficaz.

—No tardaré —le dijo, sintiéndose desconectada de sus propias palabras, como si no fuera ella la que hablaba. La rabia expulsaba fuera de ella todas las demás emociones.

Bum, bum, bum.

Se oía música procedente de la caravana, cuyas paredes prácticamente temblaban. Las luces estaban encendidas, también, pero habían bajado las persianas; Heather distinguió una silueta meciéndose, tal vez bailando. No se había fijado antes porque estaba demasiado preocupada por Lily. En su cabeza seguía viendo el cuerpecito acurrucado debajo de ese patético abedul, casi el único árbol del que podía alardear Pinar Fresco.

«Mamá me dijo que me largara. Me dijo que jugara fuera.»

Bum, bum, bum.

Llegó a la puerta. Estaba cerrada. Del interior le llegó una carcajada. De algún modo logró meter la llave en la cerradura; eso debía de significar que no estaba temblando. «Extraño», pensó. Y también: «Quizá de verdad podría haber ganado en Pánico.»

Abrió la puerta de un empujón y entró.

Eran tres: Krista, Bo y Maureen, del Lote 99. Y quedaron petrificados. Al igual que Heather. Por un momento, la asaltó la sensación de que había entrado en una obra de teatro y se le había olvidado por completo su frase: no podía respirar, no sabía qué hacer. Las luces estaban encendidas, brillantes. Los tres parecían actores, actores vistos desde muy cerca. Estaban demasiado maquillados, pero el maquillaje era horrible. Parecía como si comenzara a derretirse y lentamente les deformara la cara. Los ojos, además, eran brillantes y relucientes, como los de las muñecas.

Heather lo captó todo en el acto: la neblina azulada del humo, las botellas de cerveza vacías, las tazas utilizadas como ceniceros, la botella medio vacía de vodka.

Y el pequeño plato de plástico azul sobre la mesa, en el que aún se distinguían débilmente las imágenes de los personajes de Barrio Sésamo. Era el viejo plato de Lily, ahora cubierto de varias líneas delgadas de un polvo blanco y fino.

Todo eso impactó en Heather como un golpe real, físico, un puñetazo en el estómago. El mundo se tornó negro durante un segundo. El plato. El plato de Lily.

Y entonces el instante pasó. Krista se llevó un cigarrillo a los labios. La mano vacilante casi no atinó a encontrar la boca.

—Heather Lynn —dijo arrastrando las palabras y se palmeó la camisa y los senos, como si esperara hallar un mechero allí—. ¿Qué estás haciendo, bebé? ¿Por qué me miras como si yo...?

Heather arremetió. Antes de que su madre terminara la frase, antes de que ella misma pudiera pensar en lo que estaba haciendo, toda la rabia que sentía se trasladó a sus brazos y sus piernas y cogió el plato azul, donde las líneas de polvo blanco se entrecruzaban como cicatrices, y lo lanzó.

Maureen soltó un chillido, Bo gritó. Krista apenas consiguió agacharse, y al tratar de enderezarse se tambaleó hacia atrás y aterrizó en el regazo de Maureen, que estaba sentada en el sillón y chilló con todavía más fuerza. El plato se estrelló contra la pared con ruido sordo y durante un momento el aire se llenó de polvo blanco, como una nevada bajo techo. El efecto hubiera sido divertido si la escena no fuera tan horrible.

—¿Qué demonios? —Bo dio dos pasos hacia Heather y por un momento ella pensó que iba a pegarle. Pero se quedó allí con los puños apretados y la cara roja, furioso—. ¿Qué demonios?

Krista se puso de pie con esfuerzo.

—¿Quién coño te crees que eres? —dijo.

A Heather le alivió que las separara la mesa de centro. De lo contrario, no estaba segura de lo que era capaz. Quería matar a Krista. Matarla de verdad.

—Me das asco —le espetó, pero las palabras sonaron enredadas, como si algo le envolviera las cuerdas vocales.

—¡Largo! —La cara de Krista estaba adquiriendo un color más intenso. Y su voz también se intensificó. Estaba temblando como si algo horrible dentro de ella fuera a hacer explosión—. ¡Largo! ¿No me oyes? ¡Largo!

La mujer cogió la botella de vodka y la arrojó contra su hija. Por suerte, fue lenta y Heather la esquivó con facilidad. Oyó el ruido del vidrio al romperse y sintió que la salpicaba el líquido. Bo rodeó con los brazos a Krista y logró contenerla. Seguía chillando y retorciéndose como un animal, la cara roja y contorsionada y horrorosa.

Y de repente toda la rabia, la serpiente que se retorcía en el estómago de Heather, se liberó. No sentía absolutamente nada. Ni dolor ni furia ni miedo. Nada salvo asco. Tenía la extraña sensación de estar flotando sobre la escena, flotando sobre su propio cuerpo.

Se giró y fue a su dormitorio. Revisó primero el cajón superior de la cómoda, donde tenía el joyero de plástico en el que guardaba el salario. No quedaban más que cuarenta dólares, el resto había desaparecido. Por supuesto: su madre lo había robado.

Eso no causó una nueva oleada de rabia, solo una nueva especie de asco. Animales. Eran animales, y Krista era la peor de todos.

Se metió al bolsillo los dos billetes de veinte dólares y se movió con rapidez por la habitación, metiendo cosas en la mochila de Lily: zapatos, pantalones, camisas, ropa interior. Cuando la mochila estuvo llena, utilizó una de las colchas para hacer un fardo. A fin de cuentas, iban a necesitar una manta. Y cepillos de dientes. Alguna vez había leído en una revista que los cepillos de dientes eran el artículo que los viajeros olvidaban con más frecuencia al hacer el equipaje. Ella, sin embargo, no se olvidó. Estaba calmada, pensaba bien. Lo tenía controlado.

Se echó la mochila al hombro. Era tan pequeña que no le quedaba bien. Pobre Lily. Quería coger algo de comida de la cocina, pero para ello necesitaba pasar junto a su madre y Bo y Maureen, así que estaba descartado. Y en cualquier caso lo más probable es que tampoco hubiera mucho que pudiera llevar.

En el último segundo decidió llevarse también la rosa de metal y alambre que Bishop le había hecho y que tenía sobre la cómoda. Eso les daría buena suerte.

Cargó la colcha en los brazos, pesada ahora que estaba llena de ropa y zapatos, y cruzó la puerta del dormitorio caminando de lado. La idea de que su madre pudiera intentar detenerla la preocupaba, pero era una preocupación infundada. Krista estaba sentada en el sofá, llorando, mientras Maureen la abrazaba. El pelo era una masa enredada. Heather oyó que decía algo: «... lo hice todo... sola...», pero la mitad de las palabras eran inaudibles. Estaba demasiado jodida para hablar con claridad. Bo no estaba. Ahora que la droga no era más que migajas en la alfombra, probablemente se había largado. Quizás a por más.

Heather abrió la puerta de un empujón. Eso era irrelevante. Nunca volvería a ver a Bo. Nunca volvería a ver de nuevo a su madre o a Maureen o el interior de esa caravana. Por un segundo, mientras bajaba la escalera del porche, la asaltaron las ganas de llorar. Nunca más: la idea le infundió un alivio tan intenso que las rodillas se le aflojaron y casi tropezó.

Pero no podía llorar, no aún. Tenía que ser fuerte, por Lily.

Lily se había quedado dormida en el asiento delantero, estaba con la boca abierta, el pelo levemente ondulado por el calor. Ya no tenía los labios azules y había dejado de tiritar.

No abrió los ojos justo hasta el momento en que el coche salía dando brincos de Pinar Fresco y tomaba la Ruta 22.

—¿Heather? —dijo con una vocecilla.

—¿Cómo estás, Billy? —Heather intentó sonreír, pero no pudo.

—No quiero volver ahí —dijo Lily, que se giró y descansó la frente contra la ventana. En el reflejo del vidrio, su cara se veía delgada y pálida, como una llama ahusada.

Heather apretó los dedos sobre el volante.

—No vamos a volver —dijo. Y, algo bastante raro, las palabras trajeron consigo el sabor de las náuseas que había dejado de sentir—. No vamos a volver nunca, ¿de acuerdo? Te lo prometo.

—¿Adónde vamos? —preguntó Lily.

Heather estiró el brazo y le apretó la rodilla a Lily. Los vaqueros estaban ya secos.

—Algo se nos ocurrirá, ¿no crees? Vamos a estar bien —dijo. Seguía lloviendo a cántaros; el avance del coche creaba pequeñas olas en la vía y lanzaba ríos líquidos a las cunetas—. Tú confías en mí, ¿verdad? —preguntó.

Lily asintió con la cabeza sin apartar la cara de la ventana.

—Vamos a estar bien —repitió Heather y volvió a poner la mano sobre el volante, que seguía agarrando con fuerza.

Era consciente de que no podía ir adonde Bishop o a la casa de Nat. Se había llevado el coche de su madre y no tenía intención de devolvérselo, lo que equivalía a un robo. Y las casas de sus amigos serían el primer lugar en el que a su madre se le ocurriría buscarlas cuando volviera a estar sobria y se diera cuenta de lo que había ocurrido.

¿Llamaría a la policía? Y en caso de que lo hiciera: ¿la localizarían? Podía suceder que su madre los convenciera de que ella era una delincuente y que los polis aprovecharan eso para intentar culparla del incendio.

Sin embargo, no tenía sentido preocuparse ahora por eso.

Nadie debía saber. A eso se reducía todo. Ella y Lily tendrían que ser muy, muy cuidadosas durante las próximas semanas. Y tan pronto tuvieran dinero suficiente para abandonar Carp, lo harían. Hasta entonces, tendrían que esconderse. Y tendrían que esconder el coche también, usarlo solo de noche.

La idea se le ocurrió de repente: Meth Row. La calle entera estaba atestada de coches viejos y casas abandonadas. Nadie iba a darse cuenta de que había otro cacharro de mierda estacionado allí.

Lily había vuelto a quedarse dormida y roncaba ligeramente. Meth Row lucía todavía más deprimente de lo habitual. La lluvia había convertido la calle llena de baches en un mar de barro, y mantener el volante entre las manos ya resultaba bastante complicado. Era difícil distinguir qué casas estaban ocupadas y cuáles no, pero finalmente halló un espacio, junto a un cobertizo de almacenamiento y un viejo Buick del que prácticamente solo quedaba la armazón metálica, donde podía estacionar el coche de manera que casi no se viera desde la calle.

Apagó el motor. No había que desperdiciar la gasolina. Ahora tenían que ser muy cuidadosas con lo que gastaban.

Echarse en el asiento trasero hubiera sido más cómodo, pero dado que Lily ya estaba dormida y ella dudaba de que fuera a ser capaz de dormir (no eran ni siquiera las seis) optó por estirarse hacia atrás y vaciar allí todas las cosas que había metido en la colcha, las cosas que apenas unas horas antes habían estado desordenadas sobre sus camas y el suelo de su dormitorio. Su hogar.

Sin hogar, sin techo. «Sintecho.» Era la primera vez que pensaba en esa palabra, y trató de sacarla fuera de su mente. Era una palabra fea, una palabra que hedía.

«Fugitivas» era mejor, tenía más glamour.

Le echó la colcha a Lily, cuidándose de no despertarla. Encontró una sudadera con capucha entre las cosas que había traído y se la puso sobre la camisa. Luego se subió la capucha y tiró de los cordones al máximo. Afortunadamente era verano y no haría demasiado frío.

Se le ocurrió que también debía apagar el móvil, para ahorrar batería. No obstante, antes de hacerlo escribió un mensaje de texto a Nat y Dodge, en el que incluyó también a Bishop. Como él mismo había dicho, él, de una u otra forma, estaba involucrado.

«Cambié de opinión», escribió. «Estoy dentro de nuevo.»

Ahora iba a jugar en serio. Por Lily. Al diablo la promesa que le había hecho a Nat. El dinero sería para ellas y solo para ellas.

Esa noche, mucho después de que Heather se hubiera quedado por fin frita, la cabeza apoyada en el respaldo del asiento delantero del Taurus —cuando Nat estaba acurrucada encima de la cama viendo vídeos graciosos en el ordenador, cuando incluso los bares estaban cerrados y la gente que quería beber tenía que hacerlo en la calle o en el estacionamiento del 7-Eleven—, dos figuras enmascaradas despertaron a Ellie Hayes, la obligaron a ponerse de pie con rudeza y la esposaron, las muñecas por delante del cuerpo, como si hubiera sido condenada.

Sus padres estaban fuera por el fin de semana, los jugadores sabían qué hacían. El hermano mayor, Roger, oyó el ruido y el forcejeo y llegó disparado al salón armado con un bate de béisbol. Ellie, sin embargo, consiguió avisarle a tiempo:

—¡Es Pánico! —dijo.

Roger bajó el bate, negó con la cabeza y regresó a su habitación. Él también había jugado.

Lo que más temía Ellie, aparte de las inundaciones, era al encierro, de modo que la alivió comprobar que en lugar de meterla en el maletero, los enmascarados la llevaban hasta el asiento trasero de un coche que no reconoció.

Condujeron durante lo que le pareció una eternidad, lo suficiente para que empezara a aburrirse y se durmiera. Luego el coche se detuvo y vio un estacionamiento grande y vacío y una valla cerrada, con alambre de espino en la parte alta. Antes de que los faros se apagaran vio el desgastado cartel que había a la entrada de un edificio de aspecto triste y decaído.

«Bienvenidos a la piscina Denny. Abrimos desde las 9.00 hasta el anochecer.»

El candado que debía asegurar las puertas estaba sin cerrar. Y al entrar Ellie recordó que Ray Hanrahan había trabajado en el mantenimiento de la piscina el verano anterior. ¿Era posible que estuviera en el ajo?

Cruzaron por el pasto chapoteando barro y llegaron hasta el borde de la piscina, que iluminada débilmente desde abajo centelleaba impecable a la luz de la luna, eléctrica y casi inverosímil.

En el acto, el miedo volvió a inundarla como una avalancha.

—Tenéis que estar de broma. —Estaba en el borde de la parte honda, intentando echarse para atrás, pero no podía moverse. Los enmascarados la retenían con fuerza. Sintió algo metálico en las palmas de las manos y los dedos, instintivamente, se enroscaron sobre el objeto; estaba demasiado asustada para pensar o preguntarse de qué se trataba—. ¿Cómo esperáis que...?

No consiguió terminar la frase antes de que la empujaran al agua con brusquedad, de cabeza.

Inundación. El agua entrando por doquier: la boca, los ojos, la nariz.

Aunque estuvo en el agua poco más de un minuto antes de que la sacaran con igual brusquedad a la superficie, luego juraría que habían sido por lo menos cinco o siete. Fueron segundos interminables: los latidos del corazón golpeando en los oídos, los pulmones pidiendo aire a gritos, las piernas pataleando en busca de un asidero. Tantos segundos de pánico, tan completo, tan absorbente, que no fue hasta que estuvo fuera de la piscina, respirando hondo, agradecida, que se dio cuenta de que todo el tiempo había estado apretando entre las manos la pequeña llave metálica que abría las esposas.

La jugada de Dodge por fin dio resultado. En la mañana la historia de Ellie se difundió y para medio día habían vuelto a aparecer los cupones de apuestas. Esta vez, sin embargo, se distribuyeron de mano en mano, en secreto, con cautela. Zev Keller y Ellie Hayes habían fracasado en sus desafíos individuales y estaban ahora fuera del juego. Colin Akinson también. Había sido el primero en salir corriendo de la casa Graybill (los rumores decían que no había dejado de correr casi hasta llegar a Massachusetts).

Dodge, Ray, Heather y Nat seguían dentro. Así como Harold Lee, Kim Hollister y Derek Klieg.

Solo quedaban siete jugadores.

MIÉRCOLES, 27 DE JULIO

Dodge

En el juego ya no tenían cabida el regocijo, el desenfado o el humor. Hasta donde Dodge sabía, Pánico nunca había sido así de serio. Nunca se había jugado con tantísimo secreto, tampoco. La cuestión ahora era más si iban a terminar trincados por continuar el juego. Los polis seguían buscando a quién acusar del incendio en la casa Graybill y la muerte del pequeño Bill.

Al parecer, incluso los jueces habían perdido el sentido del humor. El siguiente correo electrónico que llegó, varios días después de la eliminación de Ellie, era de una concreción desoladora:

«Malden Plaza, I-87. 9 de la noche. Miércoles.»

Bishop condujo. Casi se sentía como una rutina: Heather iba en el asiento del copiloto; Nat y Dodge en el asiento trasero. Nat pasó todo el trayecto dándole golpecillos a la ventana con un nudillo, transmitiendo inconscientemente su ritmo interno. Dodge casi podía creer que estaban encaminándose a una especie de aventura nocturna en el centro comercial. Excepto que Heather estaba agotada y no había dejado de bostezar y Bishop apenas pronunció palabra salvo para preguntarle, en voz baja, qué era lo que le pasaba.

—¿Qué crees que me pasa? —replicó Heather. A Dodge no le gustaba oír conversaciones privadas, pero en este caso no tenía forma de evitarlo.

—Tu madre llamó —dijo Bishop después de una pausa—. Dice que no has ido a casa.

—Solo me estoy quedando con Anne unos pocos días. Estoy bien.

—Dijo que te llevaste el coche.

—¿Así que hora estás de su parte?

Bishop debía de haber ido al funeral del pequeño Bill. Dodge reconoció el folleto conmemorativo, ilustrado con un ángel alado, colgando de un lazo en el espejo retrovisor. Como un amuleto o un talismán. Era extraño que él hubiera sentido la necesidad de colgarlo ahí. Bishop no le parecía a Dodge una persona supersticiosa en absoluto. Ahora bien, Dodge en realidad no acababa de conocerlo. Por ejemplo, no entendía por qué parecía sentirse parte del juego, por qué parecía sentirse culpable por la muerte de Bill Kelly.

Cuando pasaron junto a las torres de agua del condado de Columbia, Dodge miró por la ventana y recordó la noche de la primera redada, en la que se había escondido de los polis con Nat y Heather. La idea de que el tiempo siempre marcha hacia delante, implacable, le produjo una pena repentina. Era como una riada: a su paso solo dejaba desorden y confusión.

El cielo estaba cargado de nubes negras, pero por fin había dejado de llover. De hecho, resultaba imposible decir dónde estaba el sol. Un rayo de luz, singular y extraño cuando el resto del cielo seguía siendo tan oscuro, cortaba la carretera. Pero el trayecto hasta Malden Plaza era largo (para tomar el carril en dirección norte tenían que dar un gran rodeo) y antes de que hubieran llegado, el sol se puso.

Había unas cuantas docenas de coches en el estacionamiento, la mayoría apiñados tan cerca del Mc Donald's como era posible, además de un par de camiones de dieciocho ruedas que debían de estar en ruta de Albany a Canadá. Desde el lado opuesto del estacionamiento, Dodge vio a una familia salir a través de las puertas batientes llevando bolsas de papel llenas de comida rápida y vasos de refresco grandes. Se preguntó adónde irían. A un lugar mejor que ese, probablemente.

Los jugadores habían estacionado tan lejos del edificio como podían, en el límite del estacionamiento, donde los árboles más se acercaban al pavimento y era mucho más oscuro. Quedaban siete jugadores y apenas dos docenas de espectadores. A Dodge le sorprendió un poco que Diggin se hubiera molestado en asistir. De pie bajo las altivas farolas del centro, parecía ligeramente verde, como si estuviera a punto de vomitar.

—Las reglas son sencillas. —Diggin prácticamente tenía que gritar para hacerse oír por encima del ruido del tráfico. La I-87, que estaba separada del estacionamiento apenas por un quitamiedos endeble no más alto que sus espinillas, era una mega autopista de seis carriles—. Cada uno de vosotros tiene que cruzar. Los cinco que crucen más rápido pasan a la siguiente ronda. Los otros dos no.

—Empezaré yo —dijo Ray dando un paso al frente. Hasta el momento había evitado incluso mirar de reojo a Dodge. Entre ellos había una especie de tregua, al menos temporalmente. Era divertido. Ray probablemente era el tío que Dodge más odiaba en el mundo, junto con su hermano Luke. Y no obstante era también el que conocía más secretos de Dodge de todos los presentes—. Quiero terminar con esto cuanto antes.

—Espera. —Diggin sacó del bolsillo una tira de tela negra y la sacudió. Lucía realmente abatido—. Tienes que ponerte esto.

—¿Qué es eso? —preguntó Ray, a pesar de que era evidente que se trataba de una venda.

Nat y Heather intercambiaron una mirada. Dodge supo en qué estaban pensando sin necesidad de preguntar. Siempre había un giro. El juego nunca era fácil.

Diggin vaciló. Durante un segundo, pareció como si se dispusiera a vender a Ray él mismo.

Ray lo miró con ceño.

—Dame eso —dijo, y le quitó la venda.

Diggin retrocedió de inmediato, obviamente aliviado de no tener que vender a nadie. Ray se puso el trozo de tela sobre los ojos y se lo ató detrás de la cabeza.

—¿Estáis contentos? —dijo sin dirigirse a nadie en particular.

Dodge dio un paso adelante y, en silencio, se situó directamente enfrente de Ray. Lanzó un puñetazo que detuvo a apenas unos centímetros de la nariz de Ray. Nat boqueó y Diggin gritó, pero Ray ni siquiera se encogió.

—Todo bien —le dijo Dodge—. No puede ver un pimiento.

—¿No confías en mí, Mason? —La boca de Ray se curvó en una sonrisa.

—Ni una pizca —dijo Dodge.

Diggin tuvo que ayudar a Ray y guiarlo hasta el quitamiedos que separaba el estacionamiento de la estrecha franja de hierba y grava que corría a ambos lados de la autopista. Los camiones pasaban tronando, escupiendo gases y calor ardiente por el tubo de escape. Un coche hizo sonar la bocina cuando Ray superó a trompicones el quitamiedos y Dodge imaginó un cambio de dirección súbito, los faros agrandándose y congelando a Ray en su sitio, el estremecimiento del impacto.

Pero eso vendría después.

—¡Tiempo! —gritó Diggin, con el móvil en la mano.

Por primera vez Dodge advirtió que Bishop se mantenía de algún modo apartado, los labios moviéndose como si estuviera rezando en silencio. Su cara, contorsionada en una mueca de angustia, era inverosímil.

Y en ese momento, Dodge sospechó algo. Más que una sospecha era una intuición.

Pero descartó la idea con rapidez. Era imposible.

—Diez segundos —anunció Diggin.

Dodge volvió los ojos a la autopista. Ray todavía vacilaba, balanceándose como un borracho, como si tuviera la esperanza de que el impulso le despegara los pies. Un camión tocó la bocina y Ray saltó hacia atrás. El sonido se propagó por el cielo nocturno hasta convertirse, distorsionado por la distancia, en un chillido alienígena. El movimiento era sonido: Dodge cerró los ojos y oyó el silbido de los neumáticos sobre la vía, el golpeteo seco de los bajos y la música, los motores chirriando y escupiendo, las ráfagas de aire producidas por los coches al pasar. Abrió los ojos de nuevo.

—¡Veinte segundos! —La voz de Diggin se había vuelto estridente.

Hubo una repentina reducción del tráfico. Durante cuatro o cinco segundos, los seis carriles estuvieron despejados. Ray percibió lo que ocurría y echó a correr. Llegó disparado al quitamiedos del otro lado de la carretera y casi se cayó de bruces. Eso, sin embargo, era lo que menos importaba. Lo había hecho. Victorioso, se despojó de la venda y la agitó por encima de la cabeza. En total, el desafío le había tomado veintisiete segundos.

Tuvo que esperar a que se produjera otra interrupción en el tráfico para regresar, pero esta vez lo hizo sin darse prisa. Estaba alardeando.

—¿Quién será el siguiente? —preguntó Diggin—. Acabemos con esto antes de que...

Otro camión pasó haciendo sonar la bocina y se llevó el resto de la frase.

—Voy yo —dijo Dodge dando un paso hacia delante.

Ray hacía colgar la venda en una mano. Durante un segundo, sus miradas se encontraron. Ahora estaban unidos, más que nunca.

—No falles —dijo Ray en voz baja.

Dodge le arrebató la venda.

—No te preocupes por mí.

La tela era gruesa y por completo opaca, la clase de material que usarías para hacer un toldo. Una vez que Dodge se la puso sobre los ojos, quedó completamente a ciegas y por un momento sintió una presión en el pecho, una sensación abrumadora de desorientación y mareo, como cuando despiertas de una pesadilla en un sitio que no te resulta familiar. Se concentró en los sonidos: camiones, música, el silbido de los neumáticos, y poco a poco pudo hacerse un mapa mental del lugar. Resultaba divertido que no poder ver lo hiciera sentirse tan desprotegido, vulnerable. Cualquiera podía abalanzarse sobre él y nunca lo sabría.

Sintió dos manos suaves deslizándose por su cintura.

—Ten cuidado —le susurró Nat.

Él no respondió. Se limitó a buscar a tientas su rostro, esperando no cogerle por equivocación una teta (y de algún modo esperando también hacerlo).

—Ya —anunció, en lo que esperaba que fuera la dirección de Diggin—. Estoy listo.

Como había hecho con Ray, Diggin lo tomó del brazo y lo guio hasta el quitamiedos que separaba el estacionamiento de la autopista. Le dijo que pasara al otro lado y Dodge así lo hizo. Ahí estaba, de pie al lado de la vía, mientras los coches y camiones articulados rugían al pasar, soplando aire caliente y hediondo a humo y gases. El suelo temblaba por la acción de las potentes ruedas. Las bocinas chillaban y se marchaban apagándose.

El corazón de Dodge latía con fuerza. Tenía la boca seca. No había previsto estar tan asustado. En sus orejas retumbaba un martilleo rítmico y era incapaz de decidir si el ruido provenía de la autopista o era el eco de su corazón. Apenas si oyó que Diggin anunciaba el tiempo. Mierda. Si no podía oír, ¿cómo demonios sabría cuándo cruzar?

Y ¿qué pasaba si tropezaba? Sentía las piernas líquidas e inestables: si intentaba caminar, se enredarían, se vendrían abajo. Se imaginó las manos de Nat, la forma en la que ella había inclinado la cabeza cuando él la besó. Se imaginó las piernas de Dayna, delgadas como tallos, imaginó su silla junto a la ventana, el sol inundando la habitación, las piernas creciendo, engrosando, brotando de nuevo convertidas en pantorrillas fuertes y musculosas.

El martilleo que oía se desvaneció. De nuevo podía respirar. Y de repente se dio cuenta del silencio. No había ruedas silbando ni bocinas ni rugidos de motores viniéndosele encima. Una pausa.

Corrió.

Pavimento y luego una corta franja de hierba, el espacio que dividía los distintos lados de la autopista. Debía detenerse y escuchar de nuevo, solo para estar seguro, pero no podía: si se detenía, nunca volvería a ponerse en marcha. Tenía que seguir moviéndose. Sentía el viento correr en las orejas. La sangre le ardía. De repente sintió un dolor agudo en las espinillas y se fue hacia delante. Había llegado al quitamiedos del otro lado.

Había pasado.

Se quitó la venda y dio media vuelta. Le pareció que Nat y Heather lo aclamaban, pero no estaba seguro; dos coches pasaron junto a él, como un borrón duplicado, y aunque era claro que gritaban, no podía oír lo que decían. Bajo la farola, parecían actrices en un escenario, o figuras diminutas en una exposición, y algo similar ocurría con los coches que brillaban al pasar por la luz: eran como juguetes, modelos de los coches reales.

Todavía se sentía un poco mareado. Esperó a que no hubiera tráfico y regresó a paso lento. Le hubiera gustado moverse más deprisa, pero las piernas se resistieron. Cuando llegó al otro lado, a duras penas consiguió levantarlas para pasar por encima del quitamiedos.

Diggin le palmeó en el hombro y Heather le agarró por el brazo. Él lo agradeció. De lo contrario tal vez se hubiera derrumbado.

—¡Diecinueve segundos! —dijo Diggin.

—Fabuloso. Fabuloso —repetía Heather una y otra vez.

Ella misma se ofreció voluntaria para ser la siguiente. Algo le había pasado en los últimos días, algo había cambiado. Siempre había sido guapa, pensó Dodge, una chica fuerte y de aspecto seguro, como de anuncio de desodorante. Y también un poco desgarbada, quizá; siempre controlándose y actuando con precaución, como si le preocupara que de no prestar atención pudiera derribar a alguien o algo. Aunque él no había ido al baile de graduación, había visto las fotografías en Facebook, y Heather sobresalía en varias; un poco encorvada para no parecer mucho más alta que Matt, enfundada en una cosa rosa con volantes que no le iba en absoluto y esforzándose por sonreír desde su incomodidad.

Ahora, sin embargo, no tenía nada de desgarbada. Actuaba con seriedad, concentrada, la espalda recta. Apenas si vaciló al llegar al borde de la autopista. Y tan pronto el tráfico cesó momentáneamente echó a correr. Nat dejó escapar un grito ahogado.

—¡Un coche...! —dijo, apretando con los dedos el brazo de Dodge.

Y así era: había un coche, en dirección norte, acelerando hacia ella. Los faros debieron de iluminarla justo cuando ingresó al carril porque el conductor hizo sonar la bocina tres veces, una detrás de otra en rápida sucesión.

—Jesús —dijo Bishop, paralizado, la cara blanca.

—¡Heather! —gritó Nat.

Pero Heather siguió corriendo y llegó al otro lado justo cuando el coche pasaba como una exhalación por el lugar en el que ella había estado apenas unos segundos antes. El conductor volvió a hacer sonar la bocina con furia cuatro veces más. Heather se detuvo y se quitó la venda y permaneció al otro lado de la vía, el pecho agitado por el esfuerzo. Durante un rato los demás la perdieron de vista tras un aumento repentino del tráfico: dos camiones pasando simultáneamente desde direcciones opuestas, un flujo de automóviles.

Cuando Heather volvió a cruzar, Diggin le pasó el brazo por los hombros.

—¡Diecisiete segundos! —cacareó—. La más rápida hasta el momento. Ya estás en la siguiente ronda.

—Gracias —repuso ella.

Estaba sin aliento. Y al pasar bajo la farola, lucía realmente hermosa: el pelo largo y enredado tras la espalda, los pómulos altos, los ojos relucientes.

—¡Bien hecho! —la felicitó Dodge.

Heather asintió con la cabeza.

—¡Heathbar! ¡Temí tanto por ti! Ese coche... —dijo Nat lanzándole los brazos alrededor del cuello, algo para lo que tenía que ponerse de puntillas.

—No es tan difícil, Nat —contestó Heather. Durante un segundo se quedó mirando a Dodge. Como si se estuvieran transmitiendo algo. Él pensó que se trataba de una advertencia.

Kim Hollister fue la siguiente y no tuvo suerte. Tan pronto como se detuvo al lado de la vía con la venda puesta, hubo una avalancha de vehículos en ambas direcciones. Pero incluso cuando esta terminó, permaneció donde estaba, vacilando, obviamente temerosa.

—¡Adelante! —gritó Diggin—. ¡Estás bien! Adelante.

—Eso no es justo —dijo Ray—. No es justo en absoluto. ¡Puta mierda, es hacer trampa!

Ambos empezaron a discutir, pero hacerlo era irrelevante porque Kim seguía sin moverse. Finalmente chilló:

—¡Callaos! Por favor. No puedo oír nada. Por favor.

Necesitó varios segundos más para entrar en la vía arrastrando los pies y casi de inmediato retrocedió.

—¿Oísteis eso? —En el silencio su voz sonaba estridente—. ¿Es un coche?

Para cuando logró cruzar, habían pasado cincuenta y dos segundos. Había tardado casi el doble de tiempo.

El siguiente turno era el de Natalie. De repente, se volvió hacia Dodge. Tenía los ojos resplandecientes y él advirtió que estaba al borde de las lágrimas.

—¿Crees que nos está mirando? —le susurró.

Dodge pensó que debía de estar hablando de Dios.

—¿Quién? —dijo.

—Bill Kelly. —Un espasmo le cruzó el rostro.

—Nadie nos mira —añadió Dodge—. Nadie salvo los jueces, en cualquier caso.

Sus ojos se encontraron con los de Bishop a través del estacionamiento. Y una vez más, aunque solo por un instante, se preguntó si...

VIERNES, 29 DE JULIO

Dodge

Dodge tenía la esperanza de que la fiesta de cumpleaños de Nat fuera una celebración pequeña, íntima, y se sintió decepcionado cuando llegó en bici a la casa de Bishop y se topó con una docena de coches encajados unos junto a otros como piezas de Tetris en la única parte del patio no colonizada por la chatarra. En algún lugar había música, y por todo el patio habían puesto faroles que colgaban de los distintos objetos como luciérnagas metálicas acomodándose para descansar.

—¡Viniste! —lo saludó Nat agitando la mano en la que sostenía un vaso de papel.

Un poco de cerveza se derramó sobre el zapato de Dodge, que se dio cuenta de que ella ya estaba borracha. Llevaba un montón de maquillaje y un vestido diminuto y lucía aterradoramente hermosa, como si fuera alguien mucho mayor. Los ojos le brillaban, casi como si se hubiera metido algo. Él había advertido que un instante antes estaba hablando con un grupo de tíos que él no conocía, ellos también parecían mayores y ahora lo miraban fijamente; de repente, se sintió incómodo.

Ella se dio cuenta de que él los miraba y le restó importancia con un gesto de la mano.

—No te preocupes por ellos —dijo. Las palabras arrastradas y apiñadas una sobre otra—. Son unos chicos de un bar de Kingston que conozco. Solo los invité porque traían alcohol. Estoy tan contenta de que estés aquí...

Dodge tenía el regalo de Nat envuelto en papel de seda en el bolsillo. Quería entregárselo, pero no allí, con la gente mirando. Quería decirle también que lamentaba lo ocurrido en el juego. Nat se había quedado paralizada al lado de la autopista y había tardado más de un minuto en cruzar. En un abrir y cerrar de ojos, Pánico había terminado para ella.

El resto pasaba al siguiente desafío.

De regreso a casa desde la autopista, Nat a duras penas había dicho algo. Todo el trayecto estuvo sentada a su lado, rígida, las lágrimas surcándole la cara. Nadie había hablado. Dodge se había molestado con Bishop y Heather. Ellos eran los mejores amigos de Nat, se suponía que sabían qué decirle para hacerla sentir mejor.

Él se sintió impotente, tan asustado como había estado en la autopista con los ojos vendados.

Nat ya lo estaba arrastrando al fondo de la casa.

—Ven y te sirves algo y luego saludas a todos.

En el fondo de la casa había una gran barbacoa de la que salían gruesas nubes de humo con olor a carne y carbón de leña. Un tío mayor con una cerveza en la mano estaba volteando las hamburguesas. Dodge pensó que quizás era el padre de Bishop (tenían la misma nariz y el mismo pelo lacio, aunque el del hombre era gris) y eso le sorprendió. En la escuela siempre había pensado en Bishop como una especie de tonto, un tío bienintencionado pero demasiado amable para ser interesante. Se imaginaba que su familia sería típica en todo sentido: papá, mamá, hermana, hermano mayor. Nunca se hubiera imaginado a su padre como un tío con una cerveza asando hamburguesas en medio de pilas de chatarra oxidada.

Pero esa era otra de las cosas que aprendías jugando a Pánico: la gente te sorprendía. Y te pateaba el culo. Era prácticamente lo único con lo que podías contar.

Los chicos de la escuela estaban de pie formando pequeños grupos o usaban los muebles viejos y los destartalados bastidores de coche como sillas improvisadas. Todos tenían los ojos puestos en Dodge, algunos con curiosidad y otros con franca hostilidad, y no fue hasta entonces que se dio cuenta de que, con excepción de Heather, ningún otro de los jugadores de Pánico había sido invitado. Eso le hizo ser plenamente consciente de que en realidad no quedaban ya muchos jugadores. Solo cinco.

Y él era uno de ellos.

Sentir la mano de Nat y el hecho de estar tan cerca de su objetivo hicieron que un estremecimiento le recorriera la columna vertebral.

—El barril de cerveza está allí, detrás de la vieja motocicleta —dijo Nat con una risita e hizo un ademán con la mano que causó un nuevo derrame de cerveza. De repente recordó la vez en que ella lo había llamado Dave, el año pasado, y se tensionó. Odiaba las fiestas, nunca se sentía cómodo en ellas—. Volveré en un rato, ¿de acuerdo? Tengo que hacer la ronda. A fin de cuentas, es mi fiesta.

Antes de irse, le besó en la mejilla, algo que él no pasó por alto, y luego, por supuesto, en la otra mejilla. Después de eso desapareció, mezclándose entre la gente que se encontraba alrededor del barril. Sin Nat a su lado, se sintió de regreso a los pasillos de la escuela, salvo que ahora, en lugar de ignorarle, todos le miraban. Cuando reconoció a Heather sintió ganas de correr y besarla.

Ella le vio al mismo tiempo y le indicó por señas que se acercara. Estaba sentada en el capó de lo que a ojos de Dodge solo podía ser uno de los proyectos de Bishop: un Ford Pinto sin ruedas, una chatarra, sostenido en bloques de hormigón. Desde donde estaba podía contar media docena de coches en diferentes estados de construcción y desconstrucción.

—Hola. —Heather estaba tomando Coca-Cola. Parecía cansada—. No sabía que estarías aquí.

Dodge se encogió de hombros. No estaba seguro de lo que quería decir con eso. ¿Era posible que Nat solo le hubiera invitado a última hora?

—No quería perderme el gran cumpleaños —fue todo lo que dijo.

—Nat ya está borracha —comentó Heather y se rio. Apartó la vista entornando los ojos. Una vez más le sorprendió lo mucho que había cambiado ese verano. Había adelgazado y mentalmente estaba más ágil y su belleza resaltaba cada vez más. Como si toda la vida hubiera llevado un manto de invisibilidad del que ahora se había librado.

Dodge se apoyó contra el capó y buscó a tientas el tabaco en su bolsillo. No tenía ganas de fumar en realidad, solo quería algo en qué ocupar las manos.

—¿Cómo está Lily? —preguntó.

Ella lo miró con suspicacia.

—Bien —dijo, y luego agregó—: Está dentro, viendo la tele.

Dodge asintió con la cabeza. El día anterior estaba fumándose un cigarrillo en Meth Row cuando oyó a alguien cantar detrás del cobertizo en el que solía guardar la bici. Curioso, decidió mirar de qué se trataba.

Y allí estaba Heather.

En pelotas.

Ella gritó y él se apresuró a dar media vuelta, pero no antes de advertir que se estaba lavando con la manguera de la cafetería Dot's, la que usaban los pinches de cocina para rociar el callejón por las noches. Entonces vio un coche, su coche, con ropa secándose en el capó; y una niña, que debía de ser la hermana de Heather, sentada en la hierba, leyendo.

—No digas nada —le había dicho Heather.

Dodge siguió dándole la espalda. Unas de las bragas que se secaban en el capó salieron volando y cayeron al suelo; y él concentró los ojos en ellas. Tenían un estampado de fresas, descolorido. Cerca vio dos cepillos de dientes y un tubo de dentífrico enrollado sobre un cubo puesto boca abajo y varios pares de zapatos alineados con cuidado en la tierra. Se preguntó cuánto tiempo llevaban acampando allí.

—No lo haré —había respondido sin girarse.

Y no lo haría. Esa era otra cosa que a Dodge le gustaba de los secretos: unían a las personas.

—¿Cuánto tiempo crees que podrás seguir así? —le preguntó una vez en la fiesta.

—Tanto como necesite para ganar —replicó ella.

Él la miró a la cara, tan seria, tan decidida, y sintió un súbito arrebato de algo similar a la alegría. Entendimiento. Eso es lo que era: él y Heather se entendían el uno al otro.

—Me caes bien, Heather —le dijo—. Eres una tía maja.

Ella examinó su expresión para verificar que no se estaba burlando de ella. Y entonces sonrió.

—Tú también, Dodge.

Nat reapareció con una botella de tequila.

—Tómate un chupito conmigo, Heather.

Heather hizo una mueca.

—¿Tequila?

—Venga —insistió Nat haciendo pucheros. Hablaba más enredado que nunca, pero sus ojos conservaban ese brillo extraño, en absoluto natural, algo que no parecía del todo humano—. Es mi cumpleaños.

Heather negó con la cabeza. Nat se rio.

—No me lo puedo creer —dijo alzando la voz—. Eres capaz de jugar a Pánico, pero te da miedo tomarte un chupito.

—Chis. —La cara de Heather enrojeció.

—Ella ni siquiera iba a jugar —dijo Nat apuntando la botella hacia Heather, como si estuviera dirigiéndose a un auditorio.

Y, de hecho, la gente estaba escuchando. Dodge advirtió que la gente se giraba en dirección a ellos, sonriendo con cierta satisfacción, murmurando.

—Venga, Nat. Se supone que no debes hablar del juego, ¿recuerdas? —dijo él, pero Nat no le prestó atención.

—Yo iba a jugar —anunció Nat—. Yo jugué. Ya no juego. Ella, tú, me saboteó. Me saboteaste —añadió girándose hacia Heather.

Heather la miró fijamente durante un segundo.

—Estás borracha —dijo con franqueza, sin emoción, y se bajó del capó del coche.

Nat intentó agarrarla.

—Solo estaba bromeando —dijo. Pero Heather siguió caminando—. Venga, Heather. Solo estaba molestando.

—Voy a buscar a Bishop —dijo Heather sin volverse a mirarla.

Nat se apoyó contra el coche, al lado de Dodge. Destapó la botella de tequila, tomó un sorbo e hizo una mueca.

—Vaya cumple —murmuró.

Desde donde estaba Dodge podía oler su piel, el alcohol en su aliento, champú de fresa en el pelo. Deseaba tocarla, pero en lugar de ello se metió la mano en el bolsillo y tocó el regalo. Era consciente de que tenía que entregárselo ahora, antes de que él se acobardara o ella se emborrachara aún más.

—Oye, Nat. ¿Hay algún sitio al que podamos ir? Quiero decir: un sitio en el que podamos estar a solas un minuto —dijo. Pero de inmediato advirtió que eso podía hacerla pensar que él pretendía manosearla, de modo que se apresuró a agregar—: Tengo algo para ti.

Y le mostró la pequeña caja envuelta en papel de seda, esperando que a ella no le importara el hecho de que se había aplastado un poco en el bolsillo.

Su cara cambió en el acto. Sonrió enseñando sus dientecitos perfectos y dejó la botella de tequila.

—Dodge, no tenías... —dijo. Y a continuación—: Ven, sé a dónde podemos ir.

Un poco más allá del porche trasero había un área dedicada a lo que parecían decoraciones de jardín: altas estatuas de piedra caliza de diferentes figuras mitológicas, que Dodge no reconoció, aunque probablemente debería; bancos de piedra y bebederos para pájaros llenos de agua estancada, musgo y hojas. Las estatuas y el porche ocultaban el lugar a la vista, y tan pronto ingresó en el recinto semicircular el estómago de Dodge enloqueció. La música se oía lejana y él y Nat estaban solos.

—Adelante —dijo entregándole la caja—. Ábrelo.

Pensaba que iba a vomitar. ¿Y si a ella no le gustaba? Nat quitó el envoltorio y abrió la cajita y se quedó ahí, mirando fijamente el contenido: un cordón de terciopelo oscuro y un pequeño dije, una mariposa de cristal en cuyas alas se reflejaba la luz, descansando en una cama de algodón.

Ella estuvo mirándolo tanto tiempo que pensó que debía de haberle parecido detestable, lo que a su vez le hacía pensar que de verdad iba a vomitar. El collar le había costado el salario de tres días de trabajo completos como reponedor.

—Si quieres devolverlo... —empezó. Pero entonces ella alzó la mirada y él advirtió que estaba llorando.

—Es precioso —dijo—. Me encanta.

Y antes de que él se diera cuenta de lo que estaba ocurriendo, ella estiró los brazos, le obligó a bajar la cabeza y lo besó. Sus labios sabían a sal y tequila.

Cuando ella retrocedió, él se sentía mareado. Antes ya había besado a otras chicas, pero nunca así. Por lo general estaba demasiado estresado con lo que hacía la lengua o preguntándose si estaba presionando demasiado o demasiado poco. Pero con Nat se le olvidaba pensar, o se le olvidaba respirar incluso, y ahora su visión estaba salpicada de manchas negras.

—Escucha —dijo abruptamente—. Quiero que sepas que respetaré nuestro pacto. Si gano, quiero decir. Tendrás la mitad del dinero.

De repente ella se puso tensa, casi como si la hubiera abofeteado. Durante un segundo permaneció quieta, rígida. Después le devolvió la cajita.

—No puedo quedarme con esto —dijo—. No puedo aceptarlo.

Dodge se sentía como si acabara de tragarse una bola de bolos.

—¿Qué quieres decir?

—Quiero decir que no lo quiero —dijo ella, y le puso la caja en la mano—. No estamos juntos, ¿de acuerdo? Quiero decir: me caes bien y todo, pero... Estoy viendo a otra persona. Esto no está bien.

Frío. Frío bañando todo su cuerpo. Estaba congelado, confundido y furioso. Sentía que no era él mismo y pensó que tampoco sonaba como él mismo cuando se oyó decir:

—¿Quién es?

Ella se había alejado de él.

—Eso no tiene importancia —dijo—. Nadie que conozcas.

—Me besaste. Me besaste y me hiciste pensar...

Ella negó con la cabeza. Seguía sin mirarlo a la cara.

—Fue por el juego. ¿Entiendes? Quería que me ayudaras a ganar. Eso fue todo.

Esa voz que él no reconocía como suya volvió a brotar de su boca:

—No te creo. —Las palabras sonaban débiles e inconsistentes.

Ella siguió hablando, casi como si él no estuviera allí.

—Pero no necesito el juego. No te necesito a ti. No necesito a Heather. Kevin dice que tengo potencial delante de la cámara. Dice...

—¿Kevin? —En el cerebro de Dodge algo hizo *clic*—. ¿Ese cabrón que conociste en el centro comercial? —dijo con franqueza.

—No es un cabrón. —Nat se giró para mirarlo. Estaba temblando. Tenía los puños apretados y los ojos brillantes y las mejillas húmedas y eso le rompió el corazón a Dodge. Aún quería besarla, pero al mismo tiempo la odiaba—. Es un tío legal. Y cree en mí. Dijo que me ayudaría...

El frío que Dodge sentía en el pecho se había convertido en un puño duro. Lo sentía golpeando contra las costillas, amenazando con explotar a través de la piel.

—Estoy seguro que lo hizo —dijo, prácticamente escupiendo—. Déjame adivinar: todo lo que tuviste que hacer fue enseñarle las tetas...

—Cállate —susurró ella.

—Quizá le dejaste que te manoseara un rato. ¿O también tuviste que abrirle las piernas? —Tan pronto lo dijo, deseó poder devolver las palabras a su boca.

Nat se enderezó como si hubiera recibido una descarga. Y entonces él supo por su cara (la culpa y la tristeza y la pena) que así era, lo había hecho.

—Nat. —Le costó trabajo pronunciar su nombre. Quería decirle que lo sentía y también que lo sentía por ella, por lo que había hecho. Quería decirle que creía en ella y que pensaba que ella era hermosa.

—Vete —dijo ella en voz baja.

—Por favor. —Trató de alcanzarla con la mano.

Ella retrocedió a trompicones y casi cae sobre la hierba.

—Vete —repitió.

Sus miradas coincidieron durante un minuto. Dodge vio dos agujeros negros como heridas; y entonces ella dio media vuelta y se marchó.

Heather

Bishop tenía una cama elástica; o al menos, tenía el bastidor de una cama elástica. El nailon se había desintegrado hacía mucho tiempo y él lo había reemplazado con una lona resistente que mantenía tensa. A Heather no le sorprendió encontrarlo allí, escondiéndose del resto de los invitados. Nunca había sido muy sociable. Ella tampoco. Esa era una de las cosas que los unía.

—¿Pasándolo bien? —preguntó ella, sentándose a su lado sobre la lona. Bishop olía a canela y un poco a mantequilla.

Él se encogió de hombros. Al sonreír, arrugó la nariz.

—Más o menos. ¿Y tú?

—Más o menos —admitió—. ¿Qué tal Lily? —Heather no había tenido otra opción que llevarla a la fiesta. La habían instalado en la sala de estar, y Bishop se había ofrecido a echarle un ojo cuando entró a por más vasos de plástico.

—Bien. Está mirando una maratón de un programa de famosos. Le hice palomitas.

Bishop se recostó en la lona, de modo que quedó mirando al cielo, y le indicó a Heather que hiciera lo mismo. Cuando eran pequeños habían dormido allí, uno al lado del otro, en sacos de dormir, rodeados de bolsas de patatas y galletas vacías. En una ocasión, ella había encontrado a un mapache sentado en su pecho al despertarse. Bishop había gritado para ahuyentarlo, pero no antes de hacer una foto. Era uno de los recuerdos de infancia favoritos de Heather.

Todavía recordaba cómo era despertarse junto a él, con los sacos de dormir cubiertos de rocío y la lona humedecida, el aliento condensándose en el aire frío... Estaban tan calentitos uno junto al otro. Como si estuvieran en el único lugar seguro y bueno del mundo.

Inconscientemente puso la cabeza en el hueco que se le formaba entre el pecho y el hombro y él la rodeó con un brazo. Los dedos de Bishop recorrieron sus brazos desnudos y, de repente, sintió una efervescencia y un calor por todo el cuerpo. Se preguntó cómo se verían desde arriba: dos piezas de un puzle que encajaban perfectamente.

—¿Me extrañarás? —preguntó Bishop de improviso.

El corazón de Heather dio un salto, como si quisiera escaparse por la garganta.

Todo el verano había tratado de ignorar el hecho de que Bishop se marcharía a la universidad. Ahora apenas faltaba un mes para eso.

—No seas idiota —dijo dándole un golpecito con el codo.

—Hablo en serio.

Bishop cambió de posición. Sacó el brazo en el que había estado recostando la cabeza, se giró y se apoyó en el codo para mirarla a la cara. Sin proponérselo, su otro brazo se posó sobre la cintura de Heather, y dado que la camisa se le había subido, la mano quedó sobre su estómago, su piel bronceada contra su barriga pálida y pecosa... Los pulmones de Heather tenían problemas para funcionar de manera apropiada.

Es Bishop, se recordó. Es solo Bishop.

—Te voy a extrañar mucho, Heather —dijo.

Estaban tan cerca que Heather veía la pelusilla diminuta que le colgaba de una pestaña y las espirales de color de sus ojos. Y sus labios. Suaves. La perfecta imperfección de sus dientes.

—Y ¿qué me dices de Avery? —dijo Heather sin pensar. No supo de dónde salió la pregunta—. ¿También la vas a extrañar a ella?

Él retrocedió un par de centímetros. Tenía el ceño fruncido. Suspiró y se pasó una mano por el pelo. Tan pronto dejó de tocarla, Heather pensó que daría cualquier cosa por que volviera a hacerlo.

—Ya no estoy con Avery —dijo con cautela—. Terminamos.

Heather lo miró a los ojos.

—¿Desde cuándo?

—¿Tiene importancia? —Bishop parecía molesto—. Mira, eso nunca fue serio, ¿entiendes?

—Solo te gustaba follar con ella —dijo Heather.

De repente se sentía furiosa, fría y expuesta. Se incorporó y tiró de la camisa para devolverla a su puesto. Bishop iba a irse dejándola a ella atrás. Conocería a nuevas chicas, chicas bonitas y pequeñitas como Avery, y se olvidaría por completo de ella. Era algo que ocurría todo el tiempo.

—Eh. —Bishop también se sentó. Pero ahora Heather no lo miraba, así que él estiró la mano y le movió el mentón en su dirección—. Estoy tratando de hablar contigo, ¿de acuerdo? Yo... Tuve que terminar con Avery. A mí me gusta... otra persona. Hay otra persona. Eso es lo que estoy intentando decirte. Pero es complicado...

Él la miraba con tanta intensidad que Heather sentía el fuego que había entre ambos.

No pensó. Solo se inclinó y cerró los ojos y lo besó.

Fue como probar un helado que ha estado esperando el tiempo justo: dulce, fácil, perfecto. Ella no estaba preocupada por estar haciéndolo bien, como lo había estado todos esos años en el cine, cuando lo único en lo que era capaz de pensar era en los trozos de palomitas que debía de tener entre los dientes. Esta vez sencillamente estaba ahí, inhalando su olor, el olor de sus labios, mientras al fondo la música sonaba suavemente con las cigarras hinchándose para acompañarla. Heather sentía pequeños estallidos de felicidad en el pecho, como si alguien hubiera encendido cohetes allí dentro.

Y entonces, de forma abrupta, Bishop se apartó.

—Espera —dijo—. Espera.

En el acto, los cohetes que Heather sentía en el pecho se apagaron y dejaron detrás solo humo negro. Bastó esa palabra, una sola palabra, para que lo entendiera: se había equivocado.

—No puedo... —De repente él parecía diferente, alguien mayor, alguien lleno de remordimientos, alguien al que ella apenas conocía—. Yo no quiero mentirte, Heather.

Ella sintió como si se hubiera tragado algo podrido: un mal sabor en la boca; una punzada en el estómago. Le parecía que su cara iba a arder. No era ella. Él estaba enamorado de otra persona. Y ella acababa de meterle la lengua hasta la garganta como una loca.

Tuvo que retroceder como un cangrejo para alejarse de él y alcanzar el borde de la cama elástica.

—Perdona —dijo—. Fue una estupidez. Olvida que pasó, ¿vale? No sé en qué estaba pensando.

Durante un instante él pareció herido. Pero ella estaba demasiado avergonzada para preocuparse por eso. Y entonces él volvió a fruncir el ceño. Parecía cansado y un poco irritado, como si ella fuera una niña desobediente y él, el padre paciente. De repente se dio cuenta de que era así como Bishop la veía: como una niña, como una hermana pequeña.

—¿Me harías el favor de sentarte? —dijo con su voz de papá cansado y el pelo de punta, el equivalente capilar de un grito.

—Se está haciendo tarde —repuso Heather, lo que no era cierto—. Tengo que llevar a Lily a casa, de lo contrario mamá se preocupará. —Una mentira sobre otra. No entendió por qué dijo eso. Tal vez porque en ese momento realmente deseaba que así fuera: deseaba eso, estar de camino a un hogar real con una madre normal a la que sus hijas le importaban, en lugar de volver al coche estacionado en Meth Row. Deseaba ser bajita y delicada, como un adorno navideño especial que había que tratar con cuidado. Deseaba ser otra persona.

—Heather, por favor —dijo Bishop.

El mundo se estaba desmoronando, saltando en mil colores, y ella sabía que si no se marchaba de inmediato, iba a empezar a llorar.

—Olvida lo que ocurrió —dijo—. De verdad. Solo olvídalo, por favor.

Apenas consiguió dar un par de pasos antes de que las lágrimas empezaran a brotar. Se las limpió con rapidez con el borde de la mano; para llegar a la casa tenía que pasar delante de una docena de viejos compañeros de escuela, incluido el mejor amigo de Matt, y prefería morir que ser la chica que llora en la fiesta de cumpleaños de su mejor amiga. Lo más probable era que todos pensasen que estaba borracha. El hecho de que personas con las que había compartido tantos años pudieran estar tan equivocadas respecto a ella no dejaba de ser gracioso.

Entró en la casa por la parte de atrás y, una vez dentro, se detuvo un segundo para respirar hondo e intentar controlarse. Un aspecto realmente curioso de la casa de Bishop era que aunque la propiedad era en su totalidad una chatarrería, la casa en sí era limpia, tenía pocos muebles y siempre olía a limpiador de alfombras. Heather sabía que Carol, la novia del señor Marks desde hacía muchos años, consideraba el patio una causa perdida, pero el hogar era su espacio y siempre estaba fregando y poniendo orden y gritándole a Bishop que, por Dios, bajara sus sucios pies de la mesa de centro. A pesar de que la casa no había sido remodelada desde la década de los setenta, todavía tenía la alfombra afelpada y en la cocina ese raro linóleo a cuadros naranjas y blancos, lo cierto es que lucía inmaculada.

La garganta de Heather volvió a cerrarse. Todo allí le resultaba tan familiar: el comedor de formica; la grieta de la encimera de la cocina; las fotografías ligeramente curvadas sujetas en la nevera con imanes que anunciaban consultorios dentales y ferreterías. Todo tenía el aire familiar de aquello que alguna vez había considerado como propio.

Todo eso era suyo, y Bishop había sido suyo, alguna vez.

Pero ya no.

Oyó agua corriendo, y al fondo el ruido de la tele procedente de la sala de estar, donde estaba Lily. Se detuvo en el recibidor a oscuras y advirtió que la puerta del lavabo estaba parcialmente abierta. Una gruesa cuña de luz se proyectaba sobre la alfombra. Y entonces, sobre el ruido del agua, oyó llorar. Y vio una cortina de pelo negro aparecer y desaparecer con rapidez.

—¿Nat? —dijo abriendo la puerta con precaución.

El agua salía a borbotones del grifo y desde el lavamanos de porcelana se elevaba una nube de vapor. El agua tenía que estar hirviendo, pero Nat seguía frotándose las manos y sorbiéndose los mocos. Tenía la piel roja y brillante, como si se hubiera quemado.

—Eh. —Heather se olvidó por el momento de sus propios problemas y entró en el lavabo. Instintivamente estiró la mano y cerró el grifo. Incluso la llave estaba caliente—. ¿Te encuentras bien?

Era una pregunta estúpida, pues era obvio que Nat no estaba para nada bien.

Se volvió hacia Heather. Tenía los ojos inflamados y toda la cara parecía rara e hinchada, como un pan que no hubiera crecido bien en el horno.

—Ya no funciona —dijo en un susurro.

—¿Qué es lo que no funciona? —preguntó Heather, que de repente estaba hiperalerta.

Oía gotear el grifo y veía las manos monstruosamente enrojecidas de Nat, colgando como globos deshinchados a un lado y a otro. Pensó en que a Nat siempre le gustaban las cosas uniformes y sin complicaciones. En el hecho de que en ocasiones se duchaba más de una vez al día. En el tamborileo y los chasquidos que solía hacer. Cosas a las que la mayor parte del tiempo Heather no prestaba atención porque estaba demasiado acostumbrada a ellas. Otro punto ciego entre personas que creían conocerse.

—¿Sabes? Fue por eso que me petrifiqué en la autopista —continuó Nat—. Yo simplemente... me bloqueé. —Los ojos se le volvieron a llenar de lágrimas—. Nada funciona. —La voz flaqueaba—. Ya no me siento segura, ¿sabes?

—Ven aquí —dijo Heather y la abrazó. Nat continuó llorando contra su pecho, borracha. Se aferró a su amiga con fuerza, como si le preocupara caerse—. Chis —mur-

muraba Heather una y otra vez—. Chis. Es tu cumpleaños.

Pero no dijo que todo iba a salir bien. ¿Cómo hubiera podido hacerlo? Ella sabía que Nat tenía razón.

Ninguna de ellas estaba a salvo.

Ya no. Nunca más.

Dodge

Dodge oyó voces en el salón nada más abrir la puerta y de inmediato lamentó haber regresado a casa directamente. Eran poco más de las once, y lo primero que pensó fue que Ricky estaba allí otra vez. No estaba de humor para lidiar con Ricky sonriendo como un idiota, Dayna sonrojándose e intentando que la situación no fuera incómoda al mismo tiempo que lo fulminaba con la mirada, como si él fuera el intruso.

Pero entonces oyó a su madre:

—¡Ven aquí, Dodge!

Había un hombre sentado en el sofá. Pelo gris. Traje arrugado a juego con su cara arrugada.

—¿Qué? —preguntó sin mirar apenas a su madre. Ni siquiera intentó ser cortés. No iba a jugar al buen hijo con una de las citas de su madre.

La mujer frunció el ceño.

—Dodge —dijo, alargando la pronunciación de su nombre, como una señal de advertencia—. Conoces a Bill Kelly, ¿verdad? Bill vino para tener un poco de compañía. —Ella no le quitaba los ojos de encima y él supo leer una docena de mensajes en su mirada: «Bill Kelly acaba de perder a su hijo, de modo que si eres grosero con él, te juro que vas a dormir en la calle...»

Sintió de repente que todo su cuerpo estaba hecho de ángulos y pinchos y que no podía recordar cómo moverse correctamente. Se volvió hacia el hombre sentado en el sofá como si le hubieran dado un tirón: el gran Bill Kelly. Ahora advertía el parecido con el hijo. El pelo color paja, que en el caso del padre empezaba a ponerse gris; los ojos azules de mirada penetrante; la mandíbula dura.

—Hola —dijo Dodge. O graznó. Se aclaró la garganta—. Yo estaba... estoy, quiero decir, todos estamos... Lamentamos mucho oír...

—Gracias, hijo. —La voz del señor Kelly era sorprendentemente clara y Dodge agradeció que lo hubiera interrumpido, pues no sabía qué más podía decir. Se había acalorado tanto que sentía que la cara le iba a estallar. Tuvo el impulso súbito, casi histérico, de gritar: «Yo estaba allí. Estaba allí cuando su hijo murió. Podría haberle salvado.»

Respiró hondo. El juego le estaba afectando. Empezaba a resquebrajarse.

Después de lo que le pareció una eternidad, los ojos del señor Kelly volvieron a fijarse en su madre.

—Debería irme, Sheila —dijo poniéndose de pie con lentitud. Era tan alto que la cabeza casi rozaba el techo—. Mañana iré a Albany. Por la autopsia. No espero ninguna sorpresa, pero... —Hizo un gesto de impotencia con las manos—. Quiero saberlo todo. Voy a averiguarlo todo.

Dodge sintió el sudor brotando bajo el cuello de la camisa. Quizá solo fuera su imaginación, pero estaba seguro de que las palabras del señor Kelly estaban dirigidas a él. Pensó en todos los cupones de apuestas con mensajes de Pánico que había reunido a lo largo de ese verano. ¿Dónde estaban? ¿Los había puesto en el cajón de la ropa interior o los había dejado en la mesita de noche? ¡Por Dios! Tenía que deshacerse de ellos.

—Por supuesto —dijo la madre de Dodge poniéndose de pie también. Ahora los tres estaban de pie, un tanto incómodos, como si estuvieran en una obra de teatro y hubieran olvidado sus diálogos—. Despídete del señor Kelly, Dodge.

Dodge tosió.

—Sí. Claro. Mire, lo siento de nuevo...

El señor Kelly alzó la mano.

—Obra de Dios —dijo en voz baja. Pero cuando le estrechó la mano Dodge sintió que se la apretaba con más fuerza de la necesaria.

Esa fue la noche en que Diggin fue a una fiesta en la hondonada y terminó con una fisura en una costilla, dos ojos morados y un diente menos. Derek Klieg estaba borracho; esa fue la excusa que dio después, pero todo el mundo sabía que la cuestión era mucho más profunda. Una vez que su cara dejó de estar hinchada, el mismo Diggin le contó a todo el que quiso escucharle que Derek le había saltado encima, lo había amenazado, había intentado sacarle los nombres y las identidades de los jueces, y se había negado a creerle cuando Diggin le dijo que no lo sabía.

Esa fue una violación patente de una de las reglas tácitas de Pánico. El presentador era intocable. Estaba tan prohibido acercarse a él como a los jueces.

Derek Klieg quedó descalificado de inmediato. Había perdido su lugar en el juego, y a la mañana siguiente su nombre se tachó en los cupones de apuestas.

Y Natalie, la última jugadora eliminada, volvió a entrar.

SÁBADO, 30 DE JULIO

Heather

Alguien despertó a Heather golpeando en la ventana del coche. Ella se incorporó, se frotó los ojos, sorprendida y momentáneamente desorientada. El sol se filtraba por las ventanas del Taurus. Dodge la miraba a través del parabrisas.

Ahora que estaba despierta, todo le vino a la cabeza de forma súbita: el beso con Bishop y el desastroso final; Natalie llorando en el lavabo; y ahora Dodge mirándola, viendo la sábana arrugada y los vasos desechables de comida rápida en el asiento del pasajero, las bolsas de patatas fritas y las chanclas y la ropa desperdigada en la parte de atrás.

Lily estaba fuera, descalza y en bañador.

Heather abrió la puerta y salió del coche.

—¿Qué estás haciendo aquí? —Estaba furiosa con Dodge, que había violado un acuerdo implícito entre ambos. Cuando ella le había dicho: «No digas nada», había querido decir también: «No vuelvas.»

—Intenté llamarte, pero tenías el teléfono apagado. —Si se había dado cuenta de que estaba enojada, no parecía importarle.

El móvil. Había estado apagándolo para ahorrar batería constantemente, pues solo podía recargarlo cuando trabajaba en casa de Anne. Y porque, además, no necesitaba ver los mensajes de texto que le enviaba su madre. Pero ahora recordó que lo había puesto a cargar en la cocina de Bishop la noche anterior y se lo había dejado. Mierda. Eso significaba que tendría que volver a por él.

Heather había dormido con la ropa puesta, la misma ropa que llevaba en la fiesta de Nat, incluida una camiseta sin mangas de lentejuelas.

—¿Qué pasa? —dijo cruzándose de brazos.

Dodge le entregó una hoja de papel doblada. Era el cupón de apuestas más reciente.

—Nat está dentro de nuevo. Derek fue descalificado.

—¿Descalificado? —repitió Heather.

Hasta la fecha ella únicamente había sabido de alguien que había sido descalificado de Pánico, hacía años: una jugadora que se acostaba con un juez. Más tarde se supo que el tío, Mickey Barnes, no era en realidad uno de los jueces y solo fingía serlo para echar un polvo. Pero era demasiado tarde. La jugadora fue reemplazada.

Dodge se encogió de hombros. A sus espaldas, Lily había volcado el cubo de agua y estaba haciendo riachuelos en el barro. Heather se alegró de que no estuviera escuchándolos.

—¿Irás a decírselo? A Nat, quiero decir —dijo él.

—Podrías ir tú —repuso ella.

Él la miró de nuevo. Algo había cambiado en sus ojos.

—No, no puedo.

Permanecieron quietos durante un segundo. Heather quería preguntarle qué había ocurrido, pero pensó que sería demasiado raro. No eran precisamente amigos íntimos, no al punto de poder preguntar eso, en cualquier caso. En realidad no sabía qué eran. Tal vez ella no era ya amiga íntima de nadie.

—Ya no hay trato —dijo después de un minuto—. No habrá división.

—¿Qué? —Heather quedó estupefacta. Eso significaba que él sabía que ella sabía acerca del acuerdo que tenía con Nat. ¿Sabía él del pacto que ella y Nat tenían?

Los ojos de Dodge eran casi grises, como el cielo en una tormenta.

—Jugaremos el juego como se debe jugar —añadió, y por primera vez ella tuvo casi miedo de él—. El ganador se lleva el botín.

—¿Por qué no puedo entrar y ver a Bishop? —Lily estaba de mal humor.

Había estado quejándose desde que se despertó. Hacía demasiado calor. Estaba sucia. La comida que Heather tenía para ella (más enlatados y un bocadillo comprado en el 7-Eleven) era asquerosa. Heather suponía que la aventura de no tener casa (no conseguía acostumbrarse a pensar en ella en términos de *sintecho*), la novedad de la situación, se estaba agotando.

Agarró el volante con fuerza, descargando su frustración a través de las palmas de las manos.

—Tengo prisa, estaré dentro solamente un segundo, Lilybelle —dijo, haciendo un esfuerzo por sonar alegre. No regañaría, no gritaría. Mantendría la calma. Todo por Lily—. Además, Bishop está ocupado. —No sabía si eso era cierto, pues ni siquiera había podido llamar para preguntar si Bishop estaría en casa, y una parte de ella tenía la esperanza de que no estuviera. Seguía volviendo una y otra vez a ese beso, a ese momento de calidez y dicha en el que todo era como debía ser... y a la forma en que un instante después él se había apartado, como si el beso lo hubiera herido físicamente. «Yo no quiero mentirte, Heather.»

Nunca se había sentido tan humillada en la vida. ¿Qué demonios le había ocurrido? Era como si hubiera estado poseída. Pensar en ello hacía que le doliera el estómago, le entraban ganas de conducir hasta el océano y seguir acelerando hasta hundirse en él.

Pero necesitaba el móvil. Iba a tener que tragarse sus sentimientos y correr el riesgo de verlo. Tal vez podría incluso intentar remediar la situación, explicar que en realidad no pretendía besarle a él y hacerle pensar que en realidad estaba enamorada de otro o algo así.

El estómago dio un nuevo salto hasta su garganta. Ella no estaba enamorada de Bishop.

¿O sí?

—Volveré en diez minutos —dijo. Estacionó ligeramente lejos del acceso a la casa, de manera que si Bishop estaba fuera no pudiera ver el coche y todas las pruebas de que ella estaba viviendo en él. Lo último que quería era que la compadeciera todavía más.

En el patio aún había restos de la fiesta del día anterior: vasos de plástico, colillas de cigarrillo, un par de gafas oscuras baratas nadando en un bebedero para pájaros repleto de agua musgosa. No obstante, todo estaba en silencio. Quizá Bishop no estuviera en casa.

Sin embargo, antes de llegar a la puerta principal, apareció llevando una bolsa de basura. Apenas la vio quedó petrificado y Heather sintió que el último atisbo de esperanza (esperanza de que las cosas volvieran a la normalidad, de que pudieran fingir que nada había pasado la noche anterior) se desvanecía.

—¿Qué estás haciendo aquí? —preguntó él sin pensar.

—Solo vine a recoger el móvil. —Su voz sonaba extraña, como si la estuviera reproduciendo en un equipo de sonido de mala calidad—. No te preocupes, será solo un segundo.

Se disponía a pasar frente a él y entrar en la casa, cuando la tomó del brazo.

—Espera. —La forma en que la miraba tenía algo de desesperado. Se humedeció los labios—. Espera... tú no... Tengo que explicarte...

—Olvídalo —dijo Heather.

—No. No puedo... tienes que confiar en mí...

Bishop se pasó una mano por el pelo, que le quedó de punta. Heather pensó que iba a ponerse a llorar. El pelo de payaso; la camiseta desteñida de los Rangers; el chándal manchado de pintura; su olor. Ella había pensado que todo eso le pertenecía (ella había pensado que él le pertenecía), pero a lo largo de todos esos años él había crecido y salido con chicas y tenido amoríos en secreto y se había convertido en alguien que ella no conocía.

Y entonces supo, viéndolo allí, sosteniendo esa estúpida bolsa de basura, que estaba enamorada de él y que siempre lo había estado. Probablemente desde el beso que se habían dado en primer año. Quizás incluso antes de eso.

—No tienes que explicarte —dijo y empujó la puerta y entró en la casa.

Era un día luminoso y la oscuridad del interior la desorientó temporalmente. Dio dos pasos vacilantes hacia la sala de estar, donde oía el ruido del ventilador, en el momento justo en que Bishop abría la puerta a sus espaldas.

—Heather —dijo.

Antes de que pudiera responder, se oyó otra voz. Una voz de chica:

—¿Bishop?

Fue como si el tiempo se hubiera detenido. Heather quedó paralizada y Bishop quedó paralizado y nada se movió salvo las manchas negras que nublaban los ojos de Heather mientras su visión se ajustaba; y entonces vio a una chica salir flotando de entre las sombras, emergiendo de la oscuridad de la sala de estar. Por extraño que pareciera, aunque habían ido juntas a la escuela toda la vida, Heather no reconoció de inmediato a Vivian Travin. Quizá fuera la conmoción de verla allí, en la casa de Bishop, descalza, sosteniendo una de las tazas de Bishop, como si ese fuera su sitio.

—Hola, Heather —dijo Vivian y dio un sorbo.

Por encima del borde de la taza, sus ojos hicieron contacto con los de Bishop y Heather vio una advertencia allí.

Se dio media vuelta para mirar a Bishop. Todo lo que vio fue culpabilidad: culpabilidad por todo su cuerpo, de arriba abajo, como una fuerza física, como algo pegajoso.

—Y ¿qué te trae por aquí? —preguntó Vivian, todavía con despreocupación.

—Ya me iba —dijo Heather.

Se obligó a seguir adelante por el pasillo y entrar en la cocina, combatiendo la sensación de que iba a derrumbarse, combatiendo los recuerdos que amenazaban con ahogarla: las veces que había tomado cacao en esa misma taza, sus labios donde ahora estaban los de Vivian, sus labios sobre los de Bishop... el Bishop de Vivian.

El móvil seguía conectado en una toma de corriente cerca del microondas. Heather sentía los dedos hinchados e inútiles. Necesitó varios intentos para conseguir desenchufarlo.

No soportaba la idea de pasar de nuevo delante de Bishop y Vivian, así que salió como un rayo por la puerta de atrás, cruzó el porche y bajó al patio. ¡Era una jodida idiota! Probó el sabor de las lágrimas antes de entender que estaba llorando.

¿Por qué iba a interesarse Bishop en ella, Heather? Él era listo. Él iría a la universidad. Ella no era nadie, nada. Una nulidad, un cero. Por eso era que Matt también la había dejado.

Nadie le había hablado nunca de ese hecho básico de la vida: no todas las personas encuentran quien las ame. Era como esas estúpidas curvas de campana que habían estudiado en clase de matemáticas. Por un lado estaba el centro, grande, hinchado, feliz, una joroba de ballena repleta de parejas felices y familias que cenan y ríen juntas en el comedor. Y por otro, los extremos ahusados, el lugar de la gente anormal, los raritos y los frikis y los ceros como ella.

Se limpió las lágrimas con el antebrazo y se detuvo unos segundos para respirar y calmarse antes de regresar al coche. Lily estaba pellizcándose una picadura de mosquito que tenía en el dedo gordo del pie y miró a Heather con suspicacia cuando esta entró en el coche.

—¿Viste a Bishop? —preguntó.

—No —dijo ella y encendió el motor.

MIÉRCOLES, 3 DE AGOSTO

Dodge

Dodge había perdido el recibo del collar de Natalie, así que en lugar de devolverlo tuvo que empeñarlo por la mitad de lo que le había costado. Necesitaba el dinero.

Era 3 de agosto, se estaba quedando sin tiempo. Necesitaba un coche para la Justa. Le bastaba un cacharro; de hecho, estaba pensando incluso comprarle uno a Bishop, siempre que pudiera conducirse.

Acababa de terminar el turno en el Home Depot cuando recibió un mensaje de texto. Durante un instante de locura deseó que fuera de Natalie; en cambio, resultó ser de su madre:

«Hospital Memorial. ¡Ven tan pronto como puedas!»

Dayna. Algo malo le había ocurrido a Dayna. Primero intentó llamar al móvil de su madre, luego al de Dayna, pero en ninguno de los dos obtuvo respuesta.

Apenas tuvo consciencia de los veintiún minutos que duró el recorrido en autobús hasta Hudson. No podía quedarse quieto. Las piernas le picaban y el corazón se le había alojado debajo de la lengua. El móvil zumbó en el bolsillo. Otro mensaje de texto.

Esta vez era de un número desconocido.

«Hora de ir en solitario. Mañana por la noche veremos de qué pasta estás hecho realmente.»

Cerró el teléfono y se lo metió en el bolsillo.

Cuando llegó al Hospital Memorial, prácticamente salió disparado del bus.

—¡Dodge! ¡Dodge!

Dayna y su madre estaban fuera, junto a la rampa de acceso para discapacitados. Dayna lo llamó agitando la mano con frenesí, sentada tan alto como podía en la silla de ruedas.

Y estaba sonriendo. Ambas estaban sonriendo, con una sonrisa tan amplia que incluso desde lejos podía verles todos los dientes.

No obstante, su corazón siguió latiendo acelerado hasta que cruzó el estacionamiento y llegó hasta ellas.

—¿Qué es? —dijo casi sin aliento—. ¿Qué ha ocurrido?

—Cuéntale tú, Day —dijo la madre de Dodge todavía sonriendo. Tenía el rímel corrido. Era evidente que había llorado.

Dayna respiró hondo. Sus ojos resplandecían: él no la había visto tan feliz desde antes del accidente.

—Me moví, Dodge. Moví los dedos de los pies.

Dodge miró fijamente a su hermana, luego a su madre y luego a Dayna otra vez.

—¡Cielo santo! —exclamó por fin—. Pensé que algo malo había ocurrido. Pensé que estarías muerta o algo.

Dayna negó con la cabeza. Parecía herida.

—Pues sí que ocurrió algo.

Dodge se quitó la gorra y se pasó una mano por el pelo. Estaba sudando. Volvió a encasquetarse la gorra. Dayna lo miraba, expectante. Él era consciente de que se estaba portando como un capullo.

Exhaló.

—Eso es increíble, Day —dijo. Intentó que sonara

sincero. Estaba contento; sencillamente seguía tenso, por todo lo que pensó de camino allí, por el miedo que había pasado—. Estoy tan orgulloso de ti...

Se inclinó hacia ella y le dio un abrazo. Y percibió una pequeñísima convulsión en el cuerpo de su hermana, como si ella estuviera conteniendo un sollozo. La madre insistió en que comieran fuera para celebrarlo, pese a que en realidad no podían permitírselo, en especial ahora con todas las facturas que tendrían que pagar.

Terminaron en un restaurante de la cadena Applebee en las afueras de Carp. La madre de Dodge pidió un margarita con extra de sal y nachos para empezar. Los nachos eran uno de los platos favoritos de Dodge, pero él no se sentía capaz de probar bocado. Su madre no dejaba de parlotear acerca de Bill Kelly: lo amable y considerado que era Bill Kelly a pesar de la pena por la que estaba pasando; que Bill Kelly había concertado la cita y llamado en nombre de ellos; y blablablá.

El teléfono de ella timbró en medio de la cena. La madre se puso de pie.

—Hablando del rey de Roma —dijo poniéndose de pie—. Es Bill. Tal vez tenga noticias...

—¿Noticias de qué? —preguntó Dodge cuando ella salió. Podía verla pasear por el estacionamiento. Bajo el brillo de las luces, parecía mayor. Cansada, flácida. Más madre de lo habitual.

Dayna se encogió de hombros.

—¿Están acostándose o algo? —la presionó Dodge.

Su hermana suspiró y se limpió los dedos en la servilleta con cuidado. Había estado desmontando la hamburguesa, capa por capa. Eso era algo que siempre hacía: deconstruir la comida y reconstruirla de una forma que le resultara satisfactoria. En el caso de las hamburguesas, lo que le gustaba era poner la lechuga y el tomate abajo, luego el kétchup, luego la carne y finalmente el pan.

—Son amigos, Dodge —dijo, y él sintió una punzada de irritación. Le hablaba con su voz de adulta, una voz que a él siempre le había molestado—. Y en cualquier caso, ¿qué más te da?

—Mamá no tiene amigos —repuso él, a pesar de saber que decirlo era mezquino.

Dayna bajó la servilleta con fuerza, apretándola con el puño, de modo que los vasos de agua dieron un pequeño salto.

—¿Qué es lo que te pasa? —dijo.

Dodge la miró fijamente:

—¿Que qué me pasa a mí?

—¿Por qué tienes que ponérselo tan difícil a mamá? Ese médico no es barato. Ella está haciendo un esfuerzo. —Dayna negó con la cabeza—. Ricky tuvo que dejar a toda su familia para venir aquí...

—Por favor, no metas a Ricky en esto.

—Solo estoy diciendo que deberíamos sentirnos afortunados.

—¿Afortunados? —Dodge soltó una risa irónica—. ¿Desde cuándo vas de gurú?

—¿Desde que tú vas de capullo? —replicó Dayna.

De repente, Dodge se sintió perdido. No sabía de dónde provenía ese sentimiento y tuvo que hacer un esfuerzo para sobreponerse a él.

—Mamá no tiene ni idea. Eso es lo único que estoy diciendo —dijo y clavó el tenedor en sus macarrones con queso para evitar encontrarse con los ojos de Dayna—. Además, no quiero que te hagas ilusiones...

Ahora era el turno de Dayna de clavar la mirada en su hermano.

—Eres increíble —dijo en voz baja, y eso de algún

modo fue peor que si hubiera gritado—. Todo el tiempo no has dejado de decirme que siga luchando, que crea. Y ahora que de verdad he hecho un progreso...

—Y ¿qué hay de lo que yo he estado haciendo? —Dodge sabía que estaba comportándose como un mocoso maleducado, pero no era capaz de evitarlo. Dayna había estado de su parte, era la única que estaba de su parte, y ahora, de repente, ya no lo estaba.

—¿Te refieres al juego? —Dayna negó con la cabeza—. Mira, Dodge. Lo he estado pensando. No quiero que sigas jugando.

—¿Que tú qué? —explotó Dodge; varias personas que estaban sentadas en la mesa de al lado se volvieron a mirarlos.

—Baja la voz. —Dayna lo miraba como cuando él era pequeño y no entendía las reglas del juego que ella quería jugar: decepcionada, un poco impaciente—. Después de lo que le ocurrió a Bill Kelly... no vale la pena. No es lo correcto.

Dodge dio un sorbo a su vaso de agua y descubrió que a duras penas podía tragarlo.

—Tú querías que jugara —dijo—. Tú me lo pediste.

—Pues cambié de opinión —contestó ella.

—Bueno, pues el juego no funciona así —dijo él, alzando la voz de nuevo. No podía evitarlo—. ¿Acaso lo olvidaste?

Dayna se mordió los labios haciendo que su boca pareciera una línea delgada, una cicatriz rosa y recta en medio de su cara.

—Escúchame, Dodge. Esto es por ti, por tu propio bien.

—Estoy jugando por ti. —A Dodge ya no le importaba que lo oyeran en otras mesas. La rabia y el sentimiento de pérdida hacían que todo lo demás, el resto del mundo, fuera irrelevante en ese momento. ¿Qué tenía él? Nada. No tenía amigos. Nunca había permanecido en un lugar el tiempo suficiente para hacerlos o aprender a confiar en ellos. Con Heather creyó estar cerca de conseguirlo; con Natalie también. Pero estaba equivocado; y ahora hasta Dayna se volvía en su contra—. ¿También se te olvidó eso? Todo esto es por ti. Para que las cosas puedan volver a ser como eran.

No era su intención decir eso último, ni siquiera había pensado en ello hasta que oyó las palabras salir de su boca. Durante un segundo quedaron en silencio. Dayna lo miraba fijamente, boquiabierta. Sus palabras habían sido como un detonador y todo había volado en pedazos.

—Dodge —dijo ella por fin, y a él le horrorizó comprobar que lo miraba como si sintiera pena por él—. Las cosas nunca volverán a ser como eran. ¿Eres consciente de eso, verdad? No es así como funciona. Nada que hagas cambiará lo que ocurrió.

Dodge alejó el plato y se puso de pie.

—Me voy a casa —soltó, incapaz siquiera de pensar con claridad. Dentro de su cabeza las palabras de Dayna habían desatado una tormenta. «Las cosas nunca volverán a ser como eran.»

¿Para qué demonios había estado jugando todo este tiempo?

—Venga, Dodge —dijo Dayna—. Siéntate.

—No tengo hambre. —Mirarla a la cara le resultaba imposible: esos ojos pacientes, esa mueca de descontento en la boca. Como él si fuera un niño pequeño. Un niño tonto—. Despídeme de mamá.

—Estamos a kilómetros de casa —dijo Dayna.

—Puedo caminar —dijo él. Y aunque no tenía ganas de fumar se metió un cigarrillo en la boca. Solo esperaba que no fuera a llover.

Heather

Heather no regresó a Meth Row. El lugar era una solución práctica, desde cierto punto de vista, pero donde no tenía privacidad desde que Dodge sabía que estaba allí. No quería que él la espiara, que viera cómo estaba viviendo y, peor aún, que fuera a irse de la lengua al respecto.

Hasta el momento Heather había sido muy cuidadosa y solo movía el coche en medio de la noche (estacionamiento, ruta poco transitada, estacionamiento), cuando el riesgo de que la vieran era menor. Había desarrollado una rutina: cuando tenía que trabajar, ponía la alarma a las cuatro de la mañana y, mientras Lily seguía durmiendo, conducía hasta la casa de Anne en la más completa oscuridad. Había encontrado un claro entre los árboles en el cual estacionar justo antes del camino de entrada a la propiedad. En ocasiones volvía a dormirse una vez allí. En ocasiones simplemente esperaba mirando la negrura empezar a difuminarse y cambiar, primero se convertía en una oscuridad borrosa, luego se afilaba y se rompía, descascarillándose en sombras púrpura y triángulos de luz.

Se esforzaba con ahínco por no pensar en el pasado, o en lo que iba a ocurrir con ellas en el futuro, por no pensar en nada. Después, poco antes de las nueve, caminaba hasta la casa y le decía a Anne que Bishop la había traído en su coche. En ocasiones, Lily la acompañaba. En ocasiones, permanecía en el coche o jugaba en el bosque.

Dos veces, Heather había optado por llegar más temprano para poder darse un baño. Caminaba a hurtadillas por el bosque hasta la ducha exterior, se desnudaba tiritando de frío y, agradecida, se metía debajo del chorro de agua caliente y la dejaba correr por los ojos, la boca y el cuerpo. El resto del tiempo había tenido que apañárselas con una manguera.

Heather se obligó a dejar de fantasear con agua corriente, microondas, aparatos de aire acondicionado, neveras y lavabos. Lavabos, definitivamente. Habían pasado dos semanas desde que se marchó de casa de su madre, los mosquitos la habían picado dos veces en el culo mientras meaba en el campo a las seis de la mañana y había comido más raviolis enlatados de los que su estómago podía soportar.

Lo que quería hacer esa noche era llegar hasta Malden Plaza, a ese estacionamiento enorme e impersonal, iluminado apenas por unas pocas farolas, desde el que había cruzado a ciegas la autopista. Allí los camioneros estaban entrando y saliendo constantemente, y había coches estacionados toda la noche, de modo que pasarían desapercibidas. Además, el lugar contaba con un McDonald's y lavabos públicos con duchas para los conductores que estaban de paso.

Lo primero que tenía que hacer era conseguir gasolina. Aún no había oscurecido y no quería detenerse en Carp. Pero llevaba casi veinticuatro horas con el depósito prácticamente vacío y no quería correr el riesgo de quedarse sin combustible. De modo que entró en Citgo, en la calle principal, la menos popular de las tres gasolineras de la ciudad porque era la más cara, y además no vendía cerveza.

—Quédate en el coche —le dijo a Lily.

—Sí, sí —farfulló ella.

—Lo digo en serio, Billy. —Heather no estaba segura de cuánto tiempo iba a aguantar todo eso: vivir escondiéndose, siempre de un lado para otro. Se le estaba yendo la cabeza. Se estaba resquebrajando. La aflicción la tenía agarrada del cuello y la estaba asfixiando. No podía dejar de ver a Vivian sorbiendo de la taza de Bishop, los mechones de pelo negro colgando alrededor de la cara blanca como la luna, tan bonita—. Y no hables con nadie, ¿de acuerdo?

Inspeccionó rápidamente el estacionamiento: no había coches de la policía ni otro vehículo que le resultara conocido. Una buena señal.

Dentro pagó veinte dólares de gasolina y aprovechó la oportunidad para abastecerse de cuanto pudo: paquetes de sopa instantánea de fideos (que comían disuelta en agua fría); patatas y salsa; cecina; y dos bocadillos más o menos frescos. El hombre que atendía el mostrador la hizo esperar por el cambio. Tenía la cara aplanada y oscura y el pelo, que empezaba a escasear, alisado hacia un lado con gel, con lo que parecía un parche de maleza sujeto a la frente. Mientras contaba el cambio en la caja registradora, Heather fue al lavabo. No le gustaba estar bajo las luces brillantes de la tienda y tampoco le agradaba la forma en que el hombre la miraba, como si pudiera ver a través de ella y conocer todos sus secretos.

Mientras se lavaba las manos, captó débilmente el tintineo de la campana que había sobre la puerta y, a continuación, el murmullo de una conversación. Otro cliente. Cuando salió del servicio, un exhibidor de gafas de sol baratas le obstaculizaba la vista, de modo que prácticamente había vuelto al mostrador cuando advirtió el uniforme y el arma en la cadera.

Un policía.

—¿Cómo va lo de Kelly? —estaba diciendo el hombre detrás del mostrador.

El policía, que tenía una barriga enorme que le desbordaba del cinturón, se encogió de hombros.

—Llegó el resultado de la autopsia. Resulta que el pequeño Kelly no murió en el incendio.

Heather sintió que algo la golpeaba en el pecho. Se subió la capucha de la sudadera y fingió estar mirando las patatas fritas. Cogió una bolsa de galletas saladas y la miró entornando los ojos.

—¿De verdad?

—Una historia triste. Sobredosis, al parecer. Tomaba pastillas desde que regresó de la guerra. Probablemente solo fue a la casa Graybill en busca de un lugar caliente para colocarse.

Heather exhaló. Una sensación de alivio indecible la invadió en el acto. Hasta ese momento no se había dado cuenta de que ella misma se sentía responsable, al menos en una pequeña parte, del homicidio de Kelly.

Pero no fue un homicidio. Definitivamente no.

—Con todo, alguien tuvo que prenderle fuego a la casa —dijo el policía.

Heather fue consciente de que llevaba varios segundos de más concentrada en la misma bolsa de galletas y que había llamado la atención del policía. Devolvió las galletas al estante, agachó la cabeza y se encaminó a la puerta.

—¡Eh! ¡Eh! ¡Señorita!

Se quedó congelada.

—Se olvida la compra. Y aquí tengo el cambio.

Si echaba a correr, despertaría toda clase de sospechas. Y el poli se preguntaría por qué había entrado en pánico. De modo que regresó lentamente al mostrador, los ojos clavados todo el tiempo en el suelo, y recogió la bolsa de comida sintiendo la mirada de los dos hombres sobre ella. Tenía las mejillas encendidas y la boca seca como la arena.

Casi estaba de nuevo en la puerta, a salvo, cuando el policía la llamó.

—Eh —dijo examinándola con atención—. Mírame.

Ella se obligó a alzar la mirada. El hombre tenía un rostro regordete, como de masa para pan, pero los ojos eran grandes y redondos, como los de un niño pequeño o un animal.

—¿Cómo te llamas? —dijo.

Dijo el primer nombre que le vino a la cabeza:

—Vivian.

Él jugó con el chicle que tenía en la boca.

—¿Qué edad tienes, Vivian? ¿Vas al instituto?

—Ya me gradué —respondió. Las palmas de las manos le picaban. Quería dar media vuelta y salir corriendo. Los ojos del policía recorrían su cara con rapidez, como si estuviera intentando memorizarla.

El hombre se acercó un paso.

—¿Has oído hablar de un juego llamado Pánico, Vivian?

Ella apartó la mirada.

—No —dijo en un susurro. Era una mentira evidente, y por tanto estúpida, y deseó de inmediato haber respondido «sí».

—Pensé que todos jugabais a Pánico —dijo el poli.

—No todos —repuso ella volviendo a mirarlo.

Y entonces advirtió una chispa de triunfalismo en sus ojos, como si ella hubiera reconocido algo. Dios. Estaba estropeándolo todo. La parte posterior del cuello le sudaba.

El policía siguió mirándola fijamente durante un par de segundos más, pero al final lo único que dijo fue:

—Está bien, puedes irte.

Una vez fuera respiró hondo varias veces. El aire estaba cargado de humedad. Se aproximaba una tormenta, una de las feas a juzgar por el cielo. Estaba prácticamente verde, como si el mundo entero estuviera a punto de vomitar. Volvió a quitarse la capucha y dejó que el sudor le refrescara la frente.

Cruzó corriendo el estacionamiento hasta el surtidor.

Y se detuvo.

Lily no estaba.

En ese instante se oyó un *bum*, un ruido tan atronador que la hizo saltar. El cielo se abrió y la lluvia empezó a caer silbando con rabia contra el pavimento. Llegó al coche justo en el momento en que el primer rayo desgarraba el firmamento. Accionó la manija. Estaba cerrada. ¿Dónde demonios se había metido Lily?

—¡Heather! —La voz de Lily se oyó sobre el ruido de la lluvia.

Heather se giró. Un policía estaba junto a un coche patrulla azul y blanco. Tenía la mano alrededor del brazo de su hermana.

—¡Lily! —Heather corrió hasta ella, olvidando la inquietud que le causaba la policía y sin preocuparse de actuar con precaución—. Suéltela —dijo.

—Calma, calma —dijo el poli. Era alto y flaco y tenía cara de ser testarudo—. Vamos todos a calmarnos, ¿de acuerdo?

—Suéltela —repitió Heather y el policía obedeció. Lily salió disparada hacia su hermana y al llegar junto a ella se abrazó a su cintura como hacía cuando era una niña pequeña.

—Espera un momento —dijo el policía. Un rayo volvió a relampaguear. Los dientes del hombre se iluminaron, grises y torcidos—. Yo solo quería asegurarme de que la pequeña estaba bien.

—Está bien —repuso Heather—. Ambas estamos bien.

Empezaba a dar media vuelta cuando el policía estiró el brazo y la retuvo.

—No tan rápido —dijo—. Seguimos teniendo un problemita.

—Nosotras no hemos hecho nada —intervino Lily.

El policía miró de reojo a Lily.

—Te creo —dijo, la voz un poco más suave—. Pero ahí mismo —añadió apuntando al Taurus hecho polvo— tenemos un coche robado.

La lluvia había empezado a caer con tanta fuerza que Heather no podía pensar. Lily parecía triste y más delgada de lo normal con la camiseta pegada a las costillas.

El policía abrió la puerta trasera del coche patrulla.

—Venga, sube —le dijo a Lily—. Ponte a cubierto.

A Heather no le gustaba la idea, no quería que Lily se acercara para nada al coche policial. Así era como te atrapaban: eran amables, te hacían creer que estabas a salvo, y luego le daban la vuelta a la tortilla sin previo aviso. Volvió a pensar en Bishop y sintió como si algo le apretara la garganta. Así era como todo el mundo te atrapaba.

Sin embargo, antes de que Heather pudiera decirle «no», Lily había subido al coche patrulla.

—¿Qué tal si vamos a un sitio en el que podamos hablar? —preguntó el poli. Al menos no sonaba enfadado.

Heather se cruzó de brazos.

—Estoy bien aquí —dijo, esperando que él no la viera tiritar—. Y no robé ese coche: es el coche de mi madre.

Él negó con la cabeza.

—Tu madre dice que tú lo robaste —dijo. Heather apenas podía oírlo por encima del ruido de la lluvia—. Tienes una buena armada en el asiento trasero. Comida. Mantas. Ropa.

Una gota de agua rodó hasta la punta de la nariz del hombre, desde donde cayó al suelo.

Heather pensó que se veía tan patético como Lily hacía un instante y apartó la mirada. Sentía la necesidad de contar y desembuchar creciendo como un globo dentro del pecho, presionando dolorosamente contra las costillas. Sin embargo, lo único que dijo fue:

—No voy a volver a casa. Usted no puede obligarme.

—Sí que puedo.

—Tengo dieciocho años —contestó ella.

—Sin empleo, sin dinero, sin hogar —dijo él.

—Tengo un empleo. —Sabía que estaba siendo estúpida, terca, pero le tenía sin cuidado. Le había prometido a Lily que no regresarían y no iban a hacerlo. Era probable que si contaba lo que hacía su madre, si hablaba de las fiestas y las drogas, no tuvieran que regresar. Pero temía que si lo hacía su madre terminara entre rejas y Lily al cuidado de unos extraños a los que no les importaría en absoluto—. Tengo un buen empleo.

Y entonces, de repente, pensó en Anne.

Miró al policía.

—¿No tengo derecho a hacer una llamada o algo?

Por primera vez, el hombre sonrió. Aunque seguía habiendo tristeza en sus ojos.

—No estás bajo arresto —dijo.

—Lo sé —dijo ella, repentinamente tan nerviosa que tenía ganas de vomitar. ¿Qué pasaba si a Anne no le importaba lo que le ocurriera? O, peor aún, ¿si se ponía de parte de la policía?—. Pero de todas formas quiero hacer mi llamada.

Dodge

Dodge apenas iba a medio camino cuando el cielo se abrió y empezó a llover. Esa era su puta suerte. Al cabo de cinco minutos estaba completamente empapado. Un coche pasó haciendo sonar la bocina y le roció los vaqueros. Faltaban todavía más de tres kilómetros para llegar a casa.

Abrigaba la esperanza de que la tormenta amainara, pero en lugar de ello empeoró. Los rayos desgarraban el cielo, relámpagos veloces que coloreaban el paisaje de un extraño brillo verde. El agua se acumuló con rapidez en las cunetas, arrastrando hasta sus zapatos hojas y vasos desechables. Estaba prácticamente ciego; era incapaz de distinguir los vehículos que avanzaban en su dirección hasta que los tenía casi encima.

De repente, se dio cuenta de que se encontraba a apenas unos minutos de la casa de Bishop. Abandonó la carretera y empezó a correr. Con un poco de suerte, Bishop estaría en casa, y él podría esperar allí hasta que escampara o gorronearle que lo llevara.

Sin embargo, cuando llegó al camino de entrada, se topó con que la casa estaba a oscuras. Con todo, siguió hasta el porche y golpeó en la puerta principal, rezando para que Bishop respondiera. Nada.

Recordó que el porche trasero estaba cubierto con tela mosquitera y rodeó la casa caminando por entre el barro. En el camino se golpeó la espinilla contra una vieja cortadora de césped y, maldiciendo, se fue de bruces y a punto estuvo de caer de cara.

La puerta mosquitera estaba cerrada, por supuesto. Y él estaba tan mojado y abatido que por un instante consideró la posibilidad de abrir un hueco en la tela para intentar entrar. Nos obstante, en ese momento un rayo volvió a iluminar el cielo y en la fracción de segundo que duró ese resplandor casi sobrenatural vio una especie de cobertizo de jardinería, un poco apartado y medio oculto por los árboles.

La puerta del cobertizo estaba protegida por un candado, pero Dodge tuvo un primer golpe de suerte: el candado en realidad no estaba cerrado. Entró al cobertizo y se quedó de pie, tiritando en la sequedad y frialdad repentinas del lugar, inhalando el olor de las mantas húmedas y la madera vieja, esperando a que los ojos se acostumbraran a la oscuridad. No podía ver ni una mierda. Solo percibir contornos, objetos oscuros, probablemente más chatarra.

Sacó el teléfono móvil para tener algo de luz y vio que la batería estaba casi agotada. Ni siquiera podía llamar a Bishop y preguntarle dónde estaba y cuándo regresaría a casa. ¡Estupendo! Pero el brillo de la pantalla le permitió por lo menos inspeccionar mejor el cobertizo y le sorprendió comprobar que de hecho tenía electricidad: había una bombilla sencilla en el techo y un interruptor en la pared.

La bombilla apenas daba una luz tenue, pero eso era mejor que nada. De inmediato advirtió que el cobertizo estaba más organizado de lo que había pensado. Y ciertamente más limpio que el depósito de chatarra que era el patio. Había un taburete y un escritorio y varios estantes. Un montón de cupones de apuestas, combados como si se hubieran mojado y aplastados con una tortuga metálica, estaban apilados sobre el escritorio.

Junto a los cupones había una pila de viejas cintas de vídeo y un equipo de grabación, y uno de esos móviles prepago baratos, la clase de móvil que no requiere contrato.

Y entonces llegó su segundo golpe de suerte: el teléfono estaba cargado y no tenía clave.

Dodge buscó en sus contactos el número de Bishop y consiguió recuperarlo justo antes de que su móvil muriera.

Marcó el número en el móvil del cobertizo y oyó el tono cinco veces antes de ser enviado al buzón de voz de Bishop. Colgó sin dejar mensaje. En lugar de ello, pasó a los mensajes de texto con la idea de enviarle uno de emergencia a Bishop. En algún momento tendría que volver a casa. Además, ¿dónde podía estar metido con semejante temporal?

Y entonces quedó petrificado. El ruido de la lluvia en el techo, incluso el peso mismo del teléfono móvil, todo se desvaneció. Lo único que sus sentidos podían captar eran las palabras del último mensaje de texto enviado:

«Hora de ir en solitario. Mañana por la noche veremos de qué pasta estás hecho realmente.»

Leyó el mensaje de nuevo y después lo leyó una tercera vez.

Las sensaciones volvieron como en una avalancha.

Se desplazó hacia abajo en la pantalla. Más mensajes: instrucciones para el juego. Mensajes dirigidos a otros jugadores. Y al final de todo, uno enviado al número de Heather:

«Retírate ahora, antes de que salgas herida.»

Dodge devolvió el teléfono al escritorio cuidándose de dejarlo exactamente donde lo había encontrado. Ahora todo tenía un aspecto diferente: equipo de grabación, cámaras, botes de pintura en aerosol en un rincón, madera de contrachapado apoyada contra la pared. Todas las cosas que Bishop había usado para los desafíos.

En un estante había una media docena de frascos de conservas alineados; Dodge se agachó para examinarlos y soltó un grito. De inmediato se alejó con torpeza y a punto estuvo de tumbar una pila de madera.

Arañas. Los frascos estaban repletos de ellas, trepando por las paredes de vidrio, cuerpos color marrón oscuro confundiéndose unos con otros. Destinados para él, probablemente.

—¿Qué estás haciendo aquí?

Dodge dio media vuelta, el corazón latiendo con fuerza, imaginándose aún la sensación de un centenar de arañas caminando sobre su cuerpo.

Bishop estaba en el marco de la puerta, completamente inmóvil. A su espalda, la tormenta seguía descargando agua con furia. Llevaba un chubasquero con capucha y una sombra le cubría la cara. Durante un segundo, Dodge realmente sintió miedo de él, parecía el asesino en serie de una mala película de terror.

Y tuvo un repentino destello de claridad: era de eso de lo que iba el juego en realidad. Eso era lo que daba miedo de verdad: el hecho de que nunca podías conocer a los demás, no completamente. El hecho de que siempre estabas adivinando a ciegas.

Entonces Bishop dio un paso hacia delante, se quitó la capucha y la impresión se esfumó. Era solo Bishop. El miedo que se había apoderado de él se alivió en parte, aunque todavía sentía un hormigueo por toda la piel y seguía siendo terriblemente consciente de la presencia de las arañas en los delgados frascos de cristal, a apenas unos pasos de él.

—¿Qué demonios estás haciendo aquí? —bramó Bishop apretando los puños.

—Te estaba buscando —dijo Dodge, levantando las manos por si acaso Bishop estaba pensando pegarle—. Solo quería resguardarme de la lluvia.

—No deberías estar aquí —insistió Bishop.

—No hay problema —dijo Dodge—. Lo sé, ¿de acuerdo? Ya lo sé.

Hubo un minuto entero de silencio eléctrico en el que Bishop se limitó a mirarlo fijamente.

—¿Qué sabes? —preguntó por fin.

—Venga, tío. No me vengas con cuentos —dijo Dodge en voz baja—. Solo dime una cosa: ¿por qué? Pensé que odiabas Pánico.

Dodge pensó que probablemente Bishop no respondería, que seguiría intentando negarlo todo. Pero entonces su cuerpo pareció derrumbarse, como si en el centro tuviera un desagüe y de improviso alguien hubiera quitado el tapón. Cerró la puerta y se dejó caer en la silla. Estuvo un rato allí sentado, en silencio, la cabeza entre las manos. Finalmente levantó la mirada.

—¿Por qué jugaste? —preguntó.

«Venganza», pensó Dodge. Y también: «Porque no tengo nada más.» Pero eso no fue lo que dijo:

—Por el dinero. ¿Por qué más?

Bishop separó las manos en un gesto evidente.

—Igual.

—¿De verdad? —Dodge lo observó con detenimiento.

Había en la mirada de Bishop algo que no conseguía identificar. Y aunque asintió con la cabeza, estaba convencido de que mentía. Había algo más, pero optó por no insistir.

Todos necesitamos secretos.

—¿Y ahora qué? —preguntó Bishop. Sonaba agotado y se veía agotado también. Dodge cayó en la cuenta de cuán pesada carga debía de estar siendo ese verano para él: todo el planeamiento, todas las mentiras.

—Dímelo tú —repuso Dodge. Se apoyó contra el escritorio. Empezaba a sentirse más relajado y agradecía que Bishop se hubiera puesto en una posición que le impedía ver las arañas.

—No puedes decírselo a Heather —dijo Bishop, inclinándose hacia delante, repentinamente nervioso—. Ella no puede saberlo.

—Cálmate —contestó Dodge, el cerebro ya un paso por delante, ajustándose a la nueva información, pensando en cómo usarla—. No le diré a Heather nada. Pero tampoco voy a someterme al desafío en solitario. Sencillamente dirás que lo superé.

Bishop le clavó la mirada.

—Eso no es justo.

Dodge se encogió de hombros.

—Quizá no. Pero así es como va a ser. —Se limpió las palmas en los vaqueros—. ¿Qué estabas planeando hacer con todas esas arañas?

—¿Qué piensas? —Bishop parecía molesto—. De acuerdo. No hay problema. Pasarás directo a la Justa, ¿está bien así?

Dodge asintió. De repente, Bishop se puso de pie y pateó la silla, de modo que quedara un poco más adelante.

—Dios. ¿Sabes? Realmente me alegro de que lo hayas descubierto. Casi esperaba que lo hicieras. Ha sido espantoso. Jodidamente espantoso.

Dodge no quería decir ninguna estupidez, como que Bishop habría podido negarse cuando le propusieron ser juez, de modo que se limitó a decir:

—Pronto habrá acabado.

Bishop, que había empezado a caminar de un lado a otro, se giró para mirar a Dodge a la cara. Repentinamente parecía llenar todo el espacio.

—Yo lo maté, Dodge —le dijo, atragantándose un poco—. Yo tuve la culpa.

Dodge sintió tensionarse los músculos de la mandíbula; Bishop, se le ocurrió, estaba haciendo un esfuerzo para no llorar.

—Fue parte del juego —dijo él negando con la cabeza—. Nunca pretendí hacerle daño a nadie. Era un truco estúpido. Prendí fuego a unos papeles en un bote de basura. Pero de un momento a otro el fuego estaba fuera de control. Sencillamente... explotó. No sabía qué hacer.

Durante un breve momento, Dodge sintió una punzada de culpabilidad. Esa misma noche, cuando explotó con Dayna a propósito de Bill Kelly, no había pensado en absoluto en el pequeño Kelly. Y en lo horrible que su padre debía de sentirse.

—Fue un accidente —dijo bajando la voz.

—¿Y qué importa? —repuso Bishop con voz entrecortada—. Debería ir a la cárcel. Probablemente lo haga.

—No lo harás. Nadie lo sabe —continuó Dodge, que, no obstante, era consciente de que Bishop debía de tener un compañero, pues siempre había al menos dos jueces. Sin embargo, sabía que aunque le preguntara, Bishop no diría una palabra al respecto—. Y yo no diré nada. Puedes confiar en mí.

Bishop asintió con la cabeza.

—Gracias —susurró.

Una vez más pareció quedarse sin energías en un instante. Se sentó de nuevo y puso la cabeza entre las manos. Estuvieron así durante un buen rato, mientras la lluvia repiqueteaba en el techo, como si quisiera abrirse paso a puños. Permanecieron en el cobertizo hasta que a Dodge las piernas empezaron a dormírsele, el ruido de la lluvia se redujo ligeramente y los puños se convirtieron en uñas arañando el techo.

—Tengo un favor que pedirte —dijo Bishop alzando la cabeza.

Dodge asintió.

Los ojos de Bishop lanzaron un destello: una expresión que se desvaneció demasiado rápido para que Dodge pudiera interpretarla.

—Es acerca de Heather —dijo.

SÁBADO, 6 DE AGOSTO

Heather

Anne había decidido que Heather estaba preparada para alimentar a los tigres. Le había mostrado cómo abrir la jaula y dónde poner el cubo con la carne. Anne se tomaba su tiempo al hacerlo, en ocasiones terminaba arrojando un filete como si fuera un *frisbee*, y a veces alguno de los tigres lo atrapaba en pleno vuelo.

Heather siempre esperaba hasta que los tigres estaban en el otro extremo de la jaula o echados bajo los árboles, que era donde les gustaba pasar las tardes más soleadas. Trabajaba tan rápido como podía, sin quitarles en ningún momento los ojos de encima. Mientras lo hacía le parecía que casi podía sentir el calor de su aliento y los dientes afilados rasgándole el cuello.

—¿Crees que extrañan su casa?

Heather se dio media vuelta. Era Lily. Esa misma mañana, más temprano, Lily había ayudado a Anne a bañar a *Muppet* y se había salpicado las piernas de agua embarrada, pero lucía más limpia y más saludable que en las últimas semanas. Desde el otro lado del granero les llegaba la voz de Anne, que canturreaba mientras cortaba unos narcisos en el jardín.

—Creo que son bastante felices aquí —dijo Heather, que en realidad nunca había pensado en ello.

Comprobó tres veces que hubiera cerrado bien la jaula y se volvió de nuevo hacia Lily. Su hermana tenía la cara arrugada, como si estuviera intentando tragarse algo demasiado grande.

—¿Y qué hay de ti, Billy? —preguntó, poniendo la mano brevemente sobre la cabeza de Lily—. ¿Extrañas nuestra casa?

Lily negó con la cabeza con tanta fuerza que Heather se imaginó el cerebro golpeando contra las paredes del cráneo.

—Quiero quedarme aquí para siempre —dijo, y Heather supo que esas palabras eran la cosa demasiado grande que la atragantaba un instante antes.

Aunque tuvo que agacharse para abrazarla, lo cierto era que Lily había crecido y ya casi le llegaba al pecho. Esa era solo una de las cosas que habían cambiado mientras Heather no estaba prestando atención. Como Bishop. Como su amistad con Nat.

—No importa lo que suceda, estaremos juntas. ¿De acuerdo? Y estaremos bien. —Heather puso el pulgar en la nariz de Lily y esta intentó quitárselo de una palmada—. ¿Me crees?

Lily asintió, pero Heather advirtió que no estaba convencida.

Habían pasado tres días desde el encuentro con la policía en la estación de gasolina y por el momento Anne había accedido a dejar que Heather y Lily se quedaran en su casa. Dormían en la «habitación azul», llamada así porque tenía flores azules en el empapelado, en los cubrecamas y en las cortinas con volantes. Heather pensaba que era la habitación más bonita que había visto en la vida. Esa mañana temprano, al despertarse, se había topado con que la cama de Lily estaba vacía. Durante un momento, el pánico se apoderó de ella y no recuperó la calma hasta que oyó las risas fuera. Cuando fue a la ventana, vio que Lily estaba ayudando a Anne a alimentar las gallinas y se reía de forma casi histérica viendo cómo una la perseguía picoteando el pienso que iba tirando al suelo.

El día anterior Krista se había presentado en el Taurus (la policía le había devuelto el coche). Se negó incluso a saludar a Anne, pero hizo una gran demostración abrazando a Lily, que se mantuvo rígida, la cara aplastada contra el pecho manchado por el sol de su madre. Heather había esperado que estuviera furiosa por lo del coche, y quizás así fuera, pero por lo menos estaba sobria e intentó poner su mejor cara. Apestaba a perfume, llevaba los pantalones que solía ponerse para ir a trabajar y una blusa que se le arrugaba bajo las tetas.

Le dijo a Heather que lamentaba lo ocurrido, que las fiestas se habían acabado y que de ahora en adelante iba a prestar más atención a Lily. Pero dijo todo eso con rigidez, como una actriz que estuviera leyendo unas líneas que la aburren.

—¿Qué dices? ¿Volvéis a casa?

Heather negó con la cabeza. Y entonces lo vio: el rostro de Krista se transformó.

—No podéis quedaros aquí para siempre —dijo bajando la voz para que Anne no pudiera oírla—. Ella terminará hartándose de vosotras.

Heather sintió que algo se abría en el fondo de su estómago.

—Adiós, Krista —dijo.

—Y tampoco voy a dejar que me quites a mi bebé. Ni sueñes que vas a quedarte con Lily. —La mujer estiró el brazo y agarró a Heather por el codo, pero al ver a

274

Anne avanzar en su dirección se apresuró a soltarla—. Volveré pronto —agregó con su sonrisa forzada.

Esas palabras eran casi una amenaza. Y Heather se había pasado el resto del día con ese vacío en el estómago, incluso después de que, de forma inesperada, Anne se le hubiera acercado y le hubiera dado un gran abrazo, que ella tal vez necesitaba, pero no habría pedido.

«No te preocupes», le había dicho Anne. «Estoy aquí para lo que necesites.»

Heather deseó poder creer de verdad en eso.

Para entonces los tigres habían cruzado la jaula en dirección a la carne. Al principio con movimientos perezosos, como si la comida careciera de interés para ellos. Pero luego se abalanzaron sobre ella en un movimiento rápido y fluido, las fauces abiertas, los dientes brillando momentáneamente a la luz del sol. Heather los observó devorarla y se sintió un poco mareada. ¿Qué era lo que le había dicho Anne el primer día de trabajo? Algo sobre el gusto de recoger cosas rotas y heridas. Heather, sin embargo, seguía sin poder imaginar a los tigres necesitando ayuda.

El móvil zumbó en el bolsillo trasero. Era Natalie. No habían hablado desde su cumpleaños.

—¿Heather? —La voz de Natalie sonaba distante, como si estuviera hablando bajo el agua—. ¿Viste lo último?

—¿Lo último de qué? —preguntó Heather. Con el teléfono acunado entre la oreja y el hombro, abrió la puerta del cobertizo donde guardaban las herramientas y devolvió a su lugar las llaves de la jaula de los tigres.

—Los cupones de apuestas —dijo Natalie—. Dodge superó el desafío individual. ¡Con arañas! —Hizo una pausa y finalmente agregó—: Una de la dos será la siguiente.

El estómago de Heather se retorció aún más.

—O Ray. O Harold Lee —anotó.

—Pero pronto será nuestro turno —repuso Nat, y volvió a hacer una pausa—. ¿Has... has hablado con él?

Heather supo de inmediato que se refería a Dodge.

—En realidad no —dijo. No le había dicho lo que Dodge había decidido, a saber, que ya no había trato entre ellos, pero sospechaba que Nat ya lo sabía.

Nat suspiró.

—Si lo haces, me avisas. ¿De acuerdo?

—Sí, claro —dijo Heather.

De nuevo hubo una pausa incómoda. Recordó lo histérica que estaba Nat en el lavabo el día de la fiesta, con las manos casi en carne viva de tanto fregárselas con agua caliente. Sintió que la embargaba una oleada súbita de emoción: cariño por Natalie, pena por todas las cosas que nunca se dijeron.

—Y Heather... —dijo Nat.

—¿Qué pasa?

Nat había bajado la voz.

—No podría haberlo hecho sin ti. Nunca habría llegado tan lejos. Tú lo sabes, ¿verdad?

—El juego ya casi termina —dijo Heather intentando mantener la voz suave—. No me pongas sensible ahora.

Tan pronto colgó, advirtió que se había perdido un mensaje de texto. Lo abrió y contuvo la respiración.

«Mañana es tu turno», decía.

DOMINGO, 7 DE AGOSTO

Heather

—¿Estás bien? —preguntó Nat.

—Estaría mejor si dejaras de conducir así —contestó Heather, y de inmediato agregó—: Lo siento.

—No hay problema —dijo Nat, cuyos nudillos eran pequeñas medialunas sobre el volante.

Tan pronto como Heather vio el cartel del parque de caravanas Pinar Fresco, sintió que el estómago iba a salir disparado de su cuerpo. Se dirigían al Lote 62, unas cuantas filas más allá de la casa de Krista. A pesar de que hacía siglos que nadie vivía allí tenía electricidad y disponía de nevera, mesa y cama.

Heather sabía que la gente usaba el Lote 62, que había estado vacío desde que tenía memoria, para hacer fiestas y probablemente para otras cosas en las que no quería pensar. En una ocasión, cuando tenía ocho o nueve años, Bishop y ella habían arrasado el lugar: vaciaron todas las cervezas que había en la nevera y tiraron al cubo de la basura todos los paquetes de cigarrillos y bolsas de maría que encontraron en los armarios, como si eso fuera a detener a alguien.

Heather se preguntó qué estaba haciendo Bishop en ese preciso instante y si se habría enterado de que era su turno del desafío en solitario. Probablemente no. Pero entonces descubrió que pensar en él le resultaba demasiado doloroso, así que se obligó a concentrarse en el modo espantoso en que conducía Natalie.

—Al menos habrás acabado con eso —comentó Nat, intentando echarle un cable—. Casi desearía que fuera mi turno.

—No es cierto —dijo Heather.

Llegaron al Lote 62. Las persianas estaban bajadas, pero en las ventanas se veía el fulgor de las luces y la gente convertida en siluetas. Estupendo: además iba a tener público.

Natalie apagó el motor.

—Vas a hacerlo muy bien —dijo y empezó a bajarse del coche.

—Eh —la detuvo Heather. Tenía la boca seca—. ¿Recuerdas lo que me dijiste ayer? Bueno, yo tampoco habría podido llegar tan lejos sin ti.

Nat sonrió. Parecía triste.

—Que gane la mejor —dijo en voz baja.

Dentro el humo de cigarrillo enturbiaba el aire. Diggin estaba de vuelta, la cara hinchada y brillante, estampada por todas partes de cardenales. Estaba exhibiendo las heridas como medallas de honor. A Heather le molestó que Ray hubiera venido, probablemente esperando verla fracasar.

En la encimera había unas cuantas botellas de licores baratos y algunos vasos de plástico. Un grupo de personas se sentaba alrededor de la mesa; cuando Heather y Nat entraron, todos se giraron a la vez. El corazón de Heather se detuvo. Vivian Travin había venido.

Y también Matt Hepley.

—¿Qué estás haciendo aquí? —le preguntó sin moverse del marco de la puerta.

No podía dejar de pensar que eso formaba parte de la prueba, una trampa. «Desafío individual de Pánico: veamos cuánto tiempo aguanta Heather sin llorar en una pequeña caravana con su ex novio y la nueva novia de Bishop. Puntos extras por no vomitar.»

Matt se puso de pie con rapidez y casi tumba la silla en la que estaba sentado.

—Heather. Hola —dijo alzando la mano para saludarla, en un gesto torpe, como si estuvieran lejos y no a metro y medio de distancia. Heather sentía sobre ella los ojos de Vivian, que parecía estar divirtiéndose. «Zorra.» Y pensar que siempre había sido amable con ella—. Diggin me pidió que viniera. Para echar una mano con... —Se interrumpió.

—¿Con qué? —Estaba helada. No sentía la boca, ni siquiera al pronunciar las palabras.

Matt se puso rojo. Esa era una de las cosas que a Heather solían gustarle de él: la facilidad con que se sonrojaba. Ahora solo pensó que se veía estúpido.

—Con el revólver —dijo finalmente.

Por primera vez, Heather fue consciente del objeto que estaba en el centro de la mesa y concentraba la atención de todos. El aliento se le congeló en la garganta y se convirtió en un bloque sólido que no podía tragar.

No era un mazo de cartas: era un arma.

El arma: la que ella misma había robado en la casa de *Gatillo Fácil* Jack.

Pero no, eso era imposible. Se le estaba yendo la cabeza. Bishop había tomado el revólver y lo había metido en la guantera. Y, en cualquier caso, ella no estaba segura de que pudiera distinguir un arma de otra. Todas le parecían iguales: dedos de metal horribles apuntando hacia algo malvado.

De repente recordó una conversación que había escuchado siendo pequeña, un día que Krista estaba bebiendo con los vecinos en la cocina: «Y el padre de Heather... él era un desastre. Se mató inmediatamente después de la llegada del bebé. Llegué a casa y me encontré sus sesos esparcidos por la pared.» Hubo una pausa y luego su madre agregó: «No puedo decir que le culpe, a veces.»

—¿Por favor? ¿Solo un minuto? —Matt se le había acercado y la miraba con sus grandes ojos vacunos, rogando; con retraso se dio cuenta de que le había preguntado si podían hablar. Él bajó la voz—: ¿Fuera?

—No. —Heather estaba necesitando un tiempo enorme para convertir sus pensamientos en palabras y acciones.

—¿Qué? —dijo Matt, momentáneamente confuso. Probablemente no estaba acostumbrado a verla tomar sus propias decisiones. Era muy posible que Delaney también le dijera que sí a todo.

—Si quieres hablar, podemos hacerlo aquí. —Heather advirtió que Nat estaba haciendo un gran esfuerzo para fingir que no escuchaba lo que decían. Vivian, por su parte, no le había quitado los ojos de encima.

Matt tosió y volvió a sonrojarse.

—Mira, yo solo quería decirte... decirte que lo siento. Por la forma en que todo ocurrió entre nosotros. Lo de Delaney... —Apartó la mirada. Él hacía lo mejor que podía para mostrarse arrepentido, pero ella sabía que en realidad estar en la posición del que tiene que pedir disculpas le producía cierta satisfacción. Él era quien tenía el control. Se encogió de hombros—. Tienes que creerme, eso solo fue algo que... ocurrió.

Heather sintió una avalancha de odio hacia él. ¿Cómo había podido creerse que estaba enamorada de él? Era un imbécil, justo como Nat había dicho. Al mismo tiempo, una imagen de Bishop brotó en su mente: Bishop con su estúpido chándal y sus chancletas sonriéndole; compartiendo café helado, bebiendo de la misma pajita, sin importarle el reflujo o el hecho de que ella siempre mascaba las pajitas hasta hacerlas trizas; echado junto a ella en el capó del coche, rodeados de latas aplastadas, lo que según él aumentaba las probabilidades de que los abdujeran los alienígenas. Bishop diciendo: «¡Por favor, por favor, sacadme de aquí, amigos extraterrestres!» Y riendo.

—¿Por qué me estás diciendo esto ahora? —preguntó.

Matt parecía perplejo, como si hubiera esperado que ella le agradeciera sus palabras.

—Te lo estoy diciendo porque no tienes que hacer esto. No tienes que pasar por esto. Mira, yo te conozco, Heather. Y esta no eres tú.

Fue como si le hubieran dado un puñetazo en el estómago.

—¿Crees que se trata de ti? ¿De lo que ocurrió? —dijo.

Matt suspiró y Heather supo que estaba pensando que ella estaba siendo difícil.

—Solo estoy diciendo que no tienes que probar nada.

Una vibración recorrió el cuerpo de Heather: minúsculos impulsos eléctricos de ira.

—Vete a tomar por culo, Matt —dijo. Para entonces todos los presentes habían dejado de fingir que no escuchaban la conversación, pero eso a ella le tenía sin cuidado.

—Heather... —Intentó cogerla del brazo al ver que empezaba a moverse, pero ella se lo quitó de encima.

—Esto nunca ha tenido nada que ver contigo —le

soltó, lo que no era cierto ciento por ciento, pues ella había entrado al juego (o al menos pensaba que había entrado al juego) llevada por la desesperación, la sensación de que su vida estaba acabada cuando él la dejó. Pero ahora estaba jugando por ella, por ella y por Lily; estaba jugando porque había sido capaz de llegar hasta ahí; estaba jugando porque si ganaba, sería la primera y única vez que habría ganado algo en la vida—. Y tú no me conoces. Nunca lo hiciste.

Matt la dejó ir. Ella esperaba que se marchara ahora que había dicho lo que había venido a decir, pero no fue así. En lugar de irse, se cruzó de brazos y se apoyó contra la puerta del lavabo, o mejor dicho, contra la lámina de contrachapado cubierta de grafiti que había en su lugar (las tuberías del agua no estaban conectadas). Heather vio que Matt y Ray Hanrahan intercambiaban miradas durante un segundo. Matt, de hecho, hizo un gesto casi imperceptible dirigido hacia él. Como si dijera: «Hice todo lo que pude.»

Sintió una doble oleada de asco y triunfo. Así que Ray había reclutado a Matt para que le ayudara a convencerla de que renunciara. Probablemente había sido Ray el que le había enviado ese mensaje de texto en junio diciéndole que dejara el juego. Era evidente que pensaba que ella era una amenaza de verdad.

Y eso la hizo sentirse poderosa.

—¿De qué va esto? —dijo señalando el arma con el mentón. Habló demasiado alto y advirtió que todos la miraban: Matt, Ray, Nat, Vivian y el resto de los presentes. Era como una pintura, y en el centro, enmarcado por la luz, estaba el revólver.

—Ruleta rusa —respondió Diggin, casi disculpándose. Y añadió con rapidez—: Solo tienes que apretar el gatillo una vez. Harold también tuvo que hacerlo.

—Pero Harold no lo hizo —dijo Vivian, que habló más alto, con voz grave y lenta, que le hizo pensar a Heather en lugares más calurosos, lugares en los que nunca llovía.

Se obligó a mirar a Vivian a los ojos.

—¿De modo que Harold está fuera?

Vivian se encogió de hombros.

—Eso supongo —dijo. Tenía un pie encima de la silla y la rodilla contra el pecho y jugaba despreocupadamente con el collar que llevaba puesto. Heather se fijó en la forma en que las clavículas brotaban de su camiseta sin mangas. Eran como los huesos de un pajarito. Entonces se imaginó a Bishop besándola en ese punto y tuvo que apartar la mirada.

De modo que Harold estaba fuera. Eso significaba que solo quedaban cuatro jugadores.

—Muy bien —dijo. Apenas podía tragar saliva—. Muy bien —repitió. Sabía que debía hacerlo de una vez, pero las manos se negaban a despegarse de sus costados. Nat la miraba fijamente, horrorizada, como si Heather ya estuviera muerta.

—¿Está cargado? —preguntó alguien.

—Sí, está cargado. Lo he comprobado —respondió Ray. Pero incluso él parecía tener el estómago revuelto, y no fue capaz de mirar a Heather a los ojos.

«No tengas miedo», se dijo a sí misma. Pero eso tuvo el efecto contrario. Estaba petrificada, paralizada por el miedo. ¿Cuántas recámaras tenía un revólver? ¿Cuáles eran sus posibilidades? Siempre había sido pésima para esas cosas... las probabilidades.

No dejaba de oír la voz de su madre: «Llegué a casa y me encontré sus sesos esparcidos por la pared...»

No tenía otra opción a menos que quisiera que el juego terminara ahí, ya. ¿Y entonces qué haría Lily?

Pero... ¿qué le pasaría a Lily si Heather se volaba los sesos?

Vio su mano despegarse del costado y avanzar hacia el arma. Se la veía pálida y ajena, como una criatura extraña salida de las profundidades del océano. A sus espaldas, Nat dejó escapar un grito ahogado.

De repente, detrás del grupo, la puerta se abrió de par en par con tanta fuerza que golpeó con fuerza contra la pared. Todos volvieron la cabeza al mismo tiempo, como si fueran marionetas atadas al mismo hilo.

Era Dodge.

De inmediato Heather se sintió decepcionada: sabía que en lo más profundo de su ser había abrigado la esperanza de que fuera Bishop.

—Eh —dijo ella.

Pero Dodge no respondió. Solo cruzó el reducido espacio que la separaba de ella, para lo que prácticamente tuvo que sacar a Matt del camino.

—Fuiste tú —dijo por fin, con voz grave, repleta de rencor.

Heather parpadeó.

—¿Qué?

—Le dijiste a alguien de las arañas —dijo. Y luego miró con furia a Natalie—: ¿O fuiste tú?

Ray se rio con disimulo. Dodge no le prestó atención.

—¿De qué estás hablando? —A Heather no se le había ocurrido pensar en cómo los jueces se habían enterado de que Dodge les tenía miedo a las arañas. Pero ahora sí: ¿cómo sabían sus miedos? Sintió un nudo apretado en el estómago y le preocupó ir a vomitar.

—Ninguna de nosotras dijo nada, Dodge, te lo juro —dijo Natalie.

Dodge clavó la mirada en cada una de ellas por turnos. Entonces, de forma inesperada, estiró la mano y se apoderó del revólver. Varios de los presentes se quedaron sin aliento y Diggin, de hecho, se agachó, como si creyera que Dodge iba a abrir fuego.

—¿Qué estás haciendo? —dijo Vivian.

Dodge hizo algo con el arma. Heather pensó que había abierto la cámara, pero sus dedos se movieron tan rápido que no podía estar segura. Luego volvió a ponerla sobre la mesa.

—Quería asegurarme de que estaba cargada —anunció—. Lo justo es lo justo.

Después de eso no volvió a mirar a Heather en absoluto y se limitó a cruzarse de brazos y esperar.

—Pobre Dodge —dijo Ray, sin molestarse en disimular la risa—. Le dan miedo las arañitas.

—Ya viene tu turno, Hanrahan —repuso Dodge con calma. Eso bastó para que Ray dejara de reírse.

La habitación quedó en silencio. Heather sabía que no habría más interrupciones ni distracciones. Tenía la impresión de que alguien había encendido las luces, unas luces potentes. Hacía demasiado calor, había demasiada luz.

Cogió el arma. Oyó a Nat decir: «Por favor.» Sabía que todos seguían mirándola, pero era incapaz de distinguir los rostros individualmente: todos se habían transformado en amasijos indefinidos, apenas una sugerencia de color y de ángulos. Incluso la mesa se tornó borrosa.

La única cosa real era ahora el revólver: pesado y frío.

Titubeó un poco hasta que consiguió poner el dedo en el gatillo. Ya no sentía el cuerpo de la cintura para abajo. Quizás eso era lo que se sentía al morir: una lenta pérdida de la sensibilidad.

Se llevó el cañón a la sien, sintió el frío mordisco del

metal en la piel, como una boca hueca. «Esto fue lo que mi padre debió de haber sentido», pensó.

Cerró los ojos.

—¡No lo hagas! —gritó Nat.

Al mismo tiempo una silla cayó con estrépito al suelo y varias voces gritaron a la vez.

Apretó el gatillo.

Clic.

Nada. Heather abrió los ojos. Al instante, la habitación entera rugió. La gente se puso de pie y la ovacionó. Aunque alegre y aliviada, Heather estaba tan débil que no pudo seguir sosteniendo el arma y la dejó caer al suelo. Entonces Natalie llegó disparada a sus brazos.

—Oh, Heather, oh, Heather —decía una y otra vez—. Lo siento tanto...

—Está bien, está bien —respondió Heather, pero no sentía las palabras salir de su boca. Tenía los labios dormidos, la lengua dormida, su cuerpo se estremecía como si estuviera preparándose para desintegrarse. Cuando Nat la soltó, se dejó caer en una silla.

Había terminado.

Estaba viva.

Alguien le puso una bebida en la mano y ella dio un sorbo agradecida antes de advertir que era cerveza tibia. Tenía enfrente a Diggin que le estaba diciendo:

—No pensé que fueras capaz de hacerlo. Guau. Hostia puta.

No supo si Matt la felicitó; si lo hizo, no se dio cuenta. Vivian le sonrió, pero no le dijo nada.

Incluso Dodge se acercó.

—Mira, Heather —dijo, poniéndose de rodillas para quedar al mismo nivel que ella. Durante un segundo, sus ojos buscaron los suyos y ella supo que él iba a decirle algo importante. Sin embargo, lo único que dijo fue—:

Guarda esto en un lugar seguro, ¿de acuerdo? —Y le puso algo en la mano que ella, sin pensar, se metió en el bolsillo.

De repente lo único que quería hacer era irse de allí. Lejos de los olores que le resultaban demasiado cercanos, el olor a cerveza y tabaco rancio y el aliento de otras personas; lejos, muy lejos de Pinar Fresco, donde para empezar nunca había tenido la intención de regresar. Quería volver a la casa de Anne, a la habitación azul, a escuchar el viento cantar entre los árboles y los ruiditos que Lily hacía mientras dormía.

Necesitó intentarlo dos veces para lograr ponerse de pie. Se sentía como un muñeco al que le hubieran cosido el cuerpo al revés.

—Venga, vámonos —le dijo Nat.

El aliento le olía ligeramente a cerveza. En circunstancias normales le hubiera molestado descubrir que había bebido justo antes de tener que conducir. Pero en ese momento no tenía fuerzas para discutir, de hecho, ni para preocuparse por ello.

—Fue épico —dijo Nat tan pronto estuvieron en el coche—. En serio, Heather. Todos hablarán de ello, probablemente durante años. Pero lo que sí pienso es que es un tanto injusto, quiero decir, tu desafío fue como mil millones de veces más difícil que el de Dodge. ¡Habrías podido morir!

—¿Podemos hablar de otra cosa? —dijo Heather, que luego bajó la ventana un poco e inhaló el olor a pino y musgo trepador. Estaba viva.

—Claro, por supuesto. —Nat se giró para echarle un vistazo—. ¿Estás bien?

—Sí, estoy bien —contestó Heather.

En su cabeza iba abriéndose camino hacia lo profundo del bosque, los espacios mullidos dominados por la vegetación y las sombras. Cambió de posición para apoyar la cabeza contra la ventana y sintió algo en el bolsillo. Recordó que Dodge le había dado algo. Se preguntó si se habría sentido culpable por la forma en que había perdido los estribos antes.

Se metió la mano en el bolsillo. Justo entonces pasaron bajo una farola. Mientras Heather abría la mano el tiempo pareció detenerse durante un instante. Todo estaba perfectamente inmóvil: Nat con las dos manos sobre el volante, la boca abierta para hablar; fuera los árboles congelados anticipando el momento; los dedos sin haber acabado de desdoblarse.

Y la bala, descansando en medio de la carnosidad de la palma.

DOMINGO, 14 DE AGOSTO

Heather

La segunda semana de agosto ya estaba terminando. El juego se acercaba a su fin. Cuatro jugadores seguían en pie: Dodge, Heather, Nat y Ray.

Por primera vez desde el comienzo del juego, la gente empezó a apostar que Heather ganaría, si bien Ray y Dodge seguían siendo los favoritos, con igual número de apuestas cada uno.

Heather se enteró de que Ray había superado su desafío individual: se coló en la morgue del condado, en East Chatham, y permaneció junto a los cadáveres toda la noche. Espeluznante, quizá, pero nada capaz de matarlo. Heather seguía enfadada por el hecho de que su desafío hubiera sido el peor.

Pero luego, por supuesto, estaba el hecho de que Dodge se había asegurado de que fuera inocuo. Dodge, que se había quedado con la bala mientras hacía el espectáculo de comprobar que el revólver estuviera cargado.

Dodge, que ahora se negaba a responder sus llamadas. Parecía un chiste. Bishop la llamaba sin cesar. Ella llamaba a Dodge. Krista la llamaba. Nadie le cogía el móvil a nadie. Como un enredado juego del teléfono roto.

Nat no participaba. Seguía sin tener su desafío individual. Cada día que pasaba, estaba más pálida y flaca. Por primera vez había dejado de parlotear sin parar acerca de todos los chicos con los que estaba saliendo. E incluso anunció, solemnemente, que pensaba mantenerse alejada de los tíos durante un tiempo. Heather no sabía si era por el juego o por lo que fuera que había pasado la noche de su cumpleaños, pero Nat le recordaba una pintura que había visto reproducida en un manual de historia, en la que una mujer de la nobleza esperaba la guillotina.

Una semana después del desafío de Heather, la cuchilla cayó.

Heather y Nat habían llevado a Lily al centro comercial a ver una peli, en buena medida buscando escapar del calor: durante tres días seguidos habían tenido una temperatura récord de treinta y cinco grados y Heather tenía la impresión de estar caminando en medio de una sopa. El cielo era de un azul pálido, chamuscado; los árboles permanecían inmóviles en el calor abrasador.

Después del cine, Nat las llevó de vuelta a la casa de Anne. Nat se había enterado por fin de que Heather ya no vivía con su madre y se había ofrecido a quedarse a dormir en casa de Anne, a pesar de que los perros no le gustaban y de que descartaba de plano la idea de acercarse siquiera a la jaula de los tigres. Sin embargo, ese fin de semana Anne estaba fuera de la ciudad, visitando a su cuñada en la costa, y Heather detestaba quedarse sola con Lily en una casa tan grande y vieja. Ese era un punto a favor de las caravanas: siempre sabías qué era qué, dónde estaban las paredes, quién estaba en casa. La casa de Anne era diferente: repleta de madera que crujía y gemía, sonidos fantasmales, golpes misteriosos y ruidos de arañazos que ponían los pelos de punta.

—Cógelo —dijo Nat cuando el móvil sonó.

Pero mientras estaba al volante se lo había metido entre las piernas, así que todo lo que Heather dijo fue:

—Uf. Ahí no llego.

Nat soltó una risita y le pasó el aparato. Aunque apenas quitó una mano del volante durante un instante, el coche giró bruscamente, y Lily, que iba en el asiento trasero, gritó.

—Lo siento, Billy —se disculpó Nat volviendo a coger el volante con ambas manos.

—No me llames así —dijo Lily con fastidio.

Nat se rio. Heather, en cambio, permaneció con el móvil en el regazo mientras una sensación helada le recorría las muñecas camino de las manos.

—¿Qué pasa? —preguntó Nat, pero al instante su cara adquirió un gesto serio—: ¿Se trata de...? —Se cortó en mitad de la frase y, a través del retrovisor, echó un vistazo a Lily, que indudablemente estaba prestando atención.

Heather leyó el texto de nuevo. Era imposible.

—¿Le dijiste a alguien que ibas a pasar la noche en casa de Anne? —preguntó bajando la voz.

Nat se encogió de hombros.

—A mis padres. Y a Bishop. Creo que se lo mencioné a Joey también.

Heather cerró el teléfono de Nat y lo metió en la guantera. De repente, quería el aparato tan lejos de ella como fuera posible.

—Alguien sabe que Anne está fuera —dijo Heather. Y encendió la radio para que Lily no pudiera escucharlas—. Los jueces lo saben.

¿A quién se lo había contado Heather? A Dodge se lo había mencionado en un mensaje de texto en el que le decía que debía venir para que pudieran hablar, para que ella pudiera agradecerle lo que había hecho por ella. Y, por supuesto, Anne probablemente se lo había contado a otras personas; estaban en Carp y allí la gente hablaba porque no tenía nada más que hacer.

Heather asimiló las implicaciones de lo que acababa de leer, lo que Nat tendría que hacer. Bajó la ventana, pero la ráfaga de aire cálido no le produjo ningún alivio. No debería haber tomado tanto refresco en la sala de cine. Tenía náuseas.

—¿Qué es? —preguntó Nat. Parecía asustada. Sin ser consciente había empezado a tamborilear con los dedos sobre el volante—. ¿Qué tengo que hacer?

Heather la miró. La boca le sabía a ceniza y descubrió que no podía siquiera articular una frase completa.

—Los tigres —dijo.

Dodge

Los desafíos siempre habían sido acontecimientos populares, pero este año muchos espectadores se habían mantenido apartados. Era demasiado arriesgado. La policía había amenazado con detener a cualquiera que estuviera relacionado con Pánico y a todos les preocupaba que fueran a echarles la culpa del incendio en la casa Graybill. El rumor era que Sadowski quería que alguien, el que fuera, asumiera la responsabilidad. Las carreteras, por lo general vacías, estaban ahora infestadas de coches policiales, algunos incluso procedentes de otros condados.

No obstante, era muy difícil resistirse a la palabra tigres. Poseía un ánimo y un impulso propios: revoloteó a través del bosque, se abrió camino a hurtadillas en las casas cerradas a cal y canto para impedir la entrada del calor, giró al ritmo de los ventiladores que refrescaban los dormitorios a lo largo y ancho de Carp. Por la tarde, todos, los jugadores y los exjugadores, los espectadores y los apostadores, los estafadores y los chivatos, todos los que tenían siquiera un interés remoto en el juego y el resultado, habían oído de los tigres en el camino de Mansfield.

Dodge estaba echado en la cama, desnudo, con dos ventiladores encendidos al mismo tiempo cuando recibió el mensaje de texto de Heather. Durante un segundo no supo si estaba dormido o despierto. La habitación estaba a oscuras y tan caliente como una boca. No obstante, no quería abrir la puerta. Ricky estaba de nuevo de visita y había traído comida para Dayna, comida que había preparado él mismo en la cafetería, arroz y judías y gambas que olían a ajo chamuscado. Ambos estaban viendo una película, y de vez en cuando, a pesar del ruido que hacían los viejos ventiladores y la puerta cerrada, le llegaba el ruido amortiguado de las risas.

El esfuerzo de incorporarse fue suficiente para que empezara a sudar. Marcó el número de Bishop.

—¿Qué demonios te pasa? —dijo tan pronto como Bishop contestó. Sin preámbulos ni chorradas—. ¿Cómo puedes hacer eso? ¿Cómo puedes obligarla a hacer eso?

Bishop suspiró.

—Son las reglas del juego, Dodge. No soy el único que controla esta mierda. —Sonaba agotado—. Si no hago que sea lo bastante difícil, me reemplazarán. Y entonces no podré ayudar en nada.

Dodge no le prestó atención.

—Ella nunca lo conseguirá. Ella no debería —dijo.

—No tiene que hacerlo.

Aunque sabía que Bishop decía la verdad, Dodge sintió ganas de estrellar el móvil contra la pared. Para que su plan tuviera éxito, Nat tenía que abandonar el juego de una forma u otra, y tenía que hacerlo pronto. Con todo, le parecía injusto. Un desafío demasiado difícil, demasiado peligroso, como el de Heather. Pero al menos en su caso Bishop, y por supuesto él, se habían asegurado de que ella no corriera en realidad ningún peligro.

—Heather encontrará una forma de ayudarla —le

dijo Bishop, como si pudiera leer los pensamientos de Dodge.

—Eso no lo sabes —replicó y colgó.

No sabía por qué estaba tan furioso. Conocía las reglas de Pánico desde el principio. Pero de algún modo sentía que todo se había salido de control. Se preguntó si Bishop se dejaría ver esa noche, si sería capaz de afrontarlo.

Pobre Natalie. Pensó en llamarla e intentar convencerla de que abandonara, de que dejara el juego, pero entonces recordó la noche en que le había devuelto el collar y lo que él le había dicho entonces, sobre abrirse de piernas. La vergüenza lo acaloró. Ella tenía derecho a no hablarle. Tenía derecho a odiarlo, incluso.

Pero él sí iría esa noche. Y aunque lo odiara, aunque lo ignorara por completo, quería que supiera que él estaba ahí. Y que lo sentía, también, que lamentaba lo que había dicho.

El tiempo se le estaba agotando.

Heather

Uno de los problemas de Heather, uno del cerca de un centenar de problemas que la agobiaban, era qué hacer con Lily. Anne les había dejado comida para el fin de semana: pasta con queso, pero no de caja, sino de verdad, hechos con queso y leche y pequeñas espirales de pasta, y sopa de tomate. Solo calentar la comida hizo que Heather se sintiera una delincuente: Anne les había abierto las puertas de su casa, había cuidado de ellas y ahora Heather estaba confabulando a sus espaldas.

Heather vio a Lily devorar tres raciones. No entendía cómo podía comer con semejante calor. Tenían todos los ventiladores encendidos y todas las ventanas abiertas, pero seguía haciendo un calor sofocante. Ella era incapaz de probar bocado. La culpa y el nerviosismo la habían puesto enferma. Fuera, el cielo se estaba tornando lechoso, las sombras se alargaban en el suelo. Pronto el sol se habría puesto y sería la hora del juego. Se preguntó qué estaría haciendo Natalie. Llevaba tres horas encerrada en la planta alta. En ese tiempo había oído temblar las tuberías y el agua saliendo con fuerza en la ducha tres veces.

Después de que Lily comiera, Heather la llevó a la

sala de estar, una habitación oscura que todavía tenía la marca del difunto marido de Anne: sofás de cuero bastante aporreados y mantas de angora y una alfombra que olía ligeramente a perro mojado. Allí hacía menos calor, pero a Heather no acababa de gustarle, pues el cuero se le pegaba a los muslos cuando se sentaba.

—Necesito que me prometas que no saldrás ahí fuera —dijo Heather. Vendrá gente y quizás oigas ruidos. Pero tienes que quedarte aquí, donde estás a salvo. ¿Me lo prometes?

Lily frunció el ceño.

—¿Lo sabe Anne? —preguntó.

Heather volvió a sentir en la garganta una nueva oleada del sentimiento de culpa que la había estado embargando todo el día. Negó con la cabeza.

—Y no lo sabrá —dijo.

Lily recogió un poco del relleno del sofá que había empezado a salirse y permaneció en silencio durante un segundo. De repente, Heather deseó poder abrazarla y apretarla y contarle todo: cuán asustada estaba, la incertidumbre sobre lo que ocurriría a ambas.

—Se trata de Pánico, ¿no es así? —dijo Lily alzando la mirada.

Su rostro era inexpresivo, los ojos no revelaban ninguna emoción. Heather recordó los ojos de los tigres: unos ojos viejos que lo veían todo. Sabía que no tenía sentido mentir, así que dijo:

—Ya casi acaba.

Lily no se movió cuando Heather le besó la cabeza, que olía a hierba y sudor. El cuero liberó la piel de Heather con un nítido sonido de succión. Luego puso el DVD acerca de un zoológico que Lily había pedido (otro regalo de Anne).

Anne era una buena persona y ella lo sabía. Era la

mejor persona que Heather había conocido. De modo que ¿en qué la convertía lo que estaba a punto de ocurrir?

Estaba en la puerta cuando Lily habló alzando la voz:

—¿Vas a ganar?

Heather se giró hacia ella. Había dejado las luces apagadas para que la habitación se mantuviera fresca, con lo que la cara de Lily quedaba en la sombra.

Intentó sonreír.

—Ya estoy ganando —mintió.

Y cerró la puerta a sus espaldas.

La neblina lechosa y chamuscada que cubría el cielo finalmente se tornó oscura; los árboles empalaron el sol y toda la luz se rompió en pedazos. Entonces llegaron: sin hacer ruido, las ruedas avanzando casi en silencio sobre el barro, los faros brincando como libélulas gigantes a través del bosque.

No había música ni ruidos. La policía había hecho que todos estuvieran alerta.

Heather se encontraba fuera, esperando. Los perros estaban como locos y ella no paraba de darles premios para lograr que se callaran. Sabía que no había vecinos en kilómetros a la redonda, pero no lograba quitarse de encima la sensación de que alguien los oiría, de que Anne se enteraría, de que de algún modo los ladridos la harían volver a casa.

Nat aún no bajaba.

Heather había alimentado a los tigres dándoles más del doble de la cantidad que comían habitualmente. Ahora, cuando el último atisbo de luz se retiraba del cielo y las estrellas empezaban a titilar a través de la neblina de calor, estaban echados de costado, aparentemente dormidos e indiferentes a la presencia de los coches. Heather rezaba para que se mantuvieran así, que Nat pudiera hacer lo que sea que tuviera que hacer y saliera.

Los coches llegaban uno detrás de otro: Diggin, Ray Hanrahan, incluso algunos de los jugadores que ya habían sido eliminados, como Cory Walsh y Ellie Hayes; Mindy Kramer y un puñado de sus amigas del grupo de baile, todavía vestidas con bikini y vaqueros cortados y descalzas, como si vinieran de la playa; Zev Keller, los ojos enrojecidos y vidriosos, obviamente borracho, con dos amigas que no reconoció; gente a la que no había visto desde el desafío en las torres de agua. Matt Hepley, también, y Delaney. Él, de hecho, pasó caminando justo por el lado de Heather fingiendo que no existía. Ella descubrió que le tenía sin cuidado.

Los asistentes cruzaron el patio desperdigados y se congregaron alrededor de la jaula de los tigres, en silencio, incrédulos. Se encendieron algunas linternas a medida que se fue haciendo más oscuro; los focos del granero, que se encendían al detectar movimiento, también se activaron e iluminaron a los tigres, durmiendo prácticamente uno al lado del otro, que bien hubieran podido ser estatuas, exhibidas en un palmo de tierra.

—No me lo creo —susurró alguien.

—Ni de coña.

Pero ahí estaban: sin importar cuántas veces parpadearas o apartaras la mirada. Tigres. Un pequeño milagro, una maravilla de circo, allí mismo, sobre la hierba, bajo los árboles de Carp y el cielo de Carp.

Heather vio con alivio la llegada de Dodge en su bicicleta. Seguía sin haber tenido la oportunidad de agradecerle en persona lo que había hecho.

Casi de inmediato, él le preguntó:

—¿Ha venido Bishop?

Ella negó con la cabeza. Él hizo una mueca.

—Dodge. Quería decirte...

—No —la interrumpió él poniéndole una mano en el brazo y apretando con suavidad—. No ahora.

Ella no entendió con exactitud qué quería decir. Por primera vez, se preguntó por los planes de Dodge para el otoño, si permanecería en Carp o si pensaba irse a trabajar a algún lado, o incluso a la universidad. Nunca se había fijado en qué tal le iba en la escuela.

De repente la idea de que Dodge pudiera marcharse la entristeció. Eran amigos, o algo bastante parecido.

Le resultaba muy triste pensar que todos ellos, los chicos presentes, sus compañeros y amigos e incluso la gente a la que aborrecía, habían crecido juntos, uno encima de otro como cachorros en una jaula demasiado pequeña, y ahora sencillamente iban a tomar caminos separados. Y ese sería el final. Todo lo que había ocurrido en esos años (esos estúpidos bailes escolares y las subsiguientes fiestas en un sótano, los días en los que la lluvia los arrullaba y terminaban todos dormidos en clase de matemáticas, los veranos pasados nadando en el arroyo y robando latas de refresco de las neveras que había en la parte de atrás del 7-Eleven, incluso esto, Pánico) se disolvería en recuerdos y vapor, como si nada de ello hubiera ocurrido nunca.

—¿Dónde está Natalie? —Ese era Diggin. Hablaba en voz baja, como si temiera despertar a los tigres. Todos se esforzaban por igual para no hacer ruido, todavía cautivados por la visión de esas criaturas de ensueño, estiradas en el suelo como sombras.

—Voy por ella —dijo Heather.

Agradecida de tener una excusa para entrar en la casa, así solo fuera por un momento. Lo que estaba haciendo, lo que estaba ayudando a Nat a hacer, era horrible. Pensó en la cara de Anne, en cómo la sonrisa le hacía entornar los ojos. Nunca se había sentido tan criminal, ni siquiera cuando cogió el coche de su madre y huyó.

Otro coche llegó, y por la tos y los silbidos del motor supo que se trataba de Bishop. Y tenía razón. Había llegado justo a la puerta principal cuando él salió del vehículo y la vio.

—Heather —dijo. Pero a pesar de que no gritó, su voz le pareció a ella como una bofetada en el silencio.

No le prestó atención. Entró en la cocina y halló a Natalie sentada a la mesa. Tenía los ojos rojos. Delante de ella tenía un vaso de chupito y una botella de whisky.

—¿De dónde sacaste eso? —preguntó Heather.

—De la despensa —respondió Nat sin siquiera levantar la cabeza—. Lo siento. Solo he dado un sorbo. —Hizo una mueca—. Es asqueroso.

—Llegó la hora —dijo Heather.

Nat asintió y se puso de pie. Llevaba unos shorts vaqueros y estaba sin zapatos; el pelo aún húmedo tras la última ducha. Heather sabía que si su amiga no estuviera tan asustada, habría insistido en ponerse maquillaje y peinarse. Se le ocurrió que Nat nunca había lucido tan hermosa. Su amiga temible y temerosa a la que le gustaba la música country y las tartas de cereza y cantar en público y el color rosa y a la que le aterrorizaban los gérmenes y los perros y las escaleras.

—Te quiero, Nat —dijo Heather llevada por el impulso.

Nat parecía desconcertada, como si ya hubiera olvidado que Heather estaba allí.

—Y yo a ti, Heathbar —contestó y logró sacarse una pequeña sonrisa—. Estoy lista.

Bishop estaba a cierta distancia de la casa, paseando; se llevaba los dedos a los labios y volvía a bajarlos como si estuviera fumando un cigarrillo invisible. Mientras Nat avanzaba hacia la multitud, él alcanzó a Heather.

—Por favor —dijo con voz ronca—. Necesitamos hablar.

—Este es un mal momento. —La frase sonó más áspera y sarcástica de lo que pretendía.

Cayó en la cuenta de que no había visto a Vivian aún y se preguntó si Bishop le habría rogado que no viniera. «Por favor, nena. Solo hasta que pueda arreglar las cosas con Heather. Está celosa, entiéndelo... siempre ha estado enamorada de mí.» La idea hizo que se le formara un nudo en la garganta y una parte de ella deseó decirle a Bishop que se fuera a tomar por culo.

Sin embargo, también había otra parte que quería ponerle los brazos alrededor del cuello y sentir la risa brotando a través de su pecho y la maraña salvaje de su pelo en la cara. Pero en lugar de hacerlo se cruzó de brazos, como si de esa forma pudiera contener el sentimiento.

—Necesito decirte algo. —Bishop se humedeció los labios. Tenía un aspecto espantoso. La cara pálida, con matices de amarillo y verde. Y además estaba muy flaco—. Es muy importante.

—Más tarde, ¿de acuerdo?

Antes de que pudiera protestar, se adelantó. Natalie había alcanzado la valla, más cerca de los tigres de lo que nunca antes se había permitido llegar. Inconscientemente la multitud había retrocedido un poco, con lo que quedó rodeada de un halo de espacio negativo, como si estuviera contaminada con algo contagioso.

Heather corrió hasta ella. Para entonces los perros habían empezado a ladrar de nuevo, haciendo añicos la quietud. Heather los mandó callar con severidad al pasar delante de la perrera. Con facilidad se abrió paso entre la multitud e ingresó en el círculo abierto alrededor de Nat sintiendo que hacerlo era una especie de invasión.

—Todo irá bien —le susurró—. Estoy aquí.

Pero Nat no pareció oírla.

—Las reglas son sencillas —dijo Diggin. A pesar de que hablaba con un volumen normal, Heather tuvo la impresión de que gritaba. Empezó a rezar para que los tigres no se despertaran. Los animales, por su parte, ni siquiera habían levantado la cabeza. Heather advirtió que uno de los filetes que les había dado horas antes seguía intacto, las moscas zumbando alrededor, pero no fue capaz de decidir si eso era o no una buena señal—. Entras en la jaula, estás con los tigres diez segundos y sales —terminó haciendo hincapié ligeramente en esa última parte.

—¿Cómo de cerca? —preguntó Nat.

—¿Qué?

—¿Cómo de cerca debo ponerme? —repitió volviéndose hacia él.

Diggin se encogió de hombros.

—Solo tienes que entrar, supongo.

Nat dejó escapar un breve suspiro. Heather sonrió para darle ánimos, a pesar de que sentía que su piel estaba hecha de arcilla y estaba a punto de resquebrajarse. No obstante, pensó, si los tigres dormían, Nat no tendría ningún problema. Estaban a más de doce metros de la puerta y ella ni siquiera tenía que acercarse.

—Yo te cronometraré —dijo Diggin. Y agregó—: ¿Quién tiene la llave de la puerta?

—Yo —dijo Heather dando un paso adelante.

Oyó un susurro débil al tiempo que todos dirigían la mirada hacia ella, y sintió el calor de todos esos ojos sobre la piel. El aire estaba cargado, inmóvil por completo.

Heather tanteó en el bolsillo buscando la llave del candado. La respiración de Nat era rápida y superficial, como la de un animal herido. Durante un segundo, Heather no encontró la llave y no supo si sentirse aliviada; luego los dedos se cerraron alrededor del metal.

En el silencio y la quietud, el *clic* del candado pareció tan sonoro como el disparo de un fusil. Con cuidado, soltó la pesada cadena y la puso en el suelo, luego quitó los pestillos uno por uno, intentando con desesperación atascarlos para dar a Nat unos cuantos segundos más.

Cuando se oyó el ruido metálico del último pestillo al abrirse, ambos tigres levantaron la cabeza al unísono, como si hubieran advertido que algo se aproximaba.

Todos los presentes tomaron aire a la vez. Nat dejó escapar un quejido.

—Todo irá bien —le dijo Heather agarrándola por los hombros. Sentía temblar a su amiga bajo sus manos—. Diez segundos. Solo tienes que entrar en la jaula. Habrá terminado antes de que te enteres.

Los asistentes habían empezado a hablar en voz baja, reírse nerviosamente y moverse. La quietud fue reemplazada por una energía eléctrica. Y Nat dio un paso vacilante hacia la puerta, y luego otro; los tigres también se movieron: se levantaron y se contorsionaron una vez en pie, estirándose, abriendo de par en par las enormes mandíbulas para bostezar y enseñar los dientes relucientes a la luz de los focos, como si hubieran decidido ofrecer una representación.

Nat se detuvo y puso una mano en la puerta. Luego la otra. Sus labios se movían y Heather se preguntó si estaba contando o rezando, si para Nat ambas cosas eran lo mismo. Empequeñecida por la valla, la silueta recortada contra la luz intensa y artificial de los focos, parecía irreal, unidimensional, como una figura de cartón.

—No tienes por qué hacerlo. —Dodge habló alto y en un momento tan inesperado que todos se volvieron a mirarle. Incluida Nat, a la que Heather vio fruncir el entrecejo.

Entonces abrió la puerta y entró en la jaula.

—Pon el cronómetro —avisó Heather al ver que Diggin estaba toqueteando su móvil—. Ya.

—De acuerdo, de acuerdo —dijo Diggin—. ¡Ahora!

Demasiado tarde. Los tigres habían empezado a moverse. Con lentitud. Las enormes cabezas balanceándose bajo los omóplatos como espantosos relojes de péndulo... *tic*, *tic*, *tic*. Estaban muy cerca, demasiado cerca; tres pasos largos y ya habían cubierto casi cinco metros, las bocas abiertas, sonriendo.

—¡Tres segundos! —anunció Diggin.

Era imposible. Nat llevaba en la jaula diez minutos, media hora, una eternidad. El corazón de Heather iba a escapársele por la garganta. Nadie decía nada. Nadie se movía. Todo era un mar negro, borroso e indiferenciado: todo salvo el brillante círculo de luz blanca y la figura de cartón de Nat y la larga sombra de los tigres. Para entonces Nat no solo temblaba sino que había empezado a lloriquear, y Heather temió durante un instante que fuera a derrumbarse.

¿Y entonces qué? ¿Le saltarían los tigres encima? ¿Sería ella, Heather, lo suficientemente valiente como para intentar detenerlos?

Sabía que no. Sentía las piernas líquidas y a duras penas conseguía respirar.

—¡Siete segundos! —La voz de Diggin sonó estridente, como una alarma.

Los tigres estaban a menos de tres metros de Nat. Estarían sobre ella en dos pasos más. Heather podía oírlos respirar, veía los bigotes sacudirse, probando el aire.

Nat había empezado a llorar, pero seguía dentro, rígida. Acaso demasiado aterrorizada para moverse. Acaso paralizada por los ojos de ambos animales, que eran como pozos negros y hondos.

—¡Ocho segundos!

Entonces uno de los tigres se crispó, los músculos flexionados, y Heather supo que estaba preparándose para saltar, lo sintió, sabía que se abalanzaría sobre Natalie y la destrozaría y que todos permanecerían inmóviles, viendo lo que ocurría, impotentes. Y justo cuando intentaba gritar «Corre» sin ser capaz, porque el terror le había hinchado la garganta, Nat corrió. Quizá porque algún otro sí consiguió gritar. Y de repente hubo ruido de nuevo, la gente gritaba, y Nat salió por la puerta y la cerró y retrocedió, llorando.

Justo entonces el tigre, el que Heather había pensado que se disponía a saltar, volvió a echarse.

—Nueve segundos —dijo Diggin por encima del súbito barullo.

Heather sintió un pequeño brote de triunfo (Nat estaba fuera del juego) y, acto seguido, una oleada mayor de vergüenza. Llegó hasta su amiga y la abrazó.

—Eres increíble —le dijo a la coronilla de Nat.

—No lo conseguí —se lamentó Nat con voz ahogada, la cara hundida en el pecho de Heather.

—Eres increíble de todas formas —dijo Heather.

Nat era la única que no lo estaba celebrando. Regresó casi de inmediato a la casa. Todos los demás, en cambio, parecían haberse olvidado de la amenaza de la policía, de lo que había ocurrido en la casa Graybill y del cuerpo del pequeño Kelly, hallado chamuscado y ennegrecido en el sótano. Durante un breve momento, incluso pareció que estaban al comienzo del verano, cuando los jugadores habían hecho el salto inicial.

Heather necesitó más de una hora para conseguir que todos se subieran a los coches y salieran de la propiedad, y durante todo ese tiempo los perros volvieron a ladrar como locos mientras que los tigres se echaron de nuevo, como si quisieran demostrar algo. Para cuando el patio estuvo prácticamente libre de coches, el agotamiento de Heather era tal que tenía entumecidos los dedos de manos y pies. Pero lo importante era que había terminado, gracias a Dios. Todo había terminado, y Anne nunca se enteraría.

Solo quedaban tres jugadores. Y Heather era uno de ellos.

—Heather. —Bishop volvió a intentarlo ahora que casi todos se habían ido—. Tenemos que hablar.

—Hoy no, Bishop.

Había unas cuantas parejas que aún no se marchaban. Permanecían apoyadas contra los pocos coches que quedaban, con las manos de uno en los pantalones del otro, probablemente. Era extraño: apenas unos meses atrás ella hubiera sido una de esas personas y estaría saliendo de fiesta con Matt, su novio con N mayúscula, y alardeado de ello cada vez que podía. Poniéndose sus jerséis y sus gorras de béisbol, como si sus prendas fueran una insignia de algo, de que la querían, de que estaba bien, de que era una chica normal como todas. La vieja Heather ya empezaba a parecerle alguien a quien apenas conocía.

—No puedes evitarme por siempre —dijo Bishop, poniéndose deliberadamente delante de ella en el momento en que se agachó para recoger del suelo un paquete de cigarrillos medio pisoteado.

Heather se enderezó. Por debajo de la gorra de Bishop, el pelo luchaba por salir por todos lados, como si tuviera vida propia, y ella tuvo que reprimir el deseo de estirar la mano para intentar peinarlo de alguna forma. Lo peor era que cuando lo miraba seguía viendo el beso que se habían dado: el calor que la abrasó y la suavidad de sus labios y el instante eléctrico en que su lengua encontró la suya.

—No te estoy evitando —repuso apartando la mirada para no seguir recordando—. Solo estoy cansada.

—¿Cuándo entonces? —Parecía perdido—. Es importante, ¿entiendes? Te necesito. Y necesito que me escuches.

Estuvo tentada a preguntarle por qué Vivian no podía escucharlo, pero no lo hizo. Él tenía muy mal aspecto, se veía terrible y triste, y aunque no la amara, ella sí lo amaba. Solo pensar que él estaba mal, que sufría, era peor que la sensación de su propio sufrimiento.

—Mañana —dijo. E impulsivamente le cogió la mano y se la apretó. Él pareció sorprendido, y ella se apresuró a soltarlo, como si fuera a quemarse—. Lo prometo: mañana.

LUNES, 15 DE AGOSTO

Heather

Por la mañana, Heather se despertó al oír gritar su nombre. Era Lily la que estaba llamando. Subió la escalera con gran estrépito y abrió la puerta con tanta fuerza que esta se estrelló contra la pared.

—Los tigres se han ido —anunció Lily. Tenía la respiración agitada, la cara roja y bañada de sudor y olía ligeramente a estiércol: debía de haber estado alimentando a los animales.

—¿Qué? —dijo Heather sentándose, inmediatamente en estado de alerta.

—La puerta está abierta y se han ido.

—Imposible. —Heather ya había empezado a vestirse. Metió las piernas en unos shorts, se puso a toda prisa una camiseta y ni siquiera se molestó con el sujetador—. Imposible —repitió, pero incluso mientras lo decía, un sordo batacazo de terror comenzó a traerle imágenes de la noche anterior, memorias deshilvanadas: ella abrazando a Nat, pasando los pestillos... ¿había vuelto a poner el candado? Era incapaz de recordarlo. Mindy Kramer había estado hablándole acerca de su trabajo con Anne y entonces había tenido que gritarle a Zev Keller que quería entrar en la pocilga.

Tenía que haber vuelto a poner el candado. Quizá los tigres no habían desaparecido en realidad. Quizá solo se estaban escondiendo entre los árboles, en alguna parte en la que Lily no podía verlos.

En la planta baja Heather vio que eran ya las once de la mañana: se había quedado dormida y Anne no tardaría en regresar a casa. Lily la siguió al exterior. Era otro día caluroso, pero esta vez el cielo estaba cubierto y había en el aire una humedad reluciente que parecía una cortina. Iba a llover.

A mitad de camino por el patio lo vio: el candado, echado en la hierba como una serpiente metálica, exactamente donde lo había puesto la noche anterior cuando abrió la puerta para que entrara Natalie.

Y ahora la puerta estaba abierta de par en par.

El terror se convirtió en piedra y cayó atravesándole el estómago. No había necesidad de revisar todo el recinto. Se habían ido. Podía sentirlo. ¿Por qué no habían ladrado los perros? Quizá sí lo habían hecho y ella no los había oído. O quizá se habían aterrorizado al verlos y habían quedado hechizados como la multitud el día anterior.

Heather cerró los ojos. Durante un segundo pensó que iba a desmayarse. Los tigres se habían escapado, era su culpa, y ahora Anne la despreciaría y la echaría de su casa. Tenía todo el derecho de hacerlo.

Abrió los ojos, animada por un pánico enloquecido: tenía que encontrarlos, ya, rápido, antes de que Anne regresara a casa.

—Quédate aquí —le dijo a Lily, pero no tuvo fuerzas para discutir con ella cuando la muchacha la siguió de regreso a la casa.

Apenas si entendía qué era lo que estaba haciendo. Encontró un cubo debajo del fregadero, sacó los productos de limpieza y el puñado de esponjas arrugadas y resecas que había dentro, y lo llenó con filetes a medio descongelar. Luego volvió a salir de la casa y se zambulló en el bosque. Si no habían ido demasiado lejos, tal vez podría traerlos de vuelta.

—¿Adónde vamos? —preguntó Lily.

—Chis —la calló Heather con brusquedad.

Sintió la picadura de las lágrimas en los ojos. ¿Cómo había podido ser tan idiota? Era una absoluta tarada. El cubo pesaba y para llevarlo tenía que usar ambas manos al tiempo que inspeccionaba a izquierda y derecha buscando un destello de color, esos ojos negros luminosos. «Venga, vamos, vamos.»

Detrás de ella, se oyó un crujido en el sotobosque, un cambio en el aire, una presencia animal, vigilante. De improviso Heather comprendió que lo que estaba haciendo era una idiotez: salir disparada al bosque con Lily en busca de los tigres como si fueran gatitos perdidos con la esperanza de atraerlos de regreso a casa. Si encontraba a los tigres, lo más probable era que le arrancaran la cabeza y se la merendaran. Un corrientazo de miedo le subió por la columna vertebral. Ahora era demasiado consciente de cada crujido, cada ramita que se rompía, las pautas romboidales de luz y sombra que con facilidad servirían para ocultar un par de ojos, una franja de pelo tostado.

—Dame la mano, Lily —dijo, procurando que su voz no revelara el miedo—. Volvamos dentro.

—Y ¿qué hay de los tigres? —preguntó Lily. Obviamente pensaba que se trataba de una especie de aventura.

—Tendremos que llamar a Anne —dijo Heather y en el acto supo que era cierto. Todavía tenía la inconfundible sensación de que algo, algún Otro, las observaba—. Ella sabrá qué hacer.

De repente, un mapache asomó la cabeza por entre las hojas de un arbusto florido, y Heather sintió una oleada de alivio tal que a punto estuvo de mearse. Abandonó el cubo en el bosque. Era demasiado pesado y quería moverse con rapidez.

Al salir del bosque justo al lado de la ducha exterior, Heather oyó las ruedas de un coche mordiendo el sendero de entrada a la propiedad y pensó que Anne había regresado. No sabía si debía sentirse agradecida o tener miedo, pero en cualquier caso, ambas emociones la embargaron.

Entonces vio el capó oxidado del Le Sabre de Bishop y recordó que le había prometido que ese día hablarían.

—¡Bishop! —gritó Lily, que echó a correr hacia él antes de que hubiera podido bajarse del coche—. ¡Los tigres se fueron! ¡Los tigres se fueron!

—¿Qué? —Tenía un aspecto incluso peor que la noche anterior, como si hubiera pasado la noche entera en blanco—. ¿Es cierto? —preguntó volviéndose hacia Heather.

—Sí —le dijo ella—. Olvidé ponerle candado a las puertas.

Repentinamente la verdad la golpeó con fuerza, como un puñetazo al estómago, y empezó a llorar. Anne la echaría a patadas de su casa; tendrían que volver a Pinar Fresco o darse a la fuga. Y Anne se sentiría desolada. Anne, que era prácticamente la única persona que había hecho algo por ella.

—Eh, eh. —Bishop estaba a su lado. Ella no opuso resistencia cuando él la abrazó—. No es culpa tuya. Todo va a salir bien.

—Es culpa mía —dijo escondiendo la cara en el hueco de su hombro y lloró hasta que empezó a toser, mientras él le frotaba la espalda y el pelo y le acariciaba la

317

mejilla y le murmuraba en la coronilla. Bishop era el único que sabía hacerla sentir pequeña, el único capaz de hacerla sentir protegida.

No se dio cuenta de que el coche de Anne se acercaba hasta que oyó una puerta cerrarse de golpe y la voz de Anne, frenética.

—¿Qué sucede? ¿Qué ha pasado?

Heather se apartó de Bishop y de inmediato Anne la tomó por los hombros:

—¿Estás bien? ¿Estás herida?

—No soy yo. —Heather se pasó un brazo por la nariz. Tenía la boca pastosa y le sabía a flema. Y era incapaz de mirar a Anne a los ojos—. Yo estoy bien. —E intentó decirlo: «Los tigres se han ido. Los tigres se han ido.»

Lily se mantuvo callada, la boca moviéndose sin producir sonido alguno.

Fue Bishop quien finalmente habló:

—Los tigres escaparon —dijo.

La cara de Anne se puso de todos los colores, como si Heather estuviera mirándola a través de una pantalla y alguien hubiera ajustado en ese momento el contraste.

—¿Estáis... estáis bromeando?

Heather consiguió negar con la cabeza.

—¿Cómo pudo ocurrir? —dijo Anne.

Antes de que Heather dijera algo, Bishop intervino:

—Fue culpa mía.

—No —se apresuró a decir Heather, que por fin había encontrado su voz—. Bishop no tuvo nada que ver. Fui yo. Fue por... el juego.

—¿El juego? —Anne parpadeó varias veces, como si nunca antes hubiera visto a Heather—. ¿El juego?

—Pánico —dijo Heather con voz ronca—. Abrí las puertas... Debí de olvidar cerrarlas de nuevo.

Durante un segundo Anne guardó silencio. La cara desfigurada por la emoción: blanca y cadavérica, el rostro del horror.

—Pero yo fui quien le dijo que lo hiciera —dijo Bishop abruptamente—. Es culpa mía.

—No —insistió Heather. Agradecía que Bishop sintiera que tenía que dar la cara por ella, pero eso también la avergonzaba—. Él no tiene nada que ver con esto.

—Sí. —Bishop alzó la voz. Estaba sudando—. Yo fui el que le dijo que lo hiciera. Yo fui el que les dijo a todos que lo hicieran. Yo fui quien inició el fuego en la casa Graybill. Yo soy... —Su voz se quebró. Se volvió hacia Heather. Sus ojos rogando, desesperados—. Soy uno de los jueces. Eso es lo que quería decirte. Eso es lo que quería explicarte. Lo que viste el otro día, con Vivian...

No pudo terminar la frase. Heather tampoco era capaz de hablar. Sentía como si el tiempo se hubiera detenido y todos se hubieran transformado en estatuas. Las palabras de Bishop la atravesaban como si fuera una nevada, congelándole las entrañas, anulando su capacidad para hablar.

Imposible. Bishop no. Él ni siquiera quería que ella jugara...

—No te creo. —Oyó las palabras y solo entonces se dio cuenta de que había hablado.

—Es verdad. —Bishop se dirigía ahora a Anne—. No fue culpa de Heather. Tiene que creerme.

Anne se llevó la mano a la frente, como si le doliera la cabeza. Cerró los ojos. Lily seguía de pie a unos pocos pasos de ellos, cambiando nerviosamente de pie de apoyo, sin decir palabra, angustiada. Anne volvió a abrir los ojos.

—Tenemos que llamar a la policía —dijo en voz baja—. Tienen que dar la alarma.

Bishop asintió con la cabeza. Sin embargo, durante un segundo ninguno se movió. Heather hubiera deseado que Anne gritara: eso lo haría mucho más fácil.

Y las palabras de Bishop seguían arremolinándose en su cabeza: «Yo fui el que le dijo que lo hiciera. Yo fui el que les dijo a todos que lo hicieran.»

—Ven, Lily —dijo Anne—. Vamos dentro.

Heather empezó a seguirlas hacia la casa, pero Anne la detuvo.

—Espera aquí fuera —ordenó cortante—. Hablaremos dentro de un rato.

Sus palabras fueron como cuchilladas en el estómago para Heather. Todo había terminado. Anne la odiaba.

Lily lanzó a su hermana una mirada de preocupación y se apresuró a seguir a Anne. Bishop y Heather quedaron a solas en el patio mientras el sol se abría paso entre las nubes y el día se transformaba en un microscopio para concentrar su calor.

—Lo siento, Heather —dijo Bishop—. No podía decírtelo. Quería, eso tienes que saberlo. Pero las reglas...

—¿Las reglas? —repitió ella. La rabia brotando de la grieta que se había abierto en su interior—. Me mentiste. Me mentiste acerca de todo. Me dijiste que no jugara y todo este tiempo...

—Intentaba mantenerte a salvo. Y cuando entendí que no te echarías para atrás, intenté ayudarte. Siempre que pude, lo intenté. —Bishop se había acercado extendiendo los brazos, pero ella retrocedió.

—Casi me matas —dijo—. El revólver... si no hubiera sido por Dodge...

—Yo le dije a Dodge que lo hiciera —la interrumpió Bishop—. Me aseguré de ello.

Clic-clic-clic. Los recuerdos encajaron: Bishop insistiendo en tomar el atajo que pasaba frente a la casa de

Gatillo Fácil Jack. Los fuegos artificiales en la casa Graybill el 4 de Julio, que Bishop se había asegurado de que viera. Una pista: fuego.

—Tienes que creerme, Heather. Yo nunca quise mentirte.

—¿Entonces por qué lo hiciste, Bishop? —Heather se cruzó de brazos. No quería escucharlo. Quería estar furiosa. Quería ceder a la marea negra, dejarla que arrastrara con todos sus demás pensamientos, sobre los tigres, sobre la forma tan terrible en la que había decepcionado a Anne, sobre el hecho de que volvía a ser una sintecho—. ¿Qué era eso que necesitabas probar con tanto ahínco, eh? —Otras partes de ella empezaban a resquebrajarse—. Vas a largarte de aquí. Eso te hace más listo que todo el puto resto de nosotros juntos.

La boca de Bishop era tan delgada como una línea.

—¿Sabes cuál es tu problema? —dijo en voz baja—. Tú quieres que todo sea una mierda. Tienes una hermana que te quiere. Amigos que te quieren. Yo te quiero, Heather —lo dijo con rapidez, en un murmullo, y ella no pudo siquiera sentirse feliz porque él continuó—: Has superado casi todo en Pánico, pero todo lo que ves es la mierda. Porque así no tienes que creer en nada. Porque así tendrás una excusa para fracasar.

Crac. Heather dio media vuelta, para que él no pudiera verla en caso de que empezara a llorar de nuevo. Pero entonces se dio cuenta de que no tenía ningún lugar adonde ir. Ahí estaba la casa, el enorme cuenco del cielo, el sol como un láser. Y ella, Heather, no tenía lugar en ningún lado. Sus últimos trozos se rompieron definitivamente y se abrió como una herida: todo en ella era daño y rabia.

—¿Sabes qué quisiera? Quisiera que ya te hubieras largado.

Pensó que quizás él empezaría a gritar. Casi lo esperaba. Pero en lugar de eso suspiró y se frotó la frente.

—Mira, Heather. No quiero pelear contigo. Quiero que entiendas...

—¿No me oíste? Vete. Márchate. Lárgate de aquí. —Se limpió los ojos con la palma de la mano. En su cabeza, la voz de él gritaba: «Tú quieres que todo sea una mierda... porque así tendrás una excusa para fracasar.»

—Heather. —Bishop le puso una mano en el hombro y ella se sacudió para que la soltara.

—No sé de cuántas formas más puedo decírtelo.

Bishop vaciló. Ella lo sentía cerca, tan cerca que podía sentir el calor de su cuerpo como una fuerza reconfortante, como una manta. Durante un segundo de locura, pensó que él se negaría a irse, le daría media vuelta y la abrazaría y le diría que nunca se iría. Durante un segundo de locura, deseó eso más que cualquier otra cosa.

En lugar de eso sintió sus dedos rozándole el codo.

—Lo hice por ti —dijo bajando la voz—. Planeaba darte el dinero. —La voz se le quebró ligeramente—. Todo lo que he hecho lo hice por ti, Heather.

Y entonces se fue. Dio media vuelta y para cuando ella no pudo seguir aguantando y las piernas estaban a punto de ceder y la rabia se había convertido en ocho oleadas diferentes que la hacían pedazos y ella pensó en girar y llamarlo a gritos... para entonces él ya estaba en el coche y no podía oírla.

Fue un día que puso todo patas arriba en Carp. Bishop Marks se entregó en la estación de policía por el homicidio del pequeño Kelly, a pesar de que resultó que el pequeño Kelly no había muerto en el incendio de la casa Graybill. Con todo, nadie daba crédito: Bishop

Marks, ese chico amable cuyo padre tenía una marquetería en Hudson. Ese chico tímido. Uno de los buenos.

En la estación de policía Bishop negó que el incendio tuviera nada que ver con Pánico. Había sido una broma, dijo.

«Patas arriba y al revés. Un signo de los tiempos confusos en que vivimos.»

Esa noche, Kirk Finnegan salió de casa cuando sus perros se volvieron locos. Sospechando que se trataba de chicos borrachos, o quizá del vecino de mierda que recientemente había empezado a estacionar en su propiedad y al que era imposible convencer de que no le asistía la razón, decidió llevar un fusil.

Pero en lugar de eso se topó con un tigre.

Un puto tigre, ahí, en el patio, con la enorme boca alrededor de uno de sus cocker spaniels.

Pensó que estaba soñando, alucinando, borracho. Estaba tan asustado que se meó en sus bóxers y no se dio cuenta hasta más tarde. Actuó sin pensar, alzó el fusil y disparó cuatro tiros que dieron de lleno en el costado del tigre y siguió disparando incluso después de que este se derrumbó, incluso después de que, por algún milagro obra de la gracia de Dios, las mandíbulas del animal se aflojaron y su perro volvió a ponerse de pie y empezó a ladrar de nuevo... Siguió disparando porque esos ojos seguían mirándolo fijamente, negros como una acusación o una mentira.

MARTES, 16 DE AGOSTO

Heather

Heather había conseguido evitar hablar con Anne durante un día entero. Después de su pelea con Bishop, había caminado tres kilómetros hasta la hondonada, donde pasó la tarde maldiciendo y tirando piedras a cualquier cosa (señales viales, cuando había alguna; y coches abandonados).

Las palabras de Bishop se repetían sin cesar en su cabeza: «Tú quieres que todo sea una mierda... porque así tendrás una excusa para fracasar.»

«Eso es injusto», quería gritar.

Pero una segunda voz, una vocecita en realidad, le decía: «Eso es verdad.» Esas dos palabras, «injusto» y «verdad», repicaban una y otra vez en su cabeza, como si su mente fuera una mesa de ping-pong gigante.

Para cuando regresó de la hondonada se había hecho tarde y tanto Anne como Lily no estaban. El temor súbito e irracional de que Anne hubiera llevado a Lily de regreso a Pinar Fresco se apoderó de ella hasta que vio una nota en la mesa de la cocina.

«Supermercado», decía.

Eran solo las siete y media, pero Heather se echó en

la cama, bajo las mantas, a pesar del calor sofocante, y esperó a que el sueño pusiera término a la partida de tenis de mesa que seguía librándose en su mente.

Sin embargo, cuando despertó —temprano, el momento en que el sol apenas realizaba un primer intento de entrar en la habitación, asomándose como un animal curioso a través de las persianas— supo que no había forma de seguir evitándolo. Durante la noche, la partida de tenis de mesa se había resuelto. Y la palabra «verdad» había resultado victoriosa.

Lo que Bishop había dicho era cierto. Heather se sentía incluso peor que el día anterior, lo que ella no creía que fuera posible.

Ya podía oír el ruido que hacía Anne en la planta baja: el tintineo de los platos al salir de la máquina lavaplatos, el chirrido de los viejos suelos de madera. Cuando se despertaba en Pinar Fresco y oía la habitual explosión de sonidos (coches petardeando, gente gritando, puertas cerrándose de golpe, perros ladrando, música a todo volumen), soñaba precisamente con esta clase de hogar, uno en el que las mañanas fueran tranquilas y las madres arreglaran la cocina y se levantaran temprano y luego te llamaran a desayunar.

Resultaba divertido que en tan poco tiempo la casa de Anne se hubiera convertido en lo más parecido a ese hogar que nunca había conocido, más parecido de lo que Pinar Fresco nunca llegó a ser.

Y ella lo había arruinado. Esa era otra verdad.

Para cuando bajó, Anne estaba en el porche. Y desde allí la llamó de inmediato y Heather lo supo: había llegado la hora.

Heather quedó estupefacta al ver un coche patrulla estacionado a cierta distancia en el camino de entrada, medio metido en la maleza. El policía estaba fuera, el trasero apoyado contra el capó mientras bebía un café y fumaba.

—¿Qué está haciendo aquí? —preguntó Heather, olvidando por un momento el miedo.

Anne estaba sentada en el columpio del porche sin balancearse. Los nudillos alrededor de la taza de té que sostenía en la mano eran blanquísimos.

—Creen que el otro tal vez vuelva —dijo bajando la mirada—. La ASPCA al menos usará un arma paralizante...*

—¿El otro? —preguntó Heather.

—¿No te enteraste? —dijo Anne. Y le contó acerca de Kirk Finnegan y su perro y los disparos, doce en total. Para cuando terminó el relato, Heather tenía la boca seca como la arena. Quería abrazar a Anne, pero estaba paralizada y era incapaz de moverse.

Anne negó con la cabeza. Aunque no despegaba los ojos de la taza de té, ni siquiera había tomado un sorbo.

—Soy consciente de que era una irresponsabilidad mantenerlos aquí —dijo. Cuando por fin alzó la mirada, Heather se dio cuenta de que estaba intentando no llorar—. Yo solo quería ayudar. Era el sueño de Larry, tú sabes. Esos pobres gatos. ¿Sabías que solo quedan unos tres mil tigres en estado salvaje? Y yo ni siquiera sé a cuál fue al que mataron.

—Anne. —Heather finalmente encontró su voz. Aunque estaba de pie, sentía que se estaba encogiendo de adentro hacia afuera hasta volver a tener el tamaño de una niña pequeña—. Lo siento tanto... lo siento tantísimo.

Anne negó con la cabeza.

—No deberías jugar a Pánico —dijo. Hubo un mo-

---

* ASPCA: Sociedad Estadounidense para la Prevención de la Crueldad hacia los Animales, por sus siglas en inglés. (*N. del T.*)

mentáneo tono de urgencia en su voz—. He oído demasiado acerca de ese juego. Hay gente que ha muerto. Pero no te culpo —añadió, suavizando la voz de nuevo—. No eres muy feliz, ¿verdad?

Heather negó con la cabeza. Quería contarle a Anne todo: contarle que Matt la había dejado justo cuando ella estaba preparada para decirle «Te amo»; contarle que luego se dio cuenta de que en realidad no estaba enamorada de él porque siempre había estado enamorada de Bishop; hablarle del miedo que producía pensar que no iba a poder escapar de Carp nunca y que la ciudad terminaría devorándola como había devorado a su madre, convirtiéndola en una de esas mujeres frágiles y resentidas que a los veintinueve ya son viejas y han sido consumidas por las drogas y están acabadas en todo sentido. Quería contarle todo eso, pero no podía hablar. En la garganta se le había formado un nudo grueso.

—Ven aquí —dijo Anne palmeando el puesto libre del columpio.

Y cuando se sentó, Anne la abrazó y Heather quedó estupefacta. De repente, empezó a llorar en su hombro y a decir:

—Lo siento, lo siento, lo siento.

—Heather. —Anne se apartó, pero mantuvo una mano en el hombro de Heather mientras con la otra le quitaba el pelo de la cara. Ella estaba demasiado conmovida para sentirse avergonzada—. Escúchame. No estoy segura de lo que esto significa para ti y para Lily. Lo que yo hice, mantener a los tigres aquí, era ilegal. Si tu madre quiere aprovecharse de eso, si el condado quiere... la policía podría forzaros a volver a casa. Haré todo lo que esté en mi mamo para manteneros aquí tanto tiempo como queráis quedaros, pero...

Heather casi grita de la emoción.

—Usted... ¿no va a echarme?

Anne la miró fijamente.

—Por supuesto que no.

—Pero... —Heather no podía creerlo. Debía de haber oído mal—. Yo fui la que dejó escapar a los tigres. Todo esto es culpa mí.

Anne se frotó los ojos y suspiró. Heather nunca había pensado en Anne como una persona vieja, pero en ese momento realmente lo pareció. Los dedos frágiles y manchados por el sol, el pelo sin brillo y de un gris uniforme. Algún día moriría. Heather sentía aún la garganta áspera debido al llanto y se obligó a tragar saliva para combatir ese pensamiento.

—¿Sabes?, Heather, estuve con mi marido durante treinta años. Desde que éramos niños, en realidad. Cuando empezamos juntos, no teníamos nada. Pasamos la luna de miel haciendo autoestop en California, acampando. No podíamos permitirnos nada más. Y algunos años fueron muy duros. Él podía ser temperamental... —Hizo un movimiento nervioso con las manos—. Lo que quiero decirte es que cuando quieres a alguien, cuando te preocupas por alguien, tienes que hacerlo en lo bueno y en lo malo. No solo cuando estás feliz y las cosas son fáciles. ¿Lo entiendes?

Heather asintió con la cabeza. Sentía como si tuviera una esfera de cristal en el pecho, algo delicado y hermoso que podía hacerse añicos si decía la palabra equivocada, si perturbaba el equilibrio de alguna forma.

—Entonces... ¿no está furiosa conmigo? —preguntó.

Anne se rio a medias.

—Por supuesto que estoy furiosa contigo —dijo—. Pero eso no significa que quiera que te vayas. Eso no significa que vaya a dejar de cuidarte.

Heather bajó la mirada y se concentró en sus manos.

De nuevo se sentía demasiado abrumada para decir algo. Tenía la impresión de que, por un segundo exacto, había entendido algo enormemente importante y había tenido la oportunidad de vislumbrarlo: el amor, puro y sencillo y sin exigencias.

—¿Qué va a pasar? —preguntó después de un minuto.

—No lo sé. —Anne estiró el brazo y tomó una de las manos de Heather y se la apretó—. Está bien tener miedo, Heather —dijo en voz baja, como si le estuviera revelando un secreto.

Heather pensó en Bishop y en la pelea que había tenido con Nat. Pensó en todo lo que había ocurrido a lo largo del verano, todos los desafíos y la tensión y los cambios extraños, como si el aire estuviera soplando desde un lugar que les resultaba totalmente desconocido.

—Yo tengo miedo todo el tiempo —susurró.

—Serías una idiota si no lo tuvieras —dijo Anne—. Y tampoco serías valiente. —Y entonces se puso de pie—. Ven. Voy a poner el hervidor. Este té está helado.

Bishop había confesado a la policía. Le habían interrogado durante cerca de tres horas y luego le habían dejado libre para que regresara a casa con su padre, a la espera de la acusación oficial.

Había admitido casi todo, pero había mentido acerca de una cosa. El juego no había acabado. Quedaban aún tres jugadores.

Era la hora del desafío final.

Era la hora de la Justa.

JUEVES, 18 DE AGOSTO

Dodge

Dodge sabía que era solo cuestión de tiempo que Bishop fuera a buscarle. No tuvo que esperar mucho. Apenas tres días después de que se entregara a la policía por el incendio en la casa Graybill, Dodge regresaba a casa del trabajo cuando vio su coche. Bishop, sin embargo, no estaba fuera; a Dodge le sorprendió descubrir que Dayna lo había hecho pasar. Estaba sentado en el sofá, las manos en las rodillas, las rodillas prácticamente en el mentón (él era tan alto y el sofá tan bajo...). Dayna estaba en la esquina, leyendo, como si fuera una situación normal, como si fueran amigos.

—Hola —dijo Dodge. Bishop se puso de pie, parecía aliviado—. Vamos fuera, ¿te parece?

Dayna miró a Dodge con suspicacia. Él sabía que ella esperaba una señal, una indicación de que todo iba bien, pero se negó a dársela. Ella lo había traicionado: por cambiar, por darle la vuelta al guion. Pánico había sido el juego de ambos, un plan que habían hecho juntos, un deseo compartido de venganza.

Sabía, obviamente, que nada que hiciera le permitiría recuperar a su hermana, que herir a Ray, o incluso matarlo, no le devolvería las piernas a Dayna. Pero esa era la cuestión. Ray y Luke Hanrahan habían robado algo que Dodge no podía recuperar. Así que Dodge iba a robarles algo a ellos.

Ahora que Dayna estaba cambiando, convirtiéndose en alguien que él no conocía o reconocía (alguien que le decía que era inmaduro, que lo criticaba por jugar, que pasaba todo su tiempo con Ricky), su resolución se había incluso intensificado. No era justo. Todo era culpa de ellos.

Alguien tenía que pagar.

Fuera, hizo un gesto para indicarle a Bishop que lo siguiera a Meth Row. Por una vez, había señales de vida en la calle. Varias personas estaban sentadas en los porches hundidos, fumando, bebiendo cerveza. Una mujer se había instalado con la tele en el patio delantero. Todos tenían la esperanza de echarle un vistazo al tigre; en apenas unos días, el animal se había convertido en la obsesión local.

—Estoy fuera, lo sabes —le dijo Bishop de forma abrupta—. No tendré mi parte ni nada. Era absurdo en todo caso —hablaba con amargura.

Dodge casi lo sentía por él. Se preguntaba por qué había accedido a ser juez, por qué había participado. O, ya puestos, por qué los demás participaban. Quizá todos ellos, los jugadores, los jueces, Diggin incluso, tenían sus propios secretos. Quizás el dinero solo era una parte y lo que cada uno ponía en juego era algo distinto y mucho más importante.

—Casi hemos terminado —dijo—. ¿Por qué echarte para atrás ahora?

—No tengo opción. Rompí las reglas. Hablé. —Bishop se quitó la gorra, se pasó la mano por el pelo y volvió a ponérsela—. Además, lo odio. Siempre lo he odiado. El puto Pánico. Vuelve a la gente loca. El juego mismo es una locura. Solo lo hice porque... —Se miró las manos—. Porque quería darle a Heather mi parte —dijo bajando la voz—. Cuando ella empezó a jugar, tuve que seguir adelante. Para ayudarla. Y mantenerla a salvo.

Dodge no dijo nada. En un sentido muy jodido, a ambos los movía el amor. Le dio tristeza no haber conocido a Bishop mejor antes. Había tanto que lamentar... No haber pasado más tiempo con Heather, por ejemplo. Ellos dos habrían podido ser amigos de verdad.

Y Nat, por supuesto. Él había arruinado las cosas con ella de modo regio.

Se preguntó si toda la vida iba a ser así: un arrepentirse tras otro.

—¿Alguna vez hiciste algo malo por una buena razón? —le soltó de repente Bishop.

Dodge casi se echó a reír. Pero en lugar de ello respondió con un sencillo:

—Sí.

—Y ¿qué nos hace eso? —continuó Bishop—. ¿Buenos o malos?

Dodge se encogió de hombros.

—Ambas cosas, supongo —dijo—. Como todos los demás. —Sintió una repentina punzada de culpa. Lo que estaba haciendo, lo que quería hacerle a Ray, era realmente malo. Peor que cualquier cosa que hubiera hecho antes.

Pero así era el viejo dicho: ojo por ojo, diente por diente. A eso se reducía lo que estaba haciendo. A desquitarse. A quedar en paz.

A fin de cuentas, él no era el que había empezado.

Bishop se giró hacia él y dejó de caminar.

—Necesito saber qué es lo que vas a hacer —dijo.

Se lo veía tan perdido ahí, de pie, con sus grandes brazos y sus largas piernas, como si no supiera cómo utilizarlos.

—Seguiré jugando —dijo Dodge con calma—. Ya casi hemos terminado. Y voy a ir hasta el final.

Bishop exhaló ruidosamente, como si Dodge acabara de darle un puñetazo en el estómago, a pesar de que en este caso su respuesta era la que él tenía que haber estado esperando. Y de repente Dodge supo cómo hacer que Bishop se sintiera mejor, cómo hacer algo bueno para variar y cómo asegurarse de que Ray perdiera. Podía hacerlo.

—Puedo mantener a salvo a Heather —dijo. Bishop lo miró fijamente—. Puedo asegurarme de que no se enfrente a Ray. Me aseguraré de que no salga herida. ¿De acuerdo?

Bishop estuvo mirándolo durante varios minutos. Dodge tenía la certeza de que estaba luchando con algo; era probable que no confiara en él por completo. No podía culparlo por eso.

—¿Qué tengo que hacer? —preguntó Bishop.

Dodge sintió que se libraba de un peso. Un paso más cerca. Todo iba encajando.

—Un coche. Necesito que me prestes un coche.

A Dodge le preocupaba que Heather no estuviera dispuesta a escucharlo. A fin de cuentas, él era el que le había dicho que no había tratos ni reparticiones. Sin embargo, cuando le pidió que se encontraran en Dot's, ella accedió. Eran las diez de la noche, la única hora en la que la cafetería estaba vacía, el intermedio entre el ajetreo de la cena y la horda nocturna, cuando las parejas salían en tromba del bar de al lado a comer tortitas y café para bajarse la borrachera.

Él le explicó lo que necesitaba que hiciera. Ella pidió café y le puso un poco de leche. Y luego, a mitad de un sorbo, lo había mirado fijamente.

—¿Me estás pidiendo que pierda? —preguntó al devolver la taza a la mesa.

—Baja la voz —dijo Dodge.

Su madre había hecho el turno anterior y probablemente había salido con Bill Kelly (para entonces ambos eran prácticamente inseparables, lo que para él era un coñazo), pero el resto del personal de la cafetería le conocía. Incluido Ricky, al que podía ver cada vez que las puertas de la cocina se abrían y quien no dejaba de sonreírle y saludarle alzando la mano como un idiota. Con todo, Dodge tenía que reconocer que el chico era majo: les había enviado un emparedado de queso y unos deditos de mozzarella gratis.

—Mira, tú no quieres enfrentarte a Ray, ¿no es así? Ese tío es una bestia. —Dodge sintió que la garganta se le cerraba. Pensó en la razón por la que estaba haciendo eso: pensó en el día que Dayna llegó en silla de ruedas a la casa, en Dayna cayéndose de la cama en medio de la noche y pidiendo ayuda a gritos, incapaz de volver a subirse sola; en Dayna moviéndose en silla de ruedas, atiborrada de medicamentos para el dolor, prácticamente comatosa. Y si bien era cierto que últimamente parecía mejor y más feliz, esperanzada incluso, él, Dodge, nunca olvidaría—. Te sacará de la carretera, Heather. Terminarás perdiendo de todas formas.

Ella hizo una mueca, pero no dijo nada. Él sabía que se lo estaba pensando.

—Si jugamos como te digo, ganarás en todo caso —añadió Dodge inclinándose sobre la mesa, a la que años acumulando grasa habían vuelto pegajosa—. Dividiremos el dinero. Y nadie saldrá herido.

«Excepto Ray.»

Heather guardó silencio durante un minuto. Llevaba el pelo recogido atrás en una coleta, y tenía la cara roja tras un verano trabajando en el exterior. Todas las pecas parecían habérsele fundido en una especie de bronceado. Se veía bonita. A Dodge le hubiera gustado poder decirle que él pensaba que era una chica estupenda, que lamentaba que nunca hubieran sido más cercanos.

Que se había enamorado de su mejor amiga y que lo había arruinado.

Pero nada de eso era relevante en ese momento.

—¿Por qué? —preguntó ella por fin volviendo a mirarlo fijamente. Sus ojos eran claros, de un verde grisáceo, como el océano reflejando el cielo—. ¿Por qué quieres tanto hacerlo así? No es ni siquiera por el dinero, ¿no es así? Se trata de ganar. De derrotar a Ray.

—No te preocupes por eso —dijo Dodge con cierta brusquedad. Las puertas de la cocina se abrieron de par en par y ahí estaba Ricky, el uniforme blanco de cocinero manchado de salsa marinera y grasa, sonriéndole y levantando los pulgares. ¡Dios! ¿Ricky creía que estaba en una cita? Volvió a concentrar la atención en Heather—. Mira. Le prometí a Bishop que yo...

—¿Qué tiene Bishop que ver en esto? —lo interrumpió ella tajante.

—Todo. —Vació su vaso de Coca-Cola dejando solo el hielo y disfrutó del picor en la lengua—. Él quiere que estés a salvo.

Heather volvió a apartar la mirada.

—¿Cómo sé que puedo confiar en ti? —dijo finalmente.

—Esa es la cuestión con la confianza —dijo Dodge triturando un cubo de hielo con los dientes—: no lo sabes.

Ella estuvo mirándolo a los ojos durante unos segundos.

—Muy bien —dijo finalmente—. Lo haré.

Fuera, en el límite del estacionamiento, los árboles bailaban en el viento. Algunas de las hojas ya habían empezado a cambiar de color. En unas el dorado se comía el borde. Otras tenían manchas rojas, como si estuvieran enfermas. Faltaban menos de tres semanas para el Día del Trabajo, cuando el verano terminaría oficialmente.* Y apenas una semana para la confrontación final. Después de despedirse de Heather, Dodge no volvió directamente a casa, sino que estuvo algún tiempo caminando por la calle.

Se fumó dos cigarrillos, no porque quisiera, sino porque estaba disfrutando de la oscuridad y la quietud y el viento frío, los olores del otoño que se avecinaba: olor a limpio, olor a madera, como una casa en la que acaban de hacer aseo. Se preguntó si el tigre seguiría suelto; no había oído que lo hubieran capturado. A una parte de él le hubiera gustado encontrárselo, a la otra le daba miedo.

En términos generales, la conversación con Heather había sido más fácil de lo que esperaba. Estaba muy cerca.

Arreglar la explosión iba a ser la parte complicada.

* En Estados Unidos el Día del Trabajo se celebra el primer lunes de septiembre. *(N. del T.)*

LUNES, 22 DE AGOSTO

Heather

En los días que siguieron a la escapada de los tigres, Heather estaba tan angustiada que no podía dormir. Todo el tiempo esperaba que Krista se presentara con alguna orden judicial para exigir que Lily volviera a casa. O, todavía peor, que los polis o la ASPCA vinieran para llevarse a Anne a la cárcel. ¿Qué haría ella entonces?

Sin embargo, a medida que pasaron más y más días, se relajó. Tal vez Krista se había dado cuenta de que era más feliz sin sus hijas en casa, de que ella no estaba hecha para ser madre. Todo lo cual Heather se lo había oído decir un millón de veces. Y si bien los polis iban y venían y no habían dejado de patrullar la propiedad para intentar localizar al segundo tigre, y aunque la ASPCA se presentó para verificar las condiciones de vida de los demás animales y asegurarse de que todo era legal, a Anne no se la habían llevado esposada como ella temía.

Heather sabía, en el fondo, que la situación en casa de Anne era temporal. No podían quedarse ahí para siempre. En otoño, Lily debía volver a la escuela. Hasta ahora Anne las había mantenido a flote y cubierto sus gastos, pero ¿cuánto iba a durar eso? Heather tenía que encontrar un empleo, pagarle a Anne, hacer algo. Sin embargo, lo único que hacía era aferrarse a la esperanza de que Pánico arreglaría sus problemas: con el dinero que ganara, incluso si tenía que repartirlo con Dodge, podría pagarle a Anne un alquiler o buscarse un espacio propio para ella y Lily.

Cuanto más tiempo pasaba lejos de Pinar Fresco, más segura estaba de su decisión: nunca volvería allí, jamás. Su lugar era ese, o algo parecido, un sitio con espacio, sin vecinos metiéndose en tu vida ni gritos ni ruidos de botellas rompiéndose ni gente oyendo música a todo volumen la noche entera. Algún lugar con animales y árboles grandes y ese olor fresco a heno y estiércol que de algún modo no resultaba desagradable sino todo lo contrario. Era asombroso lo mucho que le encantaba hacer la ronda, limpiar el gallinero, cepillar a los caballos, barrer los establos, incluso.

También era asombroso cuán bien la hacía sentirse el hecho de saberse estimada. Porque ahora Heather creía en lo que Anne le había dicho. Anne se preocupaba por ella, la cuidaba y sin duda la quería, aunque fuera un poco.

Eso lo cambiaba todo.

Faltaban tres días para el desafío final. Ahora que sabía cómo iba a desarrollarse (que ella solo participaría para perder con Dodge en la primera ronda de la Justa) se sentía increíblemente aliviada. Lo primero que iba a hacer con el dinero era comprarle a Lily una bici nueva a la que ya le había echado el ojo días antes, cuando fueron a los grandes almacenes Target.

No. Lo primero que haría sería darle parte del dinero a Anne, luego sí compraría la bici.

Y después quizá se compraría un vestido bonito, sin

mangas, y unas sandalias de cuero. Algo lindo que ponerse cuando finalmente reuniera el valor para hablar con Bishop, si es que algún día lo hacía.

Cayó dormida y soñó con él. Estaba con ella en el borde de la torre de agua diciéndole que saltara: «salta, salta». Debajo de donde estaba, muy abajo, había una corriente de agua desbordada, entremezclada con luces blancas y brillantes, que eran como ojos imperturbables en medio de toda el agua negra. Él no dejaba de repetirle que no tuviera miedo y ella no quería confesarle que estaba tan aterrorizada y tan débil que no podía moverse.

Entonces aparecía Dodge:

—¿Cómo vas a ganar si tienes miedo de saltar? —decía.

De repente Bishop desaparecía, y la saliente en la que se apoyaban sus pies no era ya de metal sino de alguna clase de madera, medio podrida, inestable. *Pum*. Dodge golpeaba la estructura con un bate de béisbol; cada golpe hacía mella en la madera y enviaba una lluvia de astillas hacia el agua. *Pum*.

—Salta, Heather.

Pum.

—Heather.

—Heather.

Se despertó oyendo doble. Por un lado, Lily, de pie en el espacio que había entre sus camas, susurraba su nombre con apremio; por otro, como un eco, una voz procedente del exterior lo repetía.

—¡Heather Lynn! —gritó la voz. *Pum*. El ruido de un puño en la puerta principal—. ¡Ven aquí! ¡Ven aquí para que pueda hablar contigo!

—Es mamá —dijo Lily, justo cuando Heather reconocía la voz. Su hermana la miraba con los ojos bien abiertos.

—Vuelve a la cama, Lily —dijo Heather, despierta al instante.

Comprobó la hora en el móvil: la 1.13 de la noche. En el pasillo, vio una pequeña línea de luz bajo la puerta del dormitorio de Anne y oyó las sábanas crujir. No era la única a la que habían despertado.

Los golpes en la puerta continuaban y los gritos apenas amortiguados:

—¡Heather! Sé que estás ahí dentro. ¿Pretendes ignorar a tu madre?

Antes de llegar a la puerta, Heather ya sabía que Krista estaba borracha.

La luz del porche se había encendido automáticamente, y cuando abrió la puerta encontró a su madre tapándose los ojos con una mano, como si estuviera protegiéndolos del sol. Estaba hecha un desastre. El pelo encrespado; la camisa tan abajo que era posible verle todas las pecas del escote y dos medias lunas blancas allí donde el bikini había impedido el bronceado; los vaqueros manchados; y unos zapatos de cuña enormes. Como tenía dificultades para mantenerse de pie en un solo lugar, estaba todo el tiempo dando pequeños pasos para equilibrarse.

—¿Qué demonios estás haciendo aquí?

—¿Que qué estoy haciendo aquí? —masculló—. ¿Qué estás tú haciendo aquí?

—Márchate. —Heather salió al porche y se abrazó al sentir el aire frío—. No tienes derecho a estar aquí. No tienes derecho a irrumpir...

—¿Derecho? ¿Derecho? —Sin mucha estabilidad, la mujer avanzó hacia la puerta e intentó hacer a un lado a Heather, que le bloqueó el paso, agradecida, por primera vez en la vida, de ser tan grande. Krista empezó a gritar—: ¡Lily! ¡Lily Anne! ¿Dónde estás, cariño?

—Para ya. —Heather trató de agarrar a Krista por los hombros, pero su madre se apartó manoteando.

—¿Qué pasa aquí? —Anne había aparecido en la puerta, llevaba puesto un viejo albornoz, y parpadeaba—. Heather, ¿va todo bien?

—Tú... —Krista dio dos pasos hacia delante antes de que Heather pudiera detenerla—. Tú me robaste a mis bebés —dijo, oscilando sobre sus zapatos—. Maldita zorra, debí...

—¡Mamá, para! —Heather había vuelto a abrazarse con fuerza, intentando mantener sus entrañas juntas, intentando evitar que todo fuera a desparramarse.

Entretanto Anne estaba hablando:

—Bien, vamos a calmarnos, vamos todos a calmarnos. —Las manos levantadas como si quisiera mantener a raya a Krista.

—Yo no necesito calmarme.

—¡Mamá, para ya!

—Fuera de mi camino...

—Espera, espera.

Y entonces se oyó una voz que venía de la oscuridad, más allá del porche:

—¿Hay algún problema?

Una linterna se encendió casi al mismo tiempo que la luz del porche se apagó. El haz de luz las barrió por turnos como un dedo apuntado. Alguien emergió de la oscuridad y subió las escaleras pesadamente; en respuesta al movimiento la luz del porche volvió a encenderse. Las tres mujeres habían quedado paralizadas momentáneamente. Heather había olvidado que desde la desaparición de los tigres había un coche patrulla estacionado en el bosque. El policía parpadeó varias veces con rapidez, como si hubiera estado dormido.

—El problema —dijo Krista— es que esta mujer tiene a mis bebés. Ella me los robó.

La mandíbula del policía se movió rítmicamente, como si mascara chicle. Sus ojos se pasearon de Krista a Heather y de Heather a Anne. La mandíbula se movió a la izquierda y luego a la derecha. Heather contuvo el aliento.

—¿Ese es su coche, señora? —dijo finalmente moviendo la cabeza por encima del hombro hacia el lugar en el que Krista había estacionado.

Krista miró el coche y volvió a mirar al policía. Algo titiló en sus ojos.

—Sí, ¿por qué?

El hombre siguió mascando el chicle mientras la observaba.

—El límite permitido es 0,08 —dijo.

—No estoy borracha —repuso Krista levantando la voz—. Estoy tan sobria como usted.

—¿Me haría el favor de venir aquí un momento?

Heather se descubrió preparada para echarle los brazos alrededor del cuello al agente y darle las gracias. Quería explicar la situación, pero tenía la respiración atascada en la garganta.

—No. —Krista esquivó al policía cuando este intentó avanzar hacia ella, pero el movimiento la desestabilizó y casi cayó sobre una de las macetas. El hombre estiró el brazo y la cogió por el codo. Ella intentó quitárselo de encima.

—Señora, por favor. Si pudiera solo caminar por aquí...

—¡Suélteme!

Heather vio la escena en cámara lenta. Hubo un incremento del volumen. Gritos. Krista hizo oscilar el brazo y le plantó el puño en la cara del agente. El golpe pareció amplificarse por mil con un repiqueteo hueco.

Y entonces el tiempo se aceleró de nuevo y de pronto el policía le doblaba el brazo a Krista en la espalda mientras ella corcoveaba y se retorcía como un animal.

—Está usted bajo arresto por agredir a un agente de policía...

—Suélteme.

—Tiene derecho a permanecer en silencio. Cualquier cosa que diga podrá ser usada en su contra en un tribunal.

El hombre la esposó. Heather no sabía si sentirse aliviada o aterrorizada. Tal vez ambas cosas. Krista continuó gritando mientras el agente la hacía abandonar el porche y la conducía al coche patrulla: llamando a Lily, clamando acerca de sus derechos. Un momento después estaba dentro del coche. Entonces la puerta se cerró y, salvo por el ruido del motor al acelerar y el rocío de la grava cuando el vehículo trazó un círculo para volver a la carretera, hubo silencio. Un barrido de luz de los faros del coche. Y después, oscuridad. La luz del porche había vuelto a apagarse.

Heather estaba temblando. Cuando finalmente pudo hablar, lo único que consiguió decir fue:

—La odio. La odio.

—Vamos, cariño. —Anne le pasó el brazo por los hombros—. Entremos.

Heather exhaló, liberando toda la rabia acumulada. Entraron en la casa, juntas. En el frío del vestíbulo, las pautas de sombra y luz de luna ya le resultaban familiares. Pensó en Krista desfogando su rabia en el asiento trasero del coche patrulla. El nudo que tenía en el estómago empezó a deshacerse. Ahora todos sabrían la verdad: cómo era Krista, de qué estaban escapando ella y Lily.

Anne la abrazó con fuerza.

—Todo irá bien —dijo—. A ti te irá bien.

Heather la miró y logró esbozar una sonrisa.

—Lo sé —dijo.

Los últimos días de agosto eran la época más triste del año en Carp. Quizá también en otros lugares.

Cada año, sin importar qué tiempo hiciera, de repente las piscinas públicas se abarrotaban de gente, los parques se cubrían de manteles de pícnic y toallas de playa y en la carretera se producía un embotellamiento monumental con todos los que querían ir a pasar el fin de semana en el lago Copake. Un velo reluciente de esmog se tendía sobre los árboles y se entremezclaba con el olor del carbón de leña y el humo de centenares de hogueras. Era la manifestación final, explosiva, del verano, la línea en la arena, un intento desesperado de mantener a raya el otoño para siempre.

Pero el otoño ya estaba royendo el cielo azul con sus dientes, arrancaba trozos de sol, borroneaba ese pesado velo de humo oloroso a carne. Estaba acercándose. No tardaría mucho en llegar.

Traería lluvia y frío y cambios.

Pero antes de eso: el desafío final. El desafío más letal de todos.

La Justa.

JUEVES, 25 DE AGOSTO

Dodge

El día de la Justa fue húmedo y frío. Dodge se vistió con sus vaqueros favoritos y una camiseta raída y salió sin calcetines a la sala de estar, comió cereales en un cuenco y vio un poco de *reality-show* con Dayna, con quien se burló de los gilipollas que permitían que les filmaran la vida de esa manera. Ella parecía aliviada viéndolo comportarse con normalidad.

Todo el tiempo, sin embargo, su mente estaba a varios kilómetros de distancia de allí, en una recta oscura, en motores acelerando y neumáticos rechinando y olor a humo.

Estaba preocupado. Preocupado de que el fuego empezara demasiado pronto, cuando fuera conduciendo el coche. Preocupado de que Ray no aceptara el cambio.

Él contaba con eso. Había preparado el discurso en su cabeza:

—Quiero intercambiar coches —diría después de que Heather le hubiera dejado ganar la primera ronda—. Así sabré que la carrera es justa, que él no se ha instalado un turbo en el motor o me ha jodido los frenos.

¿Cómo podía Ray negarse? Si Dodge conducía con precaución, sin superar los cien kilómetros por hora, el motor no debía de calentarse demasiado y por tanto no se desencadenaría la explosión. Heather tenía que dejarle ganar incluso si él iba gateando. Ray nunca sospecharía.

Y entonces entraría en el coche, pisaría a fondo el acelerador y el motor empezaría a echar humo y chispas y entonces...

Venganza.

Si todo salía de acuerdo al plan. Si, si, si. Odiaba esa palabra estúpida.

A las tres de la tarde Bill Kelly llegó para recoger a Dayna y llevarla a fisioterapia. Dodge no acababa de entender cómo el ex policía había conseguido meterse de tal forma en sus vidas. Dayna vivía pendiente de él. Como si de repente todos formaran una gran familia feliz y Dodge fuera el único que recordaba que no eran una familia y que nunca lo serían. Siempre habían sido él y Dayna y nadie más.

Y ahora incluso la había perdido a ella.

—¿Estarás bien? —le preguntó Dayna. Estaba ganando mucha habilidad con la silla. Se movía alrededor de los muebles con soltura, impulsándose allí donde el suelo era ligeramente desigual. Odiaba verla mejorar en eso, en ser una lisiada.

—Sí, claro —dijo sin mirarla—. Veré un poco de tele.

—Regresaremos en un par de horas —le dijo ella. Y agregó—: Creo que de verdad está funcionando, Dodge.

—Me alegro por ti. —Le sorprendió sentir un nudo en la garganta. Estaba cruzando la puerta cuando él la llamó—: Dayna.

«Todo por ti.»

Ella se giró:

—¿Qué?

Él se las apañó para sonreír:

—Te quiero.

—No seas capullo —dijo ella y sonrió a su vez. Después salió de la casa y cerró la puerta a sus espaldas.

Heather

Con cada minuto que pasaba, estaba más cerca del final.

Heather debía de sentirse aliviada, pero en lugar de ello se había pasado todo el día dominada por el miedo. Se dijo que todo lo que tenía que hacer era perder. Tenía que confiar en que Dodge mantendría su promesa acerca del dinero.

Él no estaba jugando por la pasta. En cierto sentido ella lo había sabido siempre. Con todo, le hubiera gustado presionarlo en serio acerca de sus verdaderas motivaciones. Quizás era eso lo que la tenía nerviosa: incluso ahora, en el último día del juego, seguía sin entender cuál era la meta de Dodge. Eso le hacía sentir que había otras partidas librándose al mismo tiempo, con reglas secretas y pactos y alianzas, y que ella era solo un peón.

Hacia las cinco de la tarde la tormenta cesó y las nubes empezaron a deshacerse. El aire estaba cargado de humedad y mosquitos. Las carreteras estarían resbaladizas. Pero se recordó que eso carecía de importancia. Si quería, podía retirarse incluso; fingir que se acobardaba, o acobardarse de verdad en el último segundo. Entonces Dodge y Ray podrían enfrentarse; su papel habría acabado.

Con todo, la incómoda sensación (el peso en el estómago, el escozor bajo la piel) se negaba a abandonarla.

La Justa cambió de escenario. Esta vez no hubo comunicaciones formales al respecto, ni mensajes de texto ni correos electrónicos. Bishop mantenía un perfil bajo, solo en caso de que alguien estuviera enfadado por la forma en que se había perturbado el desarrollo del juego. Heather no lo culpaba. Y era probable que Vivian también mantuviera la cabeza gacha. Por primera vez en la historia de Pánico, el desafío final se llevaría a cabo con o sin la presencia de los jueces.

Pero a Heather le había llegado el rumor, como siempre ocurría en una ciudad tan pequeña, con tan poco de qué alimentarse salvo la cháchara. Los policías estaban apostados en los alrededores de la pista donde tradicionalmente tenía lugar la Justa. Así que el cambio de escenario era obligatorio. Se eligió un sitio cerca de la hondonada y las viejas vías de tren.

Heather se preguntó, con una nueva punzada, si Nat asistiría.

Eran las seis en punto cuando salió. Las manos ya le temblaban y le preocupaba que una hora más tarde fuera a estar demasiado nerviosa para conducir o se acobardara por completo. Anne había accedido a prestarle el coche y se odiaba por haberle mentido acerca de para qué lo necesitaba. Pero, una vez más, se dijo que ese era el final, ese día terminaba todo: no más mentiras de ahí en adelante. Sería cuidadosa al extremo y sacaría el coche de la carretera mucho antes de que Dodge estuviera cerca.

No se despidió de Lily. No quería hacer de esa salida un asunto importante. Porque no era un asunto importante.

Estaría de regreso en unas pocas horas, a lo sumo.

Acababa de salir del camino de entrada a la propiedad cuando el móvil zumbó. Heather lo ignoró, pero volvieron a llamar casi en el acto. Y luego otra vez. Finalmente se hizo a un lado de la carretera y sacó el aparato del bolsillo.

Era Nat. Tan pronto como contestó supo que algo iba muy, muy mal.

—Heather, por favor —dijo incluso antes de que ella hubiera saludado—. Va a ocurrir algo malo. Tenemos que impedirlo.

—Espera, espera. —Heather podía oírla sorberse los mocos—. Cálmate. Empieza desde el principio.

—Va a ocurrir esta noche —dijo Nat—. Tenemos que hacer algo. Acabará matándose. O matará a Ray.

Heather a duras penas seguía el hilo de la conversación.

—¿De quién hablas? —preguntó.

—De Dodge —gimió Nat—. Por favor, Heather. Tienes que ayudarnos.

Heather respiró hondo. El sol eligió ese momento para romper a través de las nubes. El cielo se desgarró en una serie de dedos rojos, el color exacto de la sangre nueva.

—¿Ayudarnos? ¿Con quién estás?

—Solo ven —dijo Nat—. Por favor. Te explicaré todo cuando llegues aquí.

Dodge

Dodge pasó por delante de la hondonada justo después de las seis en punto. El coche que Bishop le había prestado (un Le Sabre que Dodge nunca podría devolverle) era viejo y temperamental y tendía a desviarse a la izquierda, con lo que permanentemente tenía que estar corrigiendo la dirección. No importaba. Dodge no lo necesitaba mucho tiempo.

Estacionó en el costado de la carretera, a un lado de la recta que habían seleccionado para el desafío. La carretera estaba bastante muerta: quizás el mal tiempo había desalentado a la gente. Dodge lo agradeció. No podía correr el riesgo de que lo vieran.

No tardó mucho. Era sorprendentemente fácil: cosa de niños, lo que era irónico teniendo en cuenta que él había repetido química tres veces y no era exactamente un tío al que le fuera la ciencia. La facilidad con la que podías encontrar estas mierdas en internet era divertida: explosivos, bombas, cócteles Molotov, minas... lo que te diera la gana. Aprender cómo volar a alguien en pedazos era más fácil que comprar una puta cerveza.

Antes, había disuelto un trozo de una vieja nevera de porexpán en un poco de gasolina y vertido la mezcla entera en un frasco. Napalm casero: más fácil de hacer que una vinagreta. Ahora, con sumo cuidado, pegó con cinta americana un petardo en el exterior del frasco y puso el artefacto en el compartimento del motor. No demasiado cerca del colector de escape, pues necesitaba primero superar el desafío con Heather. Y él conduciría con precaución para asegurarse de que el motor no se calentara en exceso.

Luego el coche pasaría a Ray. Ray pisaría el acelerador a fondo, el petardo se encendería y al estallar rompería el frasco, lo que a su vez liberaría el explosivo.

Kabum.

Lo único que tenía que hacer ahora era esperar.

Pero casi de inmediato, recibió un mensaje de texto de Heather: «Necesito recogerte. Emergencia. Tenemos que hablar.»

Y luego: «Ya.»

Dodge maldijo en voz alta. Y de repente lo asaltó el miedo: Heather iba a retirarse. Eso lo arruinaría todo. Respondió con rapidez: «Esquina de Wolf Hill y Pheasant. Recógeme.»

«Voy en camino», escribió ella.

Caminó en círculos mientras la esperaba, fumando. Aunque antes estaba calmado, ahora estaba lleno de ansiedad, una picazón, un escozor reptante, como si tuviera arañas corriendo bajo la piel.

Pensó en Dayna en la cama del hospital, tal como la había visto por primera vez después del accidente —los ojos como platos, una pequeña costra de sangre y mocos encima de la boca—, diciendo: «No siento las piernas. ¿Qué les pasa a mis piernas?»; poniéndose histérica en la habitación, intentando ponerse de pie y, en lugar de ello, aterrizando en su regazo.

Pensó en Luke Hanrahan, largándose con cincuenta

de los grandes; y pensó en la noche en que había estado
fuera de la casa de los Hanrahan con el bate de béisbol
en la mano, demasiado asustado para actuar.

Para cuando Heather lo recogió se sentía un poco
mejor.

Heather no quiso decirle nada en el coche.

—¿Qué está pasando? —preguntó él.

Pero su única respuesta fue:

—Espera. ¿De acuerdo? Quiere contártelo ella misma.

—¿Ella? —El estómago le dio una voltereta.

—Nat.

—¿Está bien?

Pero Heather se limitó a negar con la cabeza para
indicar que no diría más. Para entonces él había empezado a enfadarse. Era un mal momento para lo que fuera; necesitaba concentrarse. Estaba nervioso y sentía la
tensión en el estómago. No obstante, al mismo tiempo
le halagaba que Heather lo necesitara, como también le
halagaba que Nat quisiera verlo. Y todavía tenían dos
horas antes de que oscureciera por completo. Tiempo
más que suficiente.

En la entrada de la casa de Nat había dos coches, uno
de ellos era una maltratada camioneta Chevy que él no
reconoció. Se preguntó si era posible que, precisamente
ese día, la familia de Nat hubiera decidido organizarle
algún tipo de sesión de ayuda, «intervención» las llama-
ban, y volvió a tener esa sensación reptante bajo la piel.

—¿Qué pasa? —volvió a preguntar.

—Ya te lo dije —dijo Heather—. Quiere explicárte-
lo ella misma.

La puerta no estaba cerrada con llave. Y algo más

extraño aún: aunque fuera se hacía de noche con rapidez, dentro no había ninguna luz encendida. El cielo estaba nublado y gris y era como si echara sobre todas las cosas una manta tejida que difuminaba los detalles. Al entrar en la casa de Nat, Dodge tuvo la sensación de estar ingresando en una iglesia: como si invadiera un suelo sagrado. Había madera por doquier, montones de muebles bonitos, cosas que a sus ojos gritaban «dinero». Sin embargo, no se oía ni un solo ruido.

—¿Está aquí? —preguntó. Le pareció que su voz sonaba más alto de lo que debía.

—Abajo —dijo Heather enseñándole el camino.

Abrió una puerta justo a la derecha de la sala de estar. Una escalera de madera sin pulir conducía a lo que obviamente era un sótano. Dodge creyó oír que algo se movía, o un susurro quizá, pero luego no oyó nada más.

—Adelante —dijo Heather.

Él iba a decirle que bajara ella primero, pero prefirió no hacerlo: no quería que pensara que se sentía asustado, aunque, por la razón que fuera, era como en verdad se sentía. Algo en ese lugar, el silencio tal vez, le ponía los pelos de punta. Como si advirtiera su vacilación, Heather habló de nuevo:

—Abajo podremos hablar. Ella te lo dirá todo.

Heather hizo una nueva pausa y luego llamó a Nat:

—¿Nat?

—¡Aquí abajo! —se oyó a Nat contestar desde el sótano.

Más tranquilo, bajó por las escaleras. El aire del subsuelo era húmedo y olía a rancio. El sótano era grande y estaba lleno de muebles descartados. Al llegar al final de las escaleras se giró buscando a Nat y justo en ese momento las luces se apagaron. De inmediato quedó petrificado, confundido.

—¿Qué co...? —empezó, pero entonces sintió que lo agarraban con brusquedad al tiempo que oía una explosión de voces. Por un segundo pensó que eso debía de ser parte del juego, un desafío que no había previsto.

—¡Aquí, aquí! —decía Nat.

Dodge se agitaba, repartiendo golpes a diestra y siniestra, pero quienquiera que lo había agarrado era grande, musculoso y fuerte. Un tío. Dodge lo supo no solo por el tamaño sino también por el olor: a menta, a cerveza, a loción para después del afeitado. Lanzó un puntapié; el tío soltó un taco y algo cayó al suelo. Ruido de vidrios rotos.

—Mierda. Aquí. Aquí —dijo Natalie.

Lo hicieron sentarse en una silla. Le pusieron las manos a la espalda y las ataron con cinta americana. Y también las piernas.

—¿Qué coño? —gritaba ahora—. ¡Soltadme de una puta vez!

—Chis. Dodge. Todo está bien.

Incluso ahí, en semejante situación, el sonido de la voz de Natalie paralizó a Dodge. Ni siquiera era capaz de forcejear.

—¿Qué demonios es esto? —dijo—. ¿Qué estáis haciendo?

Lentamente sus ojos fueron ajustándose a la oscuridad, pero incluso así apenas podía vislumbrar su figura. Distinguía el contorno de los ojos, dos agujeros negros y tristes.

—Es por ti. Es por tu propio bien.

—¿De qué estás hablando? —dijo. Y entonces, de repente, pensó en el coche estacionado en Pheasant Lane, en el frasco de gasolina y porexpán en el compartimento del motor como un corazón secreto. Forcejeó contra la cinta que lo ataba—. Déjame ir.

—Dodge, escúchame. —La voz de Nat se quebró y él advirtió que había estado llorando—. Sé... sé que culpas a Luke por lo que le ocurrió a tu hermana. Por el accidente, ¿cierto?

Dodge sintió algo helado moviéndose por su cuerpo. No podía hablar.

—No sé exactamente qué has planeado, pero no voy a dejarte hacerlo —dijo Nat—. Esto tiene que acabar.

—Suéltame —repitió alzando la voz. Estaba luchando contra la sensación de pánico que lo había invadido, una sensación de pavor sordo en todo el cuerpo, la misma que lo había dominado dos años atrás delante de la casa de los Hanrahan, cuando por más que intentaba no podía mover los pies.

—Dodge, escúchame. —Nat le puso las manos en los hombros. Deseó empujarla para que no lo tocara, pero no pudo. Una parte de él la quería y la odiaba al mismo tiempo—. Esto es por tu bien. Esto es porque me importas.

—Tú no sabes nada —dijo. Podía oler su piel, una combinación de vainilla y chicle que en ese momento le resultó dolorosa—. Suéltame, Natalie. Esto es una locura.

—No. Lo siento, pero no. —Sus dedos le rozaron la mejilla—. No permitiré que hagas una estupidez. No quiero que te hagas daño.

Se inclinó todavía más, hasta que sus labios prácticamente tocaban los suyos. Pensó que iba a besarlo y que él era incapaz de quitar la cara, de resistirse. Y entonces sintió que unas manos se movían por sus muslos, toqueteándolo.

—¿Qué estás...? —comenzó a decir. Pero justo en ese momento Nat encontró el bolsillo y le sacó las llaves y el teléfono.

—Lo siento —dijo enderezándose. Y de verdad parecía sentirlo—. Pero créeme, esto es lo mejor.

Una oleada de impotencia se apoderó de él. Hizo un último e inútil intento de liberarse. La silla saltó unos pocos centímetros hacia delante sobre el suelo de hormigón.

—Por favor —rogó—. Natalie.

—Lo siento, Dodge. Volveré tan pronto haya terminado el desafío. Lo juro.

Ella hurgó algún botón del teléfono que acababa de quitarle y la pantalla se encendió temporalmente y el brillo iluminó su rostro, dejando al descubierto el vacío profundo y triste de los ojos, la expresión de pena y arrepentimiento. E iluminó también al tío que estaba detrás de ella. El que lo había arrastrado hasta la silla.

Había subido de peso (quince kilos, por lo menos) y se había dejado el pelo largo. Cincuenta de los grandes no le habían sentado demasiado bien. Pero los ojos eran inconfundibles, como también lo eran la mandíbula dura, tensa, y la cicatriz, como un pequeño gusano blanco que le cortaba le ceja izquierda.

Dodge sintió una sacudida, un puñetazo que lo atravesaba. Ya no podía hablar ni respirar.

El tío era Luke Hanrahan.

Heather

Heather esperó en el coche mientras Natalie y Luke hacían lo que fuera que tenían que hacer. Trataba de respirar con normalidad, pero los pulmones se negaban a obedecer y no conseguía controlar la agitación de su pecho. Ahora tendría que enfrentarse a Ray Hanrahan. Rendirse o escaquearse no era ya una opción.

Se preguntó qué había planeado Dodge para esa noche. Luke tampoco lo sabía con exactitud, pero les enseñó a ella y a Nat algunos de los mensajes amenazadores que había recibido. Fue surrealista estar sentada en la cocina de Nat con Luke Hanrahan, la estrella del fútbol escolar Luke Hanrahan, el rey de la fiesta de bienvenida al que habían echado antes de su coronación por estar fumando maría en los vestuarios mientras el presentador anunciaba la composición del equipo. El ganador de Pánico. El tío que en una ocasión había agredido al cajero del 7-Eleven por negarse a venderle tabaco.

Estaba hecho una mierda. Dos años lejos de Carp no le habían sentado nada bien, lo que para Heather fue todo un impacto. Debido a ese estúpido vídeo (el que filmaron en las torres de agua y en el que Dodge aparecía con el brazo alrededor de Nat), Nat había sido la más fácil de ubicar de los restantes jugadores y él había acudido a ella con la esperanza de que le ayudara a convencer a Dodge de que desistiera de sus planes.

Nat salió de la casa por fin. Heather la vio hablar en el porche con Luke, que era casi el doble de grande que ella. Resultaba curioso pensar que varios años atrás Nat habría enloquecido ante la idea de que Luke pudiera siquiera mirar en su dirección o saber quién era ella. La forma en que la vida avanzaba era tan extraña: los giros y los callejones sin salida, las oportunidades perdidas. Se le ocurrió que si pudiera predecir el futuro o prever todo lo que le ocurriría, perdería por completo la motivación para pasar por ello.

La promesa estaba siempre en la posibilidad.

—¿Se encuentra bien Dodge? —le preguntó a Nat cuando se subió al coche.

—Está como loco —contestó ella.

—Lo habéis secuestrado —señaló Heather.

—Por su propio bien —dijo Nat, y durante un instante pareció enfadada. Pero entonces sonrió—. Nunca antes había secuestrado a nadie.

—No te acostumbres. —Ambas parecían haber resuelto no mencionar su pelea, y Heather lo agradecía. Saludó con la cabeza a Luke, que estaba subiéndose a su camioneta—. ¿Vendrá a ver la Justa?

Nat negó con la cabeza.

—No lo creo. —Hizo una pausa y luego, en voz baja, agregó—: Lo que le hizo a Dayna fue espantoso. Creo que se odia a sí mismo.

—Eso parece —dijo Heather.

Sin embargo, ella no quería pensar en Luke o la hermana de Dodge, ni en piernas sepultadas bajo una tonelada de metal, inservibles para siempre. Ya sus propios nervios la tenían al borde de las náuseas.

—¿Estás bien? —preguntó Nat.

—No —dijo Heather con franqueza.

—Estás tan cerca, Heather... Ya casi terminas. Estás ganando.

—No he ganado aún —replicó Heather. Pero puso el coche en marcha. Era la hora: ya no habría más dilaciones. Apenas si quedaba alguna luz en el cielo. Era como si el horizonte fuera un agujero negro que se tragara todo el color del paisaje. Y entonces pensó en otra cosa—. Dios. Este es el coche de Anne. Apenas si tengo permiso para conducirlo. No puedo enfrentarme a Ray con él.

—No tienes que hacerlo. —Nat metió la mano en el bolso y sacó un juego de llaves que meneó con dramatismo.

Heather la miró.

—¿De dónde las has sacado?

—De Dodge —dijo Nat, que les dio una voltereta en la mano y las devolvió al bolso—. Puedes usar su coche. Más vale prevenir que curar, ¿no es así?

Una vez que el sol terminó de ocultarse y la luna, como una guadaña gigante, se abrió pasó a través de las nubes, se reunieron. En silencio salieron del bosque y se materializaron; llegaron por la hondonada, desperdigando la grava, deslizándose por la colina; o apiñados en coches, conduciendo lentamente, los faros apagados, como submarinos en la oscuridad.

Y para cuando las estrellas salieron a la superficie desde las profundidades del cielo nocturno, todos estaban allí: todos los chicos de Carp iban a ser testigos de la confrontación final.

Era la hora. No había necesidad de que Diggin repitiera las reglas: todos conocían las reglas de la Justa. Dos coches, uno contra otro, corriendo por el mismo carril. El primero que cambiaba de dirección perdía.

Y el ganador se llevaba el bote.

Heather estaba tan nerviosa que necesitó tres intentos para meter la llave en el contacto. Había encontrado el Le Sabre a un costado de la carretera, prácticamente oculto entre los arbustos. Era el coche de Bishop: Dodge debía de habérselo pedido prestado.

El que Bishop hubiera ayudado a Dodge con el coche la irritó sin motivo razonable. Se preguntó si Bishop habría corrido el riesgo de asistir esa noche, oculto entre la multitud, la masa oscura de los espectadores, los rostros indistinguibles a la débil luz de la luna. Pero era demasiado orgullosa para enviarle un mensaje de texto y preguntárselo. Además se sentía avergonzada. Él había tratado de hablar con ella, de explicarle, y ella se había portado de forma espantosa.

¿La perdonaría?

—¿Cómo te encuentras? —le preguntó Nat. Se había ofrecido a acompañarla hasta el último segundo.

—Bien —dijo Heather, lo que era mentira. Tenía los labios dormidos. La lengua pastosa. ¿Cómo iba a poder conducir si apenas sentía las manos? Al poner el coche en la posición de encendido, los faros iluminaron grupos de caras, blancas como fantasmas, que permanecían en silencio a la sombra de los árboles. El motor gimió, como si algo no funcionara bien.

—Vas a estar bien —dijo Nat, que de repente se giró hacia ella, los ojos como platos, apremiantes—. Vas a estar bien, ¿de acuerdo? —Hablaba como si, antes que a Heather, quisiera convencerse a sí misma.

Diggin hizo un gesto a Heather para indicarle que

debía girar el coche. El motor seguía rechinando de forma extraña, y ella pensó que además olía raro; sin embargo, se dijo que probablemente era su imaginación. Pronto todo habría acabado. Treinta, cuarenta segundos, máximo. Cuando consiguió poner el coche apuntando en la dirección correcta, Diggin la llamó golpeando en el parabrisas con los dedos y asintió con la cabeza.

En el otro extremo de la vía (a unos trescientos metros de ella, o a unos trescientos kilómetros, según le pareció) vio los círculos gemelos de los faros de Ray apagándose y encendiéndose, apagándose y encendiéndose, una y otra vez, como una especie de advertencia.

—Debes irte —dijo Heather con un nudo en la garganta—. Estamos a punto de empezar.

—Te quiero, Heather. —Nat se inclinó y la rodeó con los brazos. Tenía un olor con el que estaba familiarizada, el olor de Nat, y eso hizo que le dieran ganas de llorar, como si se estuvieran diciéndose adiós por última vez. Luego Nat se apartó—: Mira, si Ray no vira, quiero decir si estáis cerca y no tiene pinta de que él vaya a desviarse... Tienes que prometerme que tú lo harás. No corras el riesgo de estrellarte, ¿de acuerdo? Prométemelo.

—Te lo prometo —dijo Heather.

—Buena suerte.

Nat se fue. Heather la vio correr hasta el costado de la vía.

Y ella quedó sola en el coche, en la oscuridad, delante de una franja de carretera larga y estrecha que apuntaba como un dedo hacia el brillo distante de unos faros.

Pensó en Lily.

Pensó en Anne.

Pensó en Bishop.

Pensó en los tigres y en todas las veces que ella había metido la pata en la vida.

Y se juró que no sería la primera en cambiar de dirección.

En la oscuridad del sótano, con el olor a bolas de alcanfor y a muebles viejos taponándole la nariz, Dodge cayó en la cuenta, demasiado tarde, de que Nat se había llevado las llaves del coche y, gritando a todo pulmón, forcejeó contra sus ataduras, pensando en su pequeña bomba de tiempo haciendo tictac lentamente...

Algo en el motor echaba humo. Heather vio los hilillos de humo que salían del capó del coche, como delgadas serpientes negras. Pero justo entonces Diggin se puso en el centro de la carretera. Se había quitado la camisa para ondearla como una bandera por encima de la cabeza.

Ya era demasiado tarde. Oyó el chirrido agudo de los neumáticos sobre el asfalto. Ray había arrancado. Ella clavó el pie en el acelerador y el coche saltó hacia delante, patinando ligeramente. Casi al instante, el humo se multiplicó y durante un segundo no vio absolutamente nada.

Pánico.

Luego la humareda se disipó y pudo ver. Los faros agrandándose. El brillo escurridizo de la luna. Y el humo brotando del capó como si fuera líquido. Todo avanzaba rápido, muy rápido. Había salido disparada a toda velocidad, no veía nada salvo las dos lunas que tenía enfrente, cada vez más grandes... cada vez más cerca...

El hedor de la goma quemada y el chillido de los neumáticos...

Más cerca, más cerca... Iba como un rayo. El velocímetro llegó a los noventa kilómetros por hora. Era demasiado tarde para cambiar de dirección, y Ray tampoco iba a hacerlo. Era demasiado tarde para hacer algo salvo chocar.

Repentinamente del motor saltaron llamas, un enorme rugido de fuego. Heather gritó. No podía ver nada. El volante dio un tirón en sus manos y tuvo que esforzarse para mantener el coche en la vía. El aire apestaba a plástico chamuscado y sentía humo en los pulmones.

Pisó el freno, abrumada por la certeza súbita de que iba a morir. Vio un movimiento en algún lugar a la izquierda (¿alguien que se salía de la carretera?) y, un segundo después, comprendió que Ray se había desviado para evitar la colisión y al tirar del volante se había zambullido directamente en el bosque.

Hubo un estremecimiento cuando pasó a toda marcha delante de él, las llamas lamiendo el parabrisas. Seguía gritando. Sabía que tenía que salir del coche de inmediato, antes de que se estrellara contra algo.

Patinando, temblando, girando en círculos, el coche fue desacelerando al tiempo que se desviaba hacia los árboles. Heather luchaba por abrir la puerta. La manilla se había quedado pillada y pensó que estaba atrapada y que el fuego la consumiría. Pero entonces cargó con el hombro y la puerta se abrió y pudo saltar fuera. Cayó dando vueltas, sintió la mordida del pavimento en el brazo y el hombro, probó el polvo y la arenilla y oyó un clamor distante como si la gente estuviera gritando su nombre. De las ruedas del coche brotaron chispas cuando este salió de la carretera y se precipitó en el bosque.

Hubo una explosión tan atronadora que la sintió en todo el cuerpo. Se cubrió la cabeza. Ahora sí oía a la gente: estaba gritándole, llamándola... y también a Ray. A lo lejos se oía una sirena. Por un segundo pensó que tenía que estar muerta. Pero luego advirtió el sabor de la sangre en la boca y pensó que si estuviera muerta, no podría sentir ningún sabor.

Alzó la mirada. El coche estaba completamente destrozado; una columna de fuego lo devoraba convirtiéndolo en un amasijo de goma y metal. Para su propio asombro, consiguió sentarse y, luego, ponerse de pie. No sentía dolor alguno, era como si estuviera viendo una película acerca de su propia vida. Y ahora tampoco podía oír nada. No más voces diciéndole que saliera de la carretera, que se alejara del coche, y tampoco sirenas. De repente la había rodeado un silencio profundo, acuoso.

Se giró y vio a Ray esforzándose por salir de su coche, hilos de sangre recorriéndole el rostro. Tres personas estaban intentando sacarlo de entre los restos. Después de virar se había empotrado contra un árbol; el capó estaba arrugado, reducido casi a la mitad.

Y entonces vio el porqué del repentino silencio.

En medio de la vía, a menos de seis metros de donde se encontraba ella, absolutamente quieto, estaba el tigre.

El animal observaba a Heather con sus ojos negros y profundos, unos ojos viejos y llenos de aflicción, unos ojos que habían visto siglos convertirse en polvo. Y en ese momento, sintió un impacto que la atravesaba y supo que el tigre tenía miedo, del ruido y del fuego y de la gente que gritaba a ambos lados de la vía.

Pero ella, Heather, ya no tenía miedo.

Una fuerza que era incapaz de explicar la impulsaba hacia delante. No sentía otra cosa que compasión y entendimiento. Estaba sola con el tigre en la carretera.

Y en el momento definitivo del juego, mientras el humo ascendía en penachos hinchados y las llamas lamían el cielo, Heather Nill caminó sin vacilación hacia el tigre, con suavidad le puso la mano en la cabeza y ganó.

DOMINGO, 8 DE OCTUBRE

Heather

A comienzos de octubre, Carp disfrutó durante una semana de un falso verano. Hacía calor y los días eran luminosos y, de no ser por los árboles que ya habían cambiado (los rojos y los ocres se intercalaban con el verde vivo de los pinos), perfectamente habrían podido pasar por los del comienzo del verano.

Heather se despertó con el impulso repentino e intenso de regresar al lugar en el que el juego había empezado. Una neblina titilante se alzó lentamente sobre la ciudad para terminar dispersándose con el sol de la mañana; el aire olía a tierra húmeda y hierba recién cortada.

—¿Te gustaría ir a nadar, Billy? —le preguntó a Lily cuando esta se dio la vuelta en la cama, los ojos entrecerrados, la melena desperdigada por la almohada. Desde su posición Heather veía la leve pauta de las pecas en la nariz de su hermana y las pestañas individualizadas por el sol; pensó que nunca había lucido tan bonita.

—¿Vendrá Bishop también?

Heather no pudo evitar una sonrisa.

—También vendrá Bishop, sí.

Desde el comienzo del curso universitario, él había regresado a Carp todos los fines de semana para cumplir con los deberes de servicio comunitario que le habían impuesto por su participación en el incendio. Y, por supuesto, para ver a Heather.

Al final, decidieron invitar a Nat y a Dodge también. En cierto sentido, era lo apropiado. Cuando Heather recibió por correo el pequeño y misterioso sobre amarillo con una llave dorada como único contenido —la llave de una caja de seguridad en el banco local—, había recogido el dinero y lo había repartido entre los tres. Sabía que Dodge le había dado la mayor parte del suyo a Bill Kelly para contribuir al monumento conmemorativo en honor del pequeño Kelly que estaban construyendo en el lugar en el que se alzaba la casa Graybill, que finalmente había sido demolida. Nat estaba tomando clases de actuación en Albany y había encontrado un trabajo modelando ropa los fines de semana en el centro comercial Valle del Hudson.

Y en enero Heather empezaría a asistir al programa de servicios veterinarios del Colegio Comunitario de Jefferson.

Heather echó en el maletero una manta, toallas de playa, repelente de insectos y protector solar; un puñado de revistas viejas, y ya pasadas por agua, de la sala de estar de Anne; una nevera llena de té helado; varias bolsas de patatas fritas; y un par de sillas de playa destartaladas con la típica tela a rayas descolorida. Pronto Krista terminaría los treinta días del programa de rehabilitación y era probable que entonces Heather y Lily tuvieran que regresar a Pinar Fresco, al menos por un tiempo. Los meses de lluvia no tardarían en llegar.

Ese día, sin embargo, el tiempo era perfecto.

Llegaron a la cantera justo antes de la hora de comer. Nadie había hablado mucho en el coche. Lily iba en el asiento trasero, apretujada entre Dodge y Nat. En el camino, Nat le hizo trenzas con una parte del pelo mientras cuchicheaba acerca de qué estrellas de cine eran, en su opinión, las más monas; Dodge había apoyado la cabeza contra la ventana y si Heather se dio cuenta de que no estaba dormido, fue solo por la forma en que de cuando en cuando le veía la boca torcerse en una sonrisa. Bishop mantuvo la mano en su rodilla mientras ella conducía. Todavía le parecía milagroso ver esa mano ahí, saber que era suya, como él siempre lo había sido, en cierto modo. Pero ahora todo era diferente.

Diferente y mejor.

Una vez fuera del coche, toda cohibición desapareció. Lily entró gritando de alegría en el bosque llevando la toalla en alto por encima de la cabeza, con lo que ondeaba como una bandera. Nat la persiguió, apartando las ramas en su camino. Dodge y Bishop ayudaron a Heather a sacar todo del maletero y luego las siguieron cargados con toallas y sillas de playa y la nevera, en la que el hielo crujía.

La playa parecía más limpia de lo usual. Habían instalado dos botes de basura en el extremo opuesto de la orilla y la franja de arena y grava estaba libre de las colillas de cigarrillo y latas de cerveza habituales. La luz del sol que se filtraba a través de los árboles coloreaba el agua con tonos locos, púrpuras y verdes y azules vívidos. Incluso la empinada pared de roca al otro lado del agua, desde la que los jugadores habían saltado, se veía ahora hermosa en lugar de temible, con flores creciendo en las grietas de la piedra y enredaderas que bajaban hasta el agua. Tostados por el sol, los árboles en la cima de la plataforma de salto ya habían adquirido un color rojo fuego.

Lily corrió hacia Heather mientras esta sacudía la manta para extenderla en el suelo. Soplaba una brisa ligera y tuvo que asegurar las esquinas con diferentes objetos: sus chanclas, las gafas de sol de Bishop, una pelota de playa.

—¿Fue desde ahí, Heather? —señaló Lily—. ¿Fue desde ahí que saltaste?

—Nat también saltó —apuntó Heather—. Todos lo hicimos. Bueno, excepto Bishop.

—¿Qué puedo decir? —dijo él mientras acababa de desatarse las zapatillas Converse. Guiñó un ojo a Lily—. Soy un gallina.

Por un breve instante sus ojos se encontraron con los de Heather. Pese a todo el tiempo que había pasado, seguía sin poderse creer del todo que él hubiera planeado Pánico y, de algún modo, sin perdonarle que no se lo hubiera contado. Era algo que ella nunca habría adivinado: su Bishop, su mejor amigo, el chico que solía retarla a comerse sus costras y que, cuando ella lo hizo, casi vomita.

Pero esa era la cuestión. Él era el mismo y también alguien diferente. Y eso en cierto sentido la llenaba de esperanza. Si las personas cambiaban, ella misma podía cambiar. Ella también podía ser diferente.

Podía ser más feliz.

Heather sería más feliz... ya era más feliz, de hecho.

—No es tan alto —comentó Lily, entornando los ojos—. ¿Cómo subiste hasta allá arriba?

—Trepé —dijo Heather.

Lily abrió la boca sin decir palabra.

—¡Vamos, Lily! —Nat estaba junto al agua, contoneándose para quitarse los shorts. A pocos metros de ella, Dodge la miraba, sonriendo—. ¡La primera que entre en el agua gana!

—¡No es justo! —gritó Lily, pateando arena y luchando por quitarse la camiseta al mismo tiempo.

Heather y Bishop se echaron de espaldas sobre la manta, la cabeza de ella sobre el pecho de él. Cada cierto tiempo, él le pasaba los dedos con suavidad por el pelo. Durante un rato estuvieron sin hablar. No necesitaban hacerlo. Heather sabía que sin importar lo que pudiera depararles el futuro él siempre sería suyo y los dos siempre tendrían eso: un día perfecto, un alivio temporal del frío.

Había empezado a quedarse dormida cuando Bishop se movió.

—Te amo, Heather.

Ella abrió los ojos. Hacía calor. Se sentía perezosa.

—Yo también te amo —dijo. Las palabras brotaron sin ninguna dificultad.

Él acababa de besarla —una vez, suavemente, en la frente; y luego otra, con más intensidad, en los labios, después de que ella inclinara la cabeza hacia la suya— cuando oyó gritar a Lily.

—¡Heather! ¡Heather! ¡Mírame! ¡Heather!

Lily estaba en la cima misma de la roca. Ella no la había visto trepar, debía de haberlo hecho muy rápido. Heather sintió el latigazo del miedo.

—¡Bájate! —gritó.

—No le pasará nada —dijo Dodge.

Ahora estaba en el agua con Nat, a la que abrazaba por la cintura (Heather no podía creer que Nat lo hubiera convencido de que nadara; de hecho, ni siquiera se le hubiera ocurrido que Dodge tenía bañador). Se les veía estupendos juntos, como estatuas talladas en piedras de colores diferentes.

—¡Mírame! —alardeó Lily—. ¡Voy a saltar!

Y lo hizo, sin vacilar. Se arrojó al vacío y durante un segundo pareció quedar suspendida en el aire, los brazos y las piernas extendidos, la boca abierta, riendo. Y un momento después entraba en el agua y volvía a la superficie escupiendo agua.

—¿Lo habéis visto? —gritó—. No me dio miedo. Para nada.

Una oleada de alegría inundó a Heather y la hizo sentirse leve y un poco mareada. Antes de que Lily hubiera alcanzado la orilla, se puso de pie y se zambulló para coger a su hermana y devolverla al agua justo cuando empezaba a ponerse de pie.

—No tenías miedo, ¿eh? —Heather atacó el estómago de Lily mientras ella se retorcía chillando de risa y gritaba a Bishop pidiendo ayuda—. Las cosquillas sí que te dan miedo, ¿no es así?

—¡Bishop, socorro! —gritó Lily al tiempo que Heather la envolvía con un abrazo de oso.

—¡Voy, Billy!

Y un instante después Bishop chapoteaba hacia ellas. Las alcanzó y tiró de Heather hacia atrás, con lo que ambos se derrumbaron en el agua. Heather se levantó escupiendo, riéndose, empujándolo.

—No te podrás librar de mí tan fácilmente —dijo Bishop, que siguió rodeándola por la cintura. Sus ojos eran del mismo verde azulado del agua. Su Bishop. Su mejor amigo.

—Niños, niños, no os peleéis —dijo Nat, burlándose.

El viento le puso la carne de gallina a Heather, pero el sol aún calentaba. Tenía la consciencia de que ese día, ese sentimiento, no podía durar para siempre. Todo pasaba; y eso, el hecho de que pasara, formaba parte de su belleza. Volvería a vivir cosas difíciles. Era inevitable. Pero eso ya no era un problema.

El valor estaba en seguir adelante, sin importar qué. Algún día, quizá la llamaran para saltar de nuevo. Y lo haría. Ahora sabía que siempre había luz, más allá de la oscuridad y el miedo más profundos; había un sol que alcanzar y aire y espacio y libertad.

Siempre había un camino hacia arriba, una salida, y no había necesidad de tener miedo.